回眸即故乡

黄雅僖 著

作家出版社

图书在版编目（CIP）数据

回眸即故乡 / 黄雅僖著 .—北京：作家出版社，2019.11

ISBN 978-7-5212-0750-7

Ⅰ.①回… Ⅱ.①黄… Ⅲ.①长篇小说—中国—当代
Ⅳ.① I247.5

中国版本图书馆 CIP 数据核字（2019）第 228152 号

回眸即故乡

作　　　者：黄雅僖

责任编辑：杨新月

装帧设计：孙惟静

出版发行：作家出版社有限公司

社　　　址：北京农展馆南里 10 号　　　邮　　编：100125

电话传真：86-10-65067186（发行中心及邮购部）
　　　　　86-10-65004079（总编室）

E-mail:zuojia @ zuojia.net.cn

http://www.zuojiachubanshe.com

印　　　刷：北京中科印刷有限公司

成品尺寸：152×230

字　　　数：285 千

印　　　张：22

版　　　次：2019 年 11 月第 1 版

印　　　次：2019 年 11 月第 1 次印刷

ISBN　978-7-5212-0750-7

定　　　价：48.00 元

阿馨想：人的生命是多么脆弱、多么短暂啊，要珍爱这宝贵的生命！做自己最想做的事吧，愿幸福、快乐永远伴随着我们！

目　录

下　篇

默默等待，等待生命中的至爱

上 篇

广阔天地都是情

雨夜朦胧

　　春的一天，漆黑漆黑的夜晚。天空下着雨，看不见雨丝，只听见淅淅沥沥的雨声，轻轻地有节奏地落在阿馨右手撑着的旧黑伞上。她左手抱着一本杨沫著的《青春之歌》，这是阿锟想看的书，阿馨好不容易才买到的，打算送给阿锟。阿馨想：以后有钱了，建一个书馆多好啊！让大家都能看到很多的书。

　　这里没有城市的喧哗，只有乡村的宁静；这里看不到城里姑娘的浓妆艳抹，只有质朴的衣装。阿馨挽着裤脚，脚步轻轻地在雨中行走，春雨飘绕着她的思绪……

　　一个黑影出现在她的眼前，那黑影叫了她一声，阿馨定睛一看，是小彭。他穿着一身猎装，打着黑伞，来找她看电影。

　　阿馨说："我没空，你自己去吧！"

　　小彭说："我也不去了，我陪你走走，聊聊天。"

　　两人并肩而行。一路上，阿馨尽跟小彭说阿锟的事，她让小彭看她左手中指上的银戒指，那是阿锟哥送的避邪戒指。他说这戒指会给她带来幸福的！其实她不信这些，要幸福，怎样都会幸福的。但阿锟哥送的东西，她都会喜欢的。

　　小彭说："阿锟真幸福。"

　　阿馨告诉小彭，阿锟哥真是个好人，有人自行车坏了，叫他一声，他就帮忙修；有人家用电器坏了，喊他一声，他就到。有时候，阿馨都觉得他真的傻透了。

　　阿锟哥的母亲说他刚刚坠地的时候，别人都说他像个小相公，日后能当大官，瞧！他那宽阔的天门，一副官相，可他却在农场当了猪倌，还很乐意。

　　阿锟哥说刚进猪舍时，能把人吓得腿软，屁滚尿流。那些猪啊！饿时，嗷，嗷，嗷……围着你乱叫，好像要把你也吃掉似的。还有那熏人的猪粪味，一天到晚令人窒息。他整天围着这些猪转，忙得胡子眉毛分不清，猪却越长越瘦。后来他去图书馆借了一大堆有关养猪的书籍，天一黑就啃书本，还真找出了原因。不仅猪长膘了，他还经常给农民的家禽治病。

　　"阿锟真有趣。"小彭说。

　　有一天，阿馨和阿锟放了学，烈日像火烤，他们路过荷花塘，塘内荷叶葱葱，摇摇曳曳，几朵洁白的荷花翩翩起舞。阿馨突然"啊"了一声，指着荷花塘。阿锟一看，不得了，一只鸡在水中挣扎，他二话不说，就跳到池塘里去，把那只鸡救上了岸。

　　"他真是太有趣了。"小彭笑了。

　　走着走着，他们远远看见了那间房内的灯光。小彭就告辞了。

　　阿馨走近，听到屋里闹哄哄的。外面下着雨，困住了青春萌动的青年人。她走到门口，看见有四个人在打扑克，阿锟哥却坐在床上如饥似渴地看书。

　　"阿锟，你的黑牡丹来了。"四人中的黑弟先看见了阿馨，见阿锟充耳不闻，又大喊，"阿锟，现在是 1980 年吗？"

　　酒鬼黑弟大喊一声，如雷贯耳。他是司机，浓眉大眼，肤如炭黑，故此得名。年纪轻轻的他却好酒如命，自称视酒为知己。

　　黑弟这一喊，屋里所有的目光都向阿馨射来。高中毕业的阿馨在总场子弟小学当代课老师。她的眼睛像黑夜里亮晶晶的星星，一闪一闪的。只要她向你一瞥，你的眼睛再也不会转动。那鹅蛋形的脸上，锥形鼻清秀挺拔，像樱桃一样红润的嘴唇更添迷人的魅力。只可惜她肌肤晒得黑不溜秋，所以农场里的调皮鬼们送她一个雅号"黑牡丹"。

"阿馨你来了！"阿锟从迷宫中惊醒，抬起头，注视着那双让他痴迷的眼睛。他那双深邃的眼睛透出思虑，笔直得像小山峰的鼻梁带着刚气，棱角分明的双唇显出自信。农场的烈日晒不黑他的肌肤，更使他青春焕发、少年风流，浓密的黑发自然卷曲。别人说他应该去当个外交官，他却笑哈哈地说：如今不是当了倌吗？别人说那是猪倌，他说是官就行。他总是那么幽默自信、无拘无束、热情奔放，有着农民的质朴、工人的无私、知识分子的书呆气。

"阿锟哥，我来给你送本书。"阿馨说着把《青春之歌》递给他。

阿锟十分高兴："太好了，这是我一直想要的书。等我们有钱了，就建一个书馆，买很多很多的书，再不用借来借去的。"

阿馨直盯着他："我们想到一块了，你在看什么书？连日子都记不清了。"

阿锟说："确实记不清了，一看书就入迷了，这是我刚借到的书。"

"他在研究猪的发展、猪的病因。"黑弟大声说，他很爱找阿锟玩。

"你小子也懂啊？"同伴打趣地说，拍拍他的肩膀。

"这叫耳……"黑弟抓耳挠腮，想不起那词儿来了。

"叫耳濡目染。"阿锟补充说。

"文盲就是常出丑，看来我得向阿锟学习，多读书。"黑弟喃喃自语。

屋外夜雨簌簌，屋内烟雾弥漫，快乐的单身宿舍笑声四起，任凭时光飘散。阿锟脉脉含情地注视着阿馨。

"县城书店来了一批新书，不知贵不贵，星期天去逛逛怎么样？"阿馨说。

"书贵就买一两本，看看图书室有的就借着看吧！"阿锟笑着说。

"知道，知道。我就是喜欢看小说。"阿馨回答。

"没有钱，还买书，看这么多书有什么用？还不如把钱给我买酒喝！"黑弟插了话。

"你一天到晚就知道喝酒，就不怕误事？！"阿馨没好气地说。

"有酒喝还怕误事？有钱嘛，你就买两瓶酒给我，看我会不会误事！"黑弟大大咧咧的。

"我有闲钱，不会买书看啊？"阿馨顶他。

黑弟说："买这么多书做什么，赶紧和阿锟结婚吧，省得他考上大学，跟人家跑了。"

阿馨说："你真是个乌鸦嘴，阿锟有这么坏吗？"

黑弟说："你问问阿锟不就知道了吗？"

阿锟看着他俩你一句我一句地吵，笑着说："阿馨是我生命中的至爱，我决不娶第二个女人。"

阿馨说："黑弟，你听见了没有？"

黑弟说："听见了！"

阿馨大笑，阿锟也笑。

"锟仔，锟仔……"一声又一声急促的呼唤，从黑蒙蒙的夜雨中传来。

"喊什么喊，大呼小叫的！"黑弟大声骂，镇住了狂欢着的扑克仔们。

门外闯进一位中年汉子，右手拿着破旧黑伞，左手拿着手电筒，浑身湿漉漉的，还挽着高高的裤脚，满腿是泥。

他气喘吁吁地走向阿锟，阿锟猛地从床上跳起来去扶他："张老伯，别急，别急，有什么事要我帮忙吗？"

张老伯是附近村的农民。阿锟对他们都很熟悉，农民也爱跟他拉家常。在他们看来，阿锟能帮猪牛治病，几乎是个兽医了。

张老伯说自家的两头猪病倒了，他和老伴目不识丁，家里的仔们也不明白为什么。他知道阿锟白天很忙，这几天又下雨，但今晚上不得不来找阿锟了，知道阿锟总是有办法的。

"锟仔，又有好事做了。"

"这叫寻屎上身。"黑弟讥笑。

"会有好处捞的，黑弟你急什么！"

阿锟不理睬他们，带上电筒，穿上雨衣，又看了看阿馨，阿馨会意地微笑着，也跟着张老伯出门了。

乡村晚上八点一过，就静得让人恐惧，在九曲八弯的田间小道上，他们走得轻盈而又稳当。他们走得那样飞快，来不及静听夜的交响曲。脚下的烂泥黏黏糊糊，绵绵的雨水叮叮咚咚敲打雨伞，田埂的小草亲吻着他们的裤脚，隐约听见汪汪汪的狗叫声，更让人胆战心惊。

他们走了良久，来到了一座农舍。这是一排泥砖房，进了正堂，一位老奶奶坐在厅中，有个中年妇女笑眯眯地端来一盆水，让他们洗涮。四个小孩，三女一男，"锟哥"长"锟哥"短地叫，他们中文化水平最高的是老大，小学毕业了。

阿锟让张老伯带他去看病猪，张老伯右手拿着油灯，左手打着伞，领着他们去黑魆魆、邋邋遢遢的猪栏。这是间兼做厕所的泥砖房，屋顶很矮，借着微弱的灯光，依稀可见房梁上七吊八挂的蜘蛛网，潮湿的猪栏里氨味冲天熏鼻。

当啷一声响，阿馨不小心碰着了靠墙的铁桶，吓了一跳。

"阿馨小心，别碰坏东西。"阿锟提醒道。阿馨连连说："是，是，是。"

"莫要紧，乱七八糟的，小心点，小心点，莫要碰脏了衣服。"张老伯比阿馨还不好意思。

两头猪躺在泥地上，精神委顿，呼吸急促，一阵阵地咳嗽，眼鼻流出黏性分泌物，是感冒了。

阿锟告诉张老伯，以后只要发现有一头猪生病，就立即隔离，还要对猪舍和用具进行消毒，猪舍要保持清洁、干燥，注意防寒保暖。张老伯听了连连点头。

阿锟让张老伯找来葱白、生姜、食盐，煎水给猪内服。忙了一阵，阿锟说不要紧了，大家才回到正堂，拉了几句家常，阿锟和阿馨便起身告辞了。

张老伯定要塞给阿锟一篮鸡蛋，阿锟直摆手，张老伯又递给阿馨，阿馨把篮子放回桌子上。几番推让都无法让他们把鸡蛋拿走，张老伯夫妇只能反复说阿锟是天下难寻的好人，说阿馨有福气。张老伯说天黑路又滑，要送他们回去，他们说走惯夜路了，请张老伯放心，不用送。阿锟交代张老伯，有事需要帮忙就找他。

张老伯一家人都站在门口，看着两人在朦胧的雨夜中渐渐走远。

县城遇浪子

今天是星期天，阿馨和阿锟要去县城书店买书。阿馨在猪舍门口找到了阿锟。

"阿锟哥，不是说好今天去县城买书吗？"阿馨在猪舍门口大声说，想走进去。

"阿馨，你别进来，在外面等着。我要走了，陪猪兄弟说说话。"阿锟大声说。猪舍非工作人员不准入内，参观者要有单位介绍信，经管理人员同意并消毒后，方可入内。

这里不知让阿锟流下多少汗水，每天清扫栏地三次以上，夏天清水洗三次，冬天三至五天水洗一次。栏内的垫草每天拿到外面翻晒二至三次，一个星期换一次，保证冬暖夏凉。每月用百分之二十的石灰水消毒猪栏一次，每年春秋两季各用百分之三的来苏药液大消毒一次，常年保持猪舍清洁干燥。

阿馨大声叫："阿锟哥，你和猪兄弟说够了没有？你再不走，我可要走了。"

阿锟伸头朝门外张望一下，接着干自己的活。

阿馨无计可施，知道他工作没干完是不会出来的。她在一棵大树下走来走去，不停地看表。半个小时后，他终于出来了。

"等急了吧？"阿锟问。阿馨催他去换件干净的衣服。

他们骑自行车到了县城，把自行车寄存好就去找书店，半路上先进了一家商店。

"阿馨，你看这套西裙怎样？"阿锟说。

"不是来买书的吗？"阿馨觉得裙子太贵了。

"我有买这套裙子的钱。"阿锟说。

"不要，走吧！"阿馨说着就要走。

店主是位姑娘，正在低头整理衣服，听见有人说话才抬起头，突然喊："阿馨。"

"阿莉，你在这里做工啊？"阿馨说。

"做临时工。"阿莉说。

阿莉圆圆的脸像苹果，圆圆的眼睛像甜甜的龙眼。她外表天真可爱，内心却复杂多变，性格放荡不羁，总觉得生活索然无味。她初中毕业就不读书了，在家东逛逛西颠颠，哪里能捞钱，就去哪里做。她也是农场子弟，却一心想嫁个省城人。

"阿馨，你来买衣服啊？"阿莉说。

"不是，我们来买书。"

"成天看这么多书，你不累吗？"

"看书都嫌累，吃饭你累吗？"

"吃饭当然不累啊，看书就是累呀！"

"书里面有很多知识，可以帮你赚钱的。"

"好了，好了，我一看书头就疼，书看到我也心烦。"

"有人偷钱啊，抓住他！"突然传来一个女人凄惨的高呼。阿锟猛然转头一看，只见一个十六七岁的少年横冲直撞地朝这边跑来，后面紧追着一个中年妇女。她一边追，一边喊："抓住他，有人偷钱啊！"高一声，低一声，揪心震耳，但周围的人都眼睁睁地看着这小子逃跑，没一个人出手阻拦。

阿锟怒目圆睁。阿莉见阿锟那样子，急忙说："阿锟，别管闲事，小心吃亏。"

阿锟把阿莉的话当耳边风，等那小子跑到自己身旁的那一瞬，突然脚一伸。那小子没料到会有人阻拦，被这突如其来的一脚绊了个狗吃屎。他恼羞成怒地从地上爬起来，朝着阿锟的脸上就是一拳。

阿锟没料到这小子爬起来这么快，然而他在学校可是个篮球中锋，反应极快，头一偏，那小子就扑了个空。对方又疯狂地朝他当胸一拳，阿锟看出这小子练过拳术，躲闪不及，右肩挨了一拳，酸酸痛痛的。

阿馨急得满头大汗，围观者虽众却无人敢上前阻拦。那中年妇女也急得大喊："打他！这可恶的贼，你们为什么不帮忙？他偷了我几百块钱啊！"

那小子见人渐渐多起来，心里也开始害怕，但见人群无反应，心里稍觉一丝安慰。阿锟虽然年轻力壮，却斗不过这会拳术的小子，被他左一拳右一拳打得鼻青脸肿，仍然奋力还击。

阿馨在旁边转来转去，想上前扯那小子的手。阿锟大喊："阿馨让开！"生怕她挨打。

那小子飞起一脚踢向阿锟，阿锟躲闪不及，"哎哟"一声，被踢中了。那中年妇女壮着胆子冲上去扯那坏小子，那小子抬手一推，她趔趔趄趄地倒下了。

阿莉再也不能袖手旁观了，拿起一个塑料衣架，冲出小店向那小子身上猛打。阿锟飞起一脚踢他的肚子，那小子一闪，抬脚朝阿锟的要害踢来。

中年妇女在地上扯着那小子的脚，被他连踢了几脚。

人们开始觉醒：两个弱女子都能路见不平拔刀相助，人群中的男子汉啊，你们是孬种吗？一个国字脸的男青年带头冲了出来，几条汉子跟上他，对着那小子就是一阵乱打，人们对贼都愤恨到了极点。

阿馨喊道："手下留情啊！打死人要偿命的。"众人渐渐停了手。

那小子跪在地上猛磕头，求大家原谅。他向中年妇女磕头，还回了她的钱包，又向阿锟和阿馨磕头，请求放过他。他说自己的母亲常年生病，又没钱医治，今天母亲晕倒了，他正好看见中年妇女买东西时露出许多钱，一时心生邪念，就跟踪她，找机会下了手。他练过一点武术，觉得能顺利脱身，没想到遇见了阿锟等人。

大家都说："不要相信他，他是个骗子，赶紧抓起来！"

那小子说："不是的，你们可以去我家看看，我母亲躺在床上，不知是不是快死了。我真是没钱给她治病，所以才偷的！"他重重地朝大家磕头，额头都磕出了血。

阿锟看那小子头发长得把整张脸都遮住了，整个人脏兮兮的，衣着破旧，就劝说大家："放他一条生路吧！我可以跟着去他家，看他是不是骗子！"

"既然阿姨的钱已经拿回，就放了他吧！"刚才第一个冲出来帮忙的国字脸男青年说，"我也愿意奉陪，看这小子是不是骗子。"

阿锟、阿馨和国字脸的男青年，还有中年妇女，都跟着这小子走了。

远远地跑来一个戴眼镜的男青年，在他们身后喊着："阿锟，阿馨。"两人回头一看，是小彭。

"你怎么来了？"阿馨问。

"我怎么不能来？刚才看见这边里三层外三层地围着人，原来是你们两人在打抱不平啊！"小彭说。

"哪里，还有那么多路见不平拔刀相助的人呢。"阿馨说。

她指了指国字脸的男青年，朝他笑了笑，就转回了头。没想到这一笑却让那男青年眼睛闪着莹光，无法再收回自己的目光。

小彭看在眼里，大声说："走了，走了。"

他们一行人跟着那小子走进一条窄巷，在一间很破旧的矮房子前停下。进门后只见屋里到处堆着破烂，角落里有一铺床，上面躺着一位老妇人，不停地咳嗽着。老妇人看见那小子带着一帮人进来，很是吃惊，无力地问："阿木，你带这么多人来干什么？"

阿木扑通一声跪在老母亲的病床前，说："阿妈，我对不起你，我没钱给你治病，就去偷了。"他把事情从头到尾讲给老母亲听。老母亲听完后，气愤地伸出无力的手，打了阿木一巴掌。

阿木跪在老母亲的病床前，老母亲不停地咳着、哽咽着。阿木连连磕头，额头又开始流血了。

阿馨走到床前，说："阿姆，阿木知错了，他还是有孝心的，我们大家都原谅他了。"

阿木妈叫阿木去煮饭给大家吃。阿木揭开角落头的米缸，只见缸底只有薄薄一层米。阿木愣住不动，阿木妈又催他。

阿馨走到米缸旁一看："阿姆，不用了。"

阿木妈告诉大家，阿木的父亲死得早，还有一个姐姐嫁人了，没人管教他，自己养了个没出息的孩子，对不起大家了，被人打死也没怨言。

阿馨说："阿姆，你不要失望，阿木会改好的。"

阿木妈说："谢谢你啊，好姑娘！谢谢大家了。"

阿馨说："阿姆，以后你有什么困难，我们都会帮助你的。"

阿锟拿出二十元钱塞到阿木妈手里："阿姆，你拿去看病吧！"

阿木妈不要，大家一起劝说。阿木又给阿锟磕头。

阿锟说："好好做人，人穷志不能穷。你一身的力气，一定会找到工作的。"

阿木说："是，是，是。"

那中年妇女说："老大姐，你放心，只要阿木愿意好好干活，我可以介绍他去歌舞厅当保安。"

阿木又磕头谢过中年妇女，嘴里一直在说："对不起！"

阿馨对中年妇女说："阿姨，你给他介绍工作，真是救了一条性命啊！"

中年妇女说："只要他勤劳肯干，工作并不难找。"

阿馨又对阿木妈说："阿姆，我们会经常来看你们的。"又嘱咐阿木尽早带老母亲去看病。

国字脸的男青年也给了阿木二十元钱，小彭给了二十元，阿馨给了十元，中年妇女也给了十元。阿木接过这些钱，给大家磕了三个响头，发誓一定不会再去偷东西了，要用勤劳的双手挣钱给母亲治病。

阿木妈从床上勉强撑起来，向这些好人千恩万谢。

阿锟说："过些天我们再送些米来。"

阿木妈老泪横流："我这辈子怎么会遇上你们这么好的青年人啊！"

大家散开了。阿馨和阿锟也没有心情买书了，改天吧！

暖与冷

又是一个星期天，早上八点钟，天空海蓝海蓝的，很晴朗。阿馨的自行车尾驮着一袋花生，用灰色粗布口袋装着。阿锟自行车尾驮着十斤米，用粗白布做的米袋装着。

他们沿着通向县城的马路骑去，马路两旁树木交织，汽车、拖拉机、马车纷纷从他们身边掠过，互相竞速。

阿馨和阿锟是去阿木家。太阳高照时分，阿馨轻轻敲阿木家的门，闻到门内米饭飘香。阿锟喊："阿木，阿木。"

门打开了，一位三十岁左右的妇女站在门内，问："你们是……"

阿馨说明来意，那妇女让他俩进屋，说自己是阿木的姐姐。屋里还有个六岁左右的小女孩，阿木和阿木妈都不在家。

阿馨和阿锟说来送一点米和花生给阿姆。阿木姐姐说，听阿木说过他们的事，想不到是这么漂亮的一对人，还说他们太热心肠了。阿木姐姐说，他们的父亲死得早，母亲忙于生计，她也早早嫁了人，弟弟没人管教，家里又穷。阿馨就安慰她说会慢慢好起来的。

他们聊了一会儿，阿馨和阿锟正想告辞，一个中年男人却突然闯进门来。他一米七的个头，甲字脸，络腮胡，皮肤像煮熟的猪肝色，满脸凶相，一进门就大声喊："臭婆娘，又跑回娘家告状来了？给我滚回去煮饭！"

阿木姐姐看见那中年男人就躲，中年男人上前抓住阿木姐姐的头发往门外拖。阿馨叫道："你放手。"

中年男人说："敢管闲事就连你一起打。"

小女孩在一旁大喊："妈妈！妈妈！"冲过去抱住那中年男人的腿，不让他把妈妈拖走。中年男人恶狠狠地说："死丫头，放开手，老子踢你了。"

他一抬脚，小女孩就摔在地上，大哭大喊着"妈妈"……

阿锟上前抓住中年男人的手想掰开，那中年男人不放手，还腾出一只手想打阿锟，阿锟把他两只手都抓住，那中年男人放开阿木姐姐，转过身来对付阿锟。阿木姐姐喊道："你不要乱打人，他是我们家的恩人。"

"我就打你个臭小子。"中年男人边骂边伸出右拳，却不知阿木正好这时回来，抓住中年男人的右手往背后扭，连他的左手也一块扭到背后，一边扭一边喊："看你还打人，天天打我姐姐！"接着阿木叫姐姐："快拿绳子来！"

阿木姐姐拿来绳子，阿木把那中年男人绑在一张破椅子上，问他还打不打姐姐，中年男人高声说："打！我不会放过你们的！"

阿木说："你敢？我送你进局子。"

中年男人说："我找我老婆回家有什么错？"

阿木说："想叫我姐姐跟你回家再挨你打吗？我姐要跟你离婚！"

中年男人咬牙切齿："不离！"

阿木说："你再来我们家找我姐麻烦，我见你一次打你一次，你滚不滚？"

中年男人看看阿锟，又看看阿木，见他们人多，心想好汉不吃眼前亏，就说："你放了我，我走。"

阿木把绳子解开，中年男人走到门口，指着阿木姐姐说："你敢跟我离婚，我不会放过你的。"说完灰溜溜地跑了。

阿木告诉阿锟和阿馨：“我姐夫是个十足的赌徒、酒鬼，一天到晚就会要钱、喝酒、打人。我姐姐在夫家天天挨打，姐夫赌输钱打人，喝醉酒又打人，见姐姐生女孩，更加不高兴。打、打、打，就是他的全部生活。姐姐害怕得躲回娘家，他又追来打，我就跟他对打，不让他把姐姐带走，还劝姐姐跟他离婚。”

阿馨说：“这种不负责任的男人，没有什么可留恋的，他不愿意离，就去法院解决，用法律来保护自己。”

阿木姐姐谢过阿馨和阿锟，又对阿木说：“他们俩是送大米和花生来的。”

阿木说：“阿馨姐，阿锟哥，谢谢你们，别再送东西来了，我已经自己挣钱了。”

阿馨说：“没关系，以后有什么困难，我们能帮的就帮！”

阿木说：“真谢谢你们，你们不用挂念了，现在姐姐也回娘家了，她可以帮我忙。上次你们给的钱还有呢。阿妈叫我别忘记你们这些好人。”

阿锟说：“不用这么客气，大家乡里乡亲的，有困难就应该互相帮助。”

阿馨他们要告辞了，阿木和姐姐一再留他们吃饭，两人说：“谢谢，不用了！替我们向阿姆问个好。”阿木说母亲身体好多了，他会好好做人，一定照顾好母亲。

阿木姐姐一再感谢他俩，也为阿木有这样的朋友而高兴。姐弟俩送了一程又一程，一直注视着他俩渐渐远去的身影……

阿馨骑着她的永久牌，阿锟骑着他半新旧的飞鸽牌，在马路上飞驰。阿馨说：“阿锟哥，阿木的姐姐真可怜！”

“家家都有本难念的经啊。”

“你绝不会跟那男人一样的，可是，你会永远爱我吗？”

“永远不敢说，不过，无论我走到哪里，都不会忘记你！”

阿馨满意地笑了。

后面有人在喊：“阿馨，阿馨……”阿馨停车回头一看，一个男青年推着自行车，跟着一个女青年朝她跑来。那女青年气喘吁吁地跑到阿馨面前，说："可追上你们了！"原来是阿莉。

阿馨说："真巧啊。"

阿莉说："我和小彭同坐一辆自行车，骑到一半路，车胎不知被什么扎漏气了，我们要向你们求救呢！"

这时小彭也走过来，阿锟看了看，小彭这架半新旧的大凤凰前轮瘪了。阿锟说回去帮他修，目前肯定是骑不了了。

阿馨说："小彭，你骑我的自行车搭阿莉，阿莉在后面扶着你的自行车，行不行？"

小彭说："我搭人又搭车可骑不好，再说了，你的车也吃不消。还是你们先回去吧，我慢慢骑回去，这车后轮还好，我一个人也算轻。"

阿锟说："阿馨，你先搭阿莉回去，我陪小彭走，我们两个男人不怕天黑。"

阿馨说："那好吧，我和阿莉先走了。阿莉，我们上车。"

阿莉坐在阿馨的自行车后架上，阿馨飞快地蹬着，阿莉对后面喊："那两个小伙子，加油啊！"

小彭盯着阿馨，又看看阿莉大喊大叫的样子，就说："真无聊。"

阿锟说："小彭，你骑我的自行车，我推着你的自行车跑，这样快一些。"

没等小彭反应过来，阿锟就推着坏自行车跑到前面去了，小彭不得不骑上阿锟的自行车追。他们这样跑跑追追，互相换了好几次车，一路说笑，天黑了也不怕，就当锻炼吧！

路遇野蛮人

过几天就是阿馨母亲的生日，阿馨决定给母亲买一块布料，做一套衣服。阿馨家有一架缝纫机，她可会裁剪衣服了。

这天又是星期天，她和阿锟去县城买布料。

路上阿馨和阿锟聊天，说她发现漂亮的衣服很吸引人。无聊的人先被漂亮的衣服吸引，才会注意穿衣服的人的容貌。

阿锟说："自然的美，更让懂生活的人喜欢。"

阿馨说："有的人是金钱上的富翁，精神上却一贫如洗。"

阿锟说："所以人要多看书，增长知识。"

阿馨说："我觉得人真复杂！有的那么无忧无虑，有的就忧愁苦闷；有的那么阴险可恨、贪婪自私，有的就单纯可爱……啊！人为什么这么复杂？"

阿锟说："知足者常乐，人不要有邪念、贪念，笼罩在心里的乌云就会消散。"

他们在百货商店闲逛，看见一个六岁左右的小女孩在吹泡泡，她一边追逐着泡泡，一边快乐地叫嚷着。

阿馨说："阿锟哥，这些泡泡真美啊！可它们的生命是这样的短暂。"

"人的生命也是一样。所以人在这短暂的生命中，要快乐地活着，有意义地活着，能帮助别人就帮，帮了别人，就等于帮了自己。"

阿馨叹气："这段时间复习得这么紧张，我的脑细胞不知死了多少，不知掉了多少根头发，希望它们能很快长回来。"

"无论如何我们要再考一次。谁考上了就出去读书，另一个就在家乡等。"

"好，说话算数！最好我们都考上，一起去省城读书。"

阿馨和阿锟在布匹柜台挑了一块蓝卡其布料，又商量着去书店买书。他们听到有顾客议论，说一位三十岁左右的妇女和她六岁的女儿走散了。

阿馨和阿锟走到百货商店的门口时，听见一阵孩子的哭声，他们循声望去，只见一个中年男人拉扯着一个小女孩。那女孩六岁左右，哭着喊妈妈，这不就是刚才吹泡泡的女孩吗？那中年男人被小女孩哭喊得不耐烦，吓唬她说："你再哭？再哭就揍你！"小女孩拼命地挣扎："妈妈……"

阿锟上前拦住他们的去路，和那中年男人打个照面，两人同时说："是你……"

原来中年男人正是阿木的姐夫，两人当即扭打到一起。阿木的姐夫大骂："你个臭小子，去到哪里都碰见你。"

阿锟大声叫阿馨："带小女孩离远一点，让我狠狠教训这不负责任的坏种。"

小女孩也认出了阿馨和阿锟就是上次送米来的阿姨和叔叔。她拉紧阿馨的手，不再哭了，一心等着妈妈来接她。

两个男人正撕扯着，一个男青年跑来帮阿锟制伏了阿木的姐夫。那人仪表堂堂、风度翩翩，一米八左右的个头，国字脸。

阿木的姐夫大声叫嚷："我做父亲的管教女儿，关你们什么事！"他拼命想挣脱两个青年的手，去夺回小女孩，小女孩整个人躲在阿馨的身后。

突然，小女孩大喊一声："妈妈……"远处的阿木姐姐听见女儿的声音，发现了这一群人，跑过来抱住了女儿。女儿指着她的坏父亲，说是他拐走她的。阿木姐姐也认出了阿馨和阿锟这对好心的青年。

"臭婆娘，我不会放过你的！"阿木的姐夫大声恫吓。

"大姐，带着女儿快走吧！"阿锟叫母女俩先走。阿木姐姐慌慌张张地谢过他们，拉着女儿赶紧跑了。

阿锟警告阿木的姐夫："叫你不要再打阿木姐姐的主意，你还不听，是想进公安局吗？"他和国字脸的男青年吆喝着要抓阿木的姐夫去公安局。

阿木的姐夫说："放了我吧！我不去纠缠她们母女了。"

阿锟说："说话算数？"

阿木的姐夫说："算数算数。"

两个男人放开了阿木的姐夫，谁知他看见那母女俩还没走远，撒开腿就去追她们。阿锟跑去拦，终究慢了一步。阿馨和国字脸的男青年都跟在阿锟身后追。

阿木的姐夫先追上了那母女俩，他不管三七二十一，抓着阿木姐姐的头发当街又踢又打，小女孩吓得号啕大哭，满大街的人围着看热闹，却没有人上去拦一拦。

阿锟冲上去抓住他的手，他就用脚踢阿锟，阿锟也回踢他。围观的人都喊着抓他去派出所。国字脸的男青年也追上来了，两个青年人合力把阿木的姐夫制住，扭送进派出所，省得他又去祸害人。

阿木姐姐拉过小女孩，母女两人一起感谢阿锟和阿馨，国字脸的男青年却悄然离开了。

小彭就在这时赶到了，他说他先去阿馨家，她妈妈说她去县城了。"我也正要上县城的书店买书，没想到又碰上你们见义勇为了。"

阿锟说："不足挂齿，咱们一起去书店吧。"

小女孩扯着阿木姐姐的衣角："妈妈，我想买本图画书。"

阿木姐姐说："看什么书！妈妈没钱，咱们回家去。"拉着小女孩就要走。

阿馨说："大姐，读书太重要了，从小读书识字，有了文化知识，天大的事也不怕，碰到困难也容易解决。难得小妹妹爱看书，我带她去吧。"

阿馨拉着小女孩的手一同走去书店。一边走，阿馨一边说："要是我们有自己的图书馆就好了，我要放很多很多的书在里面，让所有爱看书的人都能看到自己喜欢的书。"

小女孩说："阿馨姨，那以后我就能看很多很多的书，对吗？"

"对。"

"我还用交钱吗？"

阿馨笑了："不用。你好好读书，将来做个有用的人。"

"读书多，就不会挨爸爸打了，对吗？"

阿馨看着小女孩天真可爱的脸蛋，非常怜惜地说："对，好好读书，就什么都不怕。"

"阿馨姨，你快点建个图书馆吧，让我去看好多的书。"

阿馨笑着拍她的头："好，阿姨努力挣钱，建一个图书馆，让你们这些小弟弟小妹妹尽情看书。"

小女孩高兴得直拍手，又笑又跳，阿木姐姐看着她直叹气："傻丫头，阿馨姨哪有那么多的钱！"

阿锟看见小女孩失望的样子，安慰她说："没关系，还有叔叔呢！"

小彭和阿锟一唱一和："没关系，还有我这个眼镜叔叔！"

阿馨笑着说："对，还有这么多叔叔，我们一点点挣钱，总会建成一个图书馆的。"

小女孩听了这些话，又高兴起来了。

他们一行人进了书店，小彭买了一本学习英语的书，阿馨买关于写作的书，阿锟则买了农业方面的书。阿馨送给小女孩一本她喜欢的图画书，小女孩特别高兴，临走时甜甜地向他们告别："阿馨姨，两位叔叔，再见！"

　　阿锟他们三人一起回农场，一路上阿馨都嫌太慢："阿锟哥，我们快点回去复习功课，时间真是不够用啊！"

　　阿锟说："能飞回去就好了。"

　　小彭说："每一次高考都像上战场，有人倒下去，有人站起来。"

　　阿馨说："高考就是千万个人挤一条羊肠小道，看谁被挤下来，被挤下小道的又如何重新站起来，奔向大道。"

　　小彭说："你说得真有道理。"

　　阿锟说："阿馨不但会说，还会写。"

　　小彭来回看他们两人，不解其意。

　　阿馨咯咯咯地笑，说自己敢写敢投稿，是文学青年呢。

　　小彭很羡慕地说："你写小说还是散文？"

　　阿馨说："主要是小说。"

　　阿锟说："小彭，我们都很喜欢文学，以后有什么作品，可以一起分享。"

　　小彭高兴地说："太好了！"

　　他们高高兴兴地往回走。

退稿信的魅力

又是一个星期天到来，阿馨一大早起了床。她在总场子弟小学做一名语文代课老师，有空时帮家里干活，再就是复习功课，练习写作。早上七点钟，空气清新，她本想用这段时间复习功课的，谁知却被桌上的退稿信吸引住了。她急切地打开退稿信，仔细阅读着。原来是她三个月前写的话剧剧本被退回来了，里面还夹着一封厚厚的退稿信。

文榴馨同志：

你好！拜读你的多幕话剧《迷离》，我觉得剧本从内容到形式都不甚符合戏剧的要求，特此退稿。今后创作时请注意改正。

剧本是供舞台演出的，戏剧只有活在舞台上才有它的生命，不能上演的剧本是不成功的，因此剧本必须服从舞台艺术的特殊规律。

一、必须考虑到舞台时间和空间的限制。

二、必须具有舞台的表演动作性。舞台艺术的特殊规律，决定剧本的独特性，所以剧本是一出戏的根本。

作为剧本，最重要的是有戏剧冲突。我们在看电影、看戏时常常会感到某一段很吸引人，人们称为"有戏"。某一段不激动人心的，人们说"没戏"。有戏没戏的区别就在于有没有强烈的戏剧冲突。戏剧冲突就是剧中人物之间的意志冲突。通俗些说，就是人物性格与性格之间的冲突。

《迷离》作为爱情题材的剧本，作者主观上想通过石楸梦在爱情上失意后，思想感情如何发展，塑造人物性格形成过程。可是，对人物性格的发展把握不准。

《迷离》开头，于畔菀问楸梦："你在想什么？"楸梦答道："我在想如何自杀更痛快……我的心正在结冰。"说明楸梦被向茨鑫抛弃后，内心是非常痛苦的。后来，向茨鑫从国外留学回来，准备向楸梦忏悔，求得楸梦谅解，重归于好。楸梦却表示："对不起！我得先走一步。"对抛弃她的向茨鑫表示鄙视。

《迷离》这条讲述楸梦在爱情上由痛苦到痛恨的主线，也就是人物性格发展和形成的过程。正是对这个过程，作者把握不准。中间两幕，作者写了一幕舞场的戏，一幕幼儿园的戏，而这两幕戏都没有为塑造人物性格服务。尤其是写幼儿园那一幕，按剧情的要求和发展完成来说是没有必要的。作者写这幕戏的意图，不过是为了证明楸梦是幼教工作者，完全没有起到塑造人物性格的作用。

要说有塑造人物性格的情节，"舞厅"一幕倒塑造了李湿文的性格，可惜作者把重点放在次要人物身上了。

李湿文那种"爱能买到手表、自行车、缝纫机吗？能享受荣华富贵吗"的表露，倒是把一个思想情趣非常低劣，将爱情建立在金钱基础上的利己主义者的丑恶形象描写得淋漓尽致。

到后来，李湿文和唐龄澜这个只爱金钱没有爱情的"泼妇"结婚，尝到"一天一小吵，三五天一大吵"这种没有感情基础的婚姻苦头；他想提出离婚，但又没有马上提出离婚要求，而是"等她病好了再说"，有内心的转变和良心的发现；到后来他自己有钱，买玩具送给幼儿园小朋友，转换到崇高的爱心和精神境界方面来，从而完成了李湿文这个人物性格发展的塑造过程。当然，用李湿文性格来反衬楸梦性格，也未尝不可。

但作者并没有将楸梦性格发展过程反映出来，这样就很难使作品中的主要人物（主人公）的形象立起来，人物性格之间的冲突就表现不出来。

前面讲过，戏剧冲突就是人物意志冲突，是由人物性格之间的差异性引起的，差异就是矛盾对立，有了性格差异的人物，那么性格之间的冲突是不可避免的。

性格越鲜明有力，冲突则越尖锐激烈。戏剧冲突和情节的发展，就是人物性格成长的历史。

可惜中间两幕戏没有反映楸梦的性格发展过程，倒成为了一个沉重的包袱，实为遗憾。

还有一个结构问题，即戏剧剧本必须考虑到舞台时间和空间的限制。中国的现代话剧是从西方戏剧发展而来的，对于时空的限制极严。十七世纪法国古典主义戏剧家提出"一个事件，一个地点，一整天"的主张，即单一的事件发生在一个地点，并在一天之内完成。这就是戏剧史上著名的"三一律"原则。现代话剧基本上承袭这一原则。

《迷离》在剧情结构上，虽然以楸梦的爱情故事为事件，可以说是"一件事"，但是地点和时间的安排显得不那么紧凑。

第一幕故事发生在女集体宿舍里，没有交代时间是上午、中午还是下午或是晚上。气氛倒是有了，"外面下着大雨"，起着烘托人物内心痛苦的作用。

第二幕是在舞厅，对故事情节的发展似乎作用不大。再则，话剧是演员通过语言来表达剧情的。在舞台上的舞厅，必定要播放音响，这样必然影响演员的声音，不放音响似乎又觉得故事并不是发生在舞厅。而既然是舞厅，必然要有许多跳舞的人，这样就势必影响舞厅的空间限制。

第三幕发生在幼儿园。这一幕简直是多余，对人物、情节等都没有一点作用。

第四幕发生在张客珲的门诊部。最后整个故事也在这里结束。

《迷离》的结构在时间、场景、人物、事件等方面比较凌乱，特别是第二幕、第三幕尤显累赘。可能作者认为，人物性格特点、事件的发展，必须通过这些时间、地点、场景才能完成，可难道不通过这些结构就不能完成？

好的作品需要作者对生活的深刻观察、理解，需要有高超的浓缩和概括的艺术技巧。

因此剧作家必须善于把生活高度集中概括，以较少的人物、较集中的事件再现在舞台上。

戏剧语言必须是高度的性格化的语言。剧中人物的对话必须符合说话人的思想感情、文化修养、生活经验和个性特征。按照他自己特有的方式和戏剧所规定的特定情境，说他自己能说的话，说他自己必须说的话。

《迷离》的第一幕很富有哲理性。它既反映了楸梦是有文化修养又经历过恋爱痛苦的当代青年，也反映了楸梦恋爱失意后的痛苦心情，但并不等于她就"不想结婚"。我们面对现实，有追求美好生活的权利，希望人们不要去创造"不想结婚"的道理。

而唐龄澜（指着张客珲）"我恨他！恨死他！简直想杀了他"的语言，展示了她那没有丝毫思想感情、文化素养低劣、性格泼辣的"泼妇"形象。尤其是在楸梦家大喊大叫，把楸梦气得跑出了家，这种喧宾夺主、令人作呕的拙劣表演，更表现了她那"泼妇"的丑恶嘴脸。

李湿文的"爱能买到手表、自行车、缝纫机吗"的语言，则暴露了他那低级庸俗的小市民性格。《迷离》在语言方面还是有些东西的，但也有很多语言显得苍白，不够凝练。

剧本的语言是必须富有动作性，动作与对话是戏剧塑造艺术形象的基本手段。对话如果不具有强烈的动作性，就不能推动剧情发展，就不能搬上舞台。再就是戏剧语言既要浅显明白、口语化，又要含蓄蕴藉，富有潜台词。

前面说过楸梦的"不想结婚的人，都有自己的道理，但愿我们都不要去创造这种道理"的语言，就具有戏剧语言的特征。

以爱情为题材的戏剧，一般来说，很难写好，也很难被采用。千百年来，不知有多少作者在这方面耗尽精力而无所建树。

在我国，爱情题材的戏剧，尤其是话剧，又有多少部是有影响的、久演不衰的？因此爱情题材虽是"永恒的题材"但它同时也是永远难以写好的。在我国多少专业与业余作家在摸索、在探求，总想有所突破，但总是收效甚微。如你有恒心，希望有所建树。

同时，也建议一下，将《迷离》改写成小说。相信你会用你那女性特有的细腻风格，把《迷离》改成一篇言情小说，颠倒众生。

但愿你继续努力，在实践中不断总结、提高。

握手！

简艺根

这审稿老师好细致，虽然退稿，但是她却从退稿信中收获了知识。阿馨一遍又一遍地读着，思考着。

中午十二点阿锟来了，手里拿着个铁饭盒，问她在看什么。阿馨告诉他，她参加多幕话剧剧本选拔赛，稿件被退回来了，还收到一封厚厚的退稿信，写得太好了。她让阿锟也看看。

阿锟接过退稿信，边看边点头，突然，他大喊一声："说得太正确了！阿馨，那就改写成小说吧！"

阿馨说："那当然，我会把这部话剧改写成小说的。"

"只要你不断地努力，你一定会成功的。"

"我肯定不会放弃自己的追求。"

"不管你怎么追求，你的肚子也要吃饭吧！你看我给你带什么好吃的来了。"阿锟打开铁饭盒，一盒奶白色的饺子展现在眼前。

阿馨惊喜地说："啊！太漂亮了，我还从来没吃过这么漂亮的饺子。"

"我买了些面粉，学着城里人包饺子。快吃吧，吃完再看再写。"

阿馨用筷子夹起一个饺子，先递给阿锟，阿锟不要，她才自己吃了。

阿锟说："刚才看见你的自行车靠在墙边。"

阿馨把饺子吞进肚子，告诉他，她的自行车坏了，骑不了了。

阿锟说回家拿工具来帮她修自行车。不一会儿，他取来工具箱，检查后发现是车胎被扎破了，于是在阿馨单身宿舍门外补起了车胎。他送给阿馨的这辆永久牌自行车，还是他大哥托人买的，他又转送给阿馨。

阿馨正吃着饺子，就听见一个声音从门外传来："阿锟，你在帮阿馨修自行车啊！我正想借她的自行车去办事呢。"

阿锟说："修好后你就可以骑了。"

阿锟知道小彭常来找阿馨，他很体谅小彭：一个外地人来到这里帮助他们建设家园，又辛苦又孤独。再说，阿馨也有交朋友的权利。

小彭说："阿锟，我来找阿馨你不吃醋吗？"

"只要阿馨没有结婚，我们可以公平竞争。"

小彭心里嘀咕："土包子真想得开。咱们走着瞧！"他走进阿馨的宿舍，看见阿馨在吃饺子，很惊喜地问："阿馨，哪儿来这么好吃的东西，能让我也享点口福吗？"

阿馨说："是阿锟做的。我已经吃过了，你还要吃吗？"

小彭说："饺子是一个个的，怕什么？我可不客气了。"说着就用手抓一个来吃。

阿馨找来一双筷子递给他，小彭高兴地夹起饺子，一口一个，不一会儿就把剩下的几个饺子吃完了，还说："怎么不多装些来？"

阿馨说："要吃你自己做嘛！"

阿锟在外面听见，说："小彭，你觉得好吃，下次我包饺子时，请你一起来吃。"

小彭笑了："太好了。"

阿馨建议下次买来面粉，叫上阿莉一起来包饺子。小彭自言自语："吃个饺子还要叫阿莉？"

小彭坐在屋里等着阿锟修自行车，看见桌上的稿件就拿起来，边看边说："你还会写剧本？！借给我回去看。"

阿馨说："不行，要看在这里看，我还要修改。"

小彭没办法只好快速翻阅，突然激动地喊道："真是才女！"

"哪里，不是给退稿了吗？"阿馨回答。

小彭仔细地看稿，不再闲聊。阿馨也不理他，由着他看，看完了好提意见。

阿馨出去帮阿锟修自行车，阿锟把车的内胎翻出来补，阿馨就在一旁帮他扶住。小彭坐在阿馨的旧书桌旁，忘我地读着《迷离》，沉醉在故事情节中。

不知过了多久，突然听见阿莉在外面喊："阿馨、阿锟，你们在修自行车啊？我去找小彭，他不在，我想他肯定来找阿馨了。"

阿馨说："他在里面看作文。"

"什么？什么作文这么好看？"

阿莉说着走到门口，大声喊："小彭，你在这里干什么？让我找得好苦！"

小彭不理她，还在看剧本。阿莉上前把稿件抢在手里，小彭生气了："干什么？不要把阿馨的稿件搞坏了。"

"阿馨、阿馨，就知道阿馨！她已有男朋友了。"阿莉气愤地说。

"有男朋友我也可以和她来往啊！只要她没有结婚，我就有权利追求她。"小彭说。

"收起你那股酸劲吧！跟我去县城玩！"阿莉心想：有小彭这样洋气的小伙子陪她上街多体面啊！

"要去你自己去！"小彭不高兴地说，也不管阿馨同意不同意，就把她的稿件拿走了。

阿馨生气地追上来："你不能拿走，我还要修改。"

"明天就拿来，行不行？"小彭恳求。

"明天一定要拿回来。听见了吗？"阿馨见他样子可怜，就同意了。

"一定，一定。多一分钟都不留。"小彭说完就走了。阿莉跟着他。

阿锟修完自行车也离开了，他要复习功课参加高考。阿馨又静静地坐回窗前思考问题。

快　乐

又是一个星期天，早上十点钟，阿馨走到一排平房前，在一间房门上笃、笃、笃敲着。

在朦朦胧胧的烟雾中，从房中走出了一个瘦高的、戴眼镜的男青年，正是小彭。他步履矫健，晒黑的脸上，一双不大不小的眼睛流露出复杂的眼神，高鼻梁下不薄不厚的双唇有棱有角。他一看是阿馨，非常高兴。阿馨进了屋子，见桌上的烟灰缸里满是烟蒂，于是叫他不要抽这么多烟，小心得病。

小彭说："有什么办法，抽烟算什么，自从看了《迷离》，我就像生了病，抽烟也许能让我快乐些。我还没有还你的稿件呢。"

阿馨说："算了，我也没有时间修改了，还要复习功课，你看到什么时候都行。我来是问你借小录音机，学英语的。"

"好啊，拿去吧！在学习上碰到什么难题就问我，我英语最在行了。阿馨，学好英语可以出国的。"

"我不是为了出国，是为了高考。"

"总之学好英语是有用的，I love you."

阿馨听懂了，马上用中文说："我不爱你！"

小彭愣住了，低着头找出微型录音机，递给阿馨。

阿莉的声音远远传来："小彭、小彭，彭莱雄！"小彭听着，叹了一口气。阿莉跑进屋，发现阿馨也在，心无城府地跟阿馨打招呼。她来叫小彭去看电影，小彭不愿意，推托要洗衣服，端着水盆去屋外的水龙头那儿。他告诉阿莉：等不及就走吧！阿莉不理他，一个劲儿跟阿馨讲话。

小彭洗完衣服，又拿过杯子倒了一杯开水，咕噜噜灌进了肚子。阿莉催他去看电影，小彭无动于衷，让她跟阿馨去。

阿馨看着他们摆摆手说："我可没时间，实在是太忙了。我要回去复习功课，参加高考预选。"

阿莉说："阿馨，你真有能耐。打算考多少次啊？"

阿馨说："我也不知道。我这么年轻，去拼搏一下吧！即使落选了也没关系，毕竟曾经努力过。"

小彭说："对呀！年轻人就应该去拼搏！"

阿莉突然发现《迷离》还在小彭的书桌上，很生气地问："小彭，阿馨的稿件你怎么老看不完，被迷住了？"

小彭冷淡地说："跟你说你也不懂。"

阿莉说："也借给我看看。阿馨，稿件究竟是讲什么的？"

阿馨回答："讲人生的追求在于爱情与事业。没有爱情的事业，是枯燥的；没有事业的爱情，是空虚的。"

阿莉说："什么爱情事业的，乱七八糟！有钱花就够了。"

小彭说："不爱读书的人真是讲不通。"

阿莉差点跳起来："什么？什么？你天天读书，读了这么多书，还不是分来我们农场？懂一点技术了不起啊？"

阿馨说："爱情不是互相埋怨，它是理想的一致，而不是物质的代名词和金钱的奴仆。"

小彭说："跟她说那么多，你也不嫌累？她什么也不懂。"

阿莉指着小彭喊叫："你才什么也不懂！"她拿过阿馨的稿件，"借给我回家看。"

小彭急忙阻止："别把阿馨的稿件弄坏了。"

阿馨笑嘻嘻："让她看看吧！"

小彭只好说："只能在这里看，不能拿走。"

阿莉乖乖地坐在小彭的书桌旁看阿馨写的故事，看着看着，她也不出声了。

阿馨见他们半天不出声，就说："你们去看电影吧，去追求你们的快乐！"

阿莉不说话，继续看。阿馨摇摇头，拿着微型录音机离开了。

小彭望着阿馨的背影逐渐消失在蓝天白云下的绿林中，那小小的倩影令人目不转睛。他思索着"快乐"二字：怎样才是真正的快乐？

阿莉还在看《迷离》，也不缠着他看电影了。小彭就坐在床边看书……

远道而来

星期五下午五点钟，阿锟的大哥大嫂早已经在家等候了。阿锟带着阿馨一进门，大哥就大喊："锟仔，快过来，让大哥瞧瞧。"

大哥从头到脚地打量阿锟，拍拍这最小的弟弟。许久没见，阿锟又长高了，成了大小伙子一个。阿锟见过大嫂，大嫂拉过小男孩名名，让他问小叔、阿姨好。阿馨拿出一个玩具小车递给名名，名名高兴地说："谢谢阿姨！"一双小眼睛盯着阿馨眨都不眨。

阿馨一进门，大嫂就被她美丽的容貌迷住了。女孩除了皮肤微黑，再挑不出什么毛病，两条又长又黑的辫子自然地垂在背后，那充满梦幻的大眼睛特别迷人。大嫂心想：女孩跟锟弟真是天生的一对！她真心为锟弟高兴，也为阿馨惋惜：一朵鲜花长在高山上，无人知晓。看得出锟弟对女孩很痴情，不知他们何时办喜事，得问问家婆。

大嫂问："妈，锟弟什么时候办喜事？"

阿锟妈回答："得问他们自己！"

阿馨说："大嫂，我们还年轻呢，不着急。"

阿锟帮腔："对啊！我们还要去读书。"

大嫂笑了："多读书好。"

阿锟说："大嫂，你是中学语文老师，告诉你，阿馨还写了多幕话剧剧本《迷离》呢！”

大嫂很好奇："拿来让我拜读拜读吧。"

阿馨说："写得不好，被退稿了，我正把它改成小说，还要请大嫂多提意见。"

大嫂夸奖："你真是个又好学又刻苦的女孩。"

阿锟很得意："那当然。"

阿锟的哥嫂讲着大城市里的新鲜事，从高楼马路到人们的衣食住行、风俗人情、婚恋观念。阿馨见时间不早了，就起身告辞，阿锟妈邀请阿馨全家有空过来吃饭，阿馨谢过后出门，还听见阿锟一家人在叽叽喳喳。她出门没走两步，就听见身后有脚步声，阿锟追着她说："阿馨，我就不送你了，明天见！记得拿稿件过来。"

阿馨回头，阿锟又跑进屋里了，因为名名在叫他。

第二天早上七点半，阿馨拿着稿件去阿锟家。阿锟妈正在煮粥，答应把稿件转交给大嫂，阿馨就匆匆忙忙地走了。

下午四点半钟，阿馨又去阿锟家，阿锟妈正急得团团转，说："阿馨，你来了！快去帮忙找小名名，阿锟他们都去找了。"

"怎么回事？"

"名名妈今天早上在看你拿来的什么《迷离》，名名见妈妈忙，我又在做事，就自己在外面玩。我看见他在逗鸡，也没理，后来我再找他时，他就不见了。你快帮忙找吧，这天快下雨了！"

阿馨跑去找人，边找边喊："名名……"

她逢人就问：见过这么高的小男孩吗？人们都说没见过。她一直找，一直喊，一直问，找了很多房前屋后的角落，都一无所获。

头顶飘来了几朵乌云，慢慢地笼罩住天空，天上落下了黄豆般的大雨点。阿馨没有雨具，但她还是坚持寻找城里来的小男孩。

蒙蒙雨雾中，她不断地呼唤："名名……"回答她的只有哗哗的雨声。这时，一把黑伞缓缓向她移来，阿馨走近一看，伞下正是小彭，他的右手抱着一个小男孩，阿馨激动地喊道："名名。"

小男孩见了她就伸出手，叫："阿姨。"

阿馨抱住他，小彭帮他们撑伞。阿馨说："小彭，太感谢你了！"

走了一会儿，又有一把大黑伞远远地向他们移来，伴随着"名名，名名……"的呼喊声，阿馨认出这个声音，大叫道："阿锟！"

小男孩也喊起来："小叔！"

阿锟从阿馨手里接过名名，阿馨让他们赶紧回家报平安，家里人一定都急坏了。

阿馨说自己的衣服湿了，得赶快回家换衣服。小彭见她没有带伞，就送她回家。四个人分成两路走。

阿馨和小彭共撑一把伞。一路上小彭说个不停："我正在屋里看书，就见一个小男孩吆喝着一只大公鸡跑过来。我出来一看他的穿着打扮，就知道是城里的小孩。再看觉得很眼熟，想起来是阿锟家的小孩，他大哥每次回家，阿锟都带那小男孩出来玩。"

阿馨说："小彭，你记忆力真好。"

小彭有点不好意思："小男孩从小就胖嘟嘟的，很可爱。"

雨越下越大，小彭把伞使劲往阿馨那边倾斜，自己被淋得半边湿。

到了阿馨家门口的瓜棚下，小彭就告辞了。阿馨喊他进屋坐一会儿，他都不肯。阿馨默默地站在屋门口，看着小彭消失在大雨中，思绪随着雨水飘飞……今天要不是小彭眼快手疾，后果将会怎样？真是太可怕了！她不知道该如何感谢这外地来的小伙子。

雨水密密地把天地连成灰蒙蒙的一片，远远移来的一顶大黑伞又把它们从中间劈开。伞越来越近，阿馨默默地看着伞下的人影。十米、五米、两米……人影停住了，声音从伞下飘过来："阿馨，你平安到家，我就放心了。"

"阿锟哥，进屋坐坐吧！"

"你没事就行，我还得赶紧回去安慰家人。"

"大家都好吧？"

"都还好。我大哥大嫂明天就走，所以我得赶紧回家。"

阿馨默默地盯住那撑着大黑伞的背影，两米，五米，十米，二十米……慢慢地、慢慢地消失在大雨中。

阿馨妈从屋里看到了这一切。担心女儿湿透的衣服，她轻轻地喊了一声："阿馨。"阿馨没听见，伫立不动，妈妈又叫了一声："阿馨。"阿馨这才从沉思中惊醒。

妈妈关心地说："快去换衣服吧！"

阿馨说："好的。"但她又站了一会儿，直到妈妈再次催她，她才缓缓地关上门。

雨过天晴

昨天还是大雨哗啦啦，今天却是晴空万里，阳光普照大地。早上九点，阿馨见没什么紧迫的事要做，心想今天阿锟的大哥大嫂要走，不如去送送吧，顺便取回自己的稿子。

阿馨路过她的同事杨老师家门口，杨老师看见了就喊："阿馨，进来坐坐。"

阿馨不好推辞，走进屋去闲聊了几句。

杨老师说："我借了你的自行车用，却让你走路，今天就还了你的自行车吧！"

阿馨说："没关系，谁都有困难的时候。"

杨师母也在家，说："阿馨，你看我们家老杨穷得叮当响，连一辆自行车都买不起。"

阿馨安慰她："总有一天大家都买得起的。"

杨老师说："就是嘛！会买得起的。"

杨师母哼了一声："等我进棺材再说吧。"

杨老师说："你这种人！真粗俗！"

杨师母说："没有我这种人，谁帮你带孩子煮饭？你就会吹拉弹唱。"

杨老师老早就来农场了，他多才多艺，是子弟小学的语文兼音乐老师，阿馨的歌和阿锟的吉他都是他教的，杨老师还送了阿锟一把旧吉他，因为杨师母嫌那东西吵人。杨老师说阿锟有天赋，小小的阿锟也没有辜负老师的期望，参加吉他比赛时还拿了一等奖。师生间的感情很深厚，有什么困难都会互相帮忙。

杨师母说："阿馨啊，找个有钱的男人赶紧嫁了，等到人老珠黄，就没有人要了。"

杨老师说："你这老婆子嘴里就吐不出干净的话！谁都像你吗？阿馨可是个有理想的年轻人。"

杨师母说："理想可以当饭吃吗？"

阿馨说："人各有志，不可强求。"

杨老师说："对，对，对！阿馨，听说你写了个剧本《迷离》，让我拜读一下吧！"

阿馨脸都红了："杨老师，你太客气了。我小学的语文不是你教的吗？你永远都是我的老师，就当作再帮学生改一次作文吧！"

杨老师说："青出于蓝而胜于蓝。"

阿馨说："你上的语文课我最爱听；你教我们写作文，我从此就爱上了写作。"

"阿馨，你太抬举老师了。你将来一定会成为一名作家。"

"杨老师，借你吉言，我一定会努力的。"

"你什么时候拿稿子过来？"

"马上。我去阿锟家拿回稿子，就送过来。"

杨师母说："让我也看看吧！"

阿馨有点羞涩："其实也没什么好看的，就是个爱情故事。"

杨师母说："那可好看，快去拿来让我瞧瞧！"

杨老师说："看你急得跟什么似的。"

杨师母说："只许你看故事，就不许我看啊？"

阿馨说："要请两位前辈多指教。"

杨老师说:"她会什么呀,就是凑热闹。"

杨师母说:"有你这么说老婆的吗?"

老两口正吵着,门外有人喊:"阿馨,阿馨。"是阿锟的声音。

杨老师说:"锟仔来了。"

阿锟进屋后就问候:"杨老师好,师母好。"

杨师母说:"锟仔你越长越帅了,跟阿馨真是天生的一对,什么时候请师母吃喜糖啊?"

阿锟说:"还早着呢!我们都年轻,还要读书。"

杨师母说:"读什么书,可别耽误了阿馨的青春,她是难得的好姑娘。"

阿锟说:"不会的,师母,我们都要考大学呢!"

杨师母说:"考上大学也别忘记阿馨啊,不然师母可不放过你。"

阿锟说:"我忘记自己,也不会忘了阿馨的。"

杨老师说:"你这老婆子在乱说什么。"

老两口又吵起来了。

阿锟见惯了,也不劝,转头对阿馨说:"阿馨,我把你的稿件拿来了。"

"我正想去拿呢!杨老师要帮忙看看。"

"好啊!让杨老师多提意见,就像小学时他帮我们改作文那样!"

"是啊!老师教给了我们知识,教给了我们做人的道理,我是终身都难忘的。"

杨师母叹着气:"阿馨多好啊!锟仔考上了大学,可不能丢掉阿馨呀。"

阿馨说:"师母,阿锟是自由的,他想怎样就怎样,谁都不能束缚他的手脚。"

杨老师说:"阿馨多开明。"

阿馨说:"现在是自由恋爱的时代,不能勉强别人。"

阿锟说:"就是,就是,这是个自由恋爱的时代,不过我一定会做个负责任的男子汉。"

杨老师说:"你看人家锟仔讲得多好,他不会对不起阿馨的。"

杨师母说:"男人帮男人。阿馨,师母帮你看着锟仔,如果他不要你,有他好看的。"

杨老师说:"看你怎么对小辈说话的。"

阿馨笑个不停,阿锟很不好意思地站在一旁。过了一会儿,阿馨和阿锟就向杨老师夫妇告辞了。杨老师要他们留下吃中午饭,被他们谢绝了。看着他们走出门的背影,杨老师感叹说:"真是天生一对!"这是他最优秀的两个学生,祝愿他们永远幸福!

阿锟推着永久牌男式大自行车,这车可以载许多东西。阿馨坐在车后座上。阿锟告诉阿馨,昨天下大雨,张老伯家的屋顶肯定漏水了,他想约她去看看。阿馨很愿意,又问他大哥大嫂是否走了,阿锟说今天一大早就走了,大嫂还称赞阿馨写作功底很好,让她继续努力,把剧本改成好小说,并祝她成功!阿馨想到名名走失的事,说:"对不起!"阿锟说:"怎么能怪你呢,是家里人没看好孩子。"劝她不要自责,阿馨的心这才放下了。

阿锟骑着自行车带着阿馨,他们的话语在风中飞扬,自行车轮摩擦着大地,喔唥、喔唥的,声音很难听。

阿馨咯咯地笑个不停,阿锟埋怨:"你还笑?"

阿馨跳下车,阿锟脚撑着地也停了车,蹲下身拽了拽链条,发现上面粘着很多泥巴。他从路边找来一根棍子,阿馨见状,也找来了一根大拇指粗细的树枝,两人把链条上的泥巴一点一点地挑出来。这是半包链的自行车,很容易粘上泥巴的。

阿馨用树枝东敲敲西打打,不知怎么搞的,链条脱了出来,阿锟就让她别动手了,他自己来就行,别再把她的手搞脏了。

阿馨蹲在一边,看着阿锟把脱下的链条安好。

他们又上路了,阿馨侧坐在自行车的后座上,右手搂住阿锟宽厚的腰身,脸靠在阿锟的背上,心想:要是能一直这样靠下去该多好啊!自行车摇摇晃晃的,让人浮想联翩,她渐渐闭上了眼睛。

"阿馨……"

阿馨惊醒："什么？"

"他们都在看你写的那篇《迷离》。"

"看就看吧！看完提出意见，我就可以取经啊，到时抓紧时间把它改成小说。"

"好啊！改好了，想办法投稿，出版成书！"

"我是小老百姓一个，哪敢妄想。出书那么容易的话，还不人人都成作家了！"

"我相信，只要不断努力，坚持到最后，总有一天你会成功的。"

阿馨憧憬着："听说以后有钱就可以出书，我要去做临时工，赚许多的钱来出书。"

"我也要赚大钱。等我考上大学，就能赚钱帮你出书了。"

"我自己也会努力赚钱，实现我的梦想——出书的梦想。"

"你的梦想就是我的梦想，我一定会考上大学，你也会的。"

"考不上大学也没关系，我继续读社会大学，不用交学费的大学。"阿馨说完，咯咯咯地笑起来。

阿锟称赞她："阿馨，你真乐观。"突然他大喊一声，"阿馨，快！跳车！"

阿馨没反应过来，傻乎乎地还坐在后座上。阿锟也来不及拐弯，就直冲冲地撞上了一块大石头。

一瞬间阿馨就坐在了地上，阿锟也摔倒了，自行车压在他身上。阿馨吓了一跳，回过神来继续笑。

阿锟说："你还笑！"情不自禁地跟着笑了。

阿馨说："真是平地跌水牛啊！"说完又一阵大笑。

阿锟扶起阿馨，问她伤着了没有。阿馨摇摇头。自行车的链条又掉了，阿锟找树枝把链条安好，他们重新坐上自行车。一路上稻谷飘香，广阔的天地尽收眼底，小鸟在天空中自由地飞翔。

阿馨和阿锟老远就看见张老伯家的屋顶上有人。走近了，发现张老伯正在屋顶上翻瓦片，老奶奶在下面看着，张老伯的小儿子在她身边玩。老奶奶见他们来了，高兴地拉着阿馨的手问长问短。

阿锟对着屋顶大声说："张老伯，你下来吧，我帮你！"

张老伯大声招呼："锟仔，你来了！"

阿锟扶着木梯子让张老伯下来，张老伯对阿锟千谢万谢地说着客气话。

阿锟爬屋顶时，阿馨就帮他扶着梯子。张老伯和老奶奶笑呵呵地看着，不断点头。

阿锟小心翼翼地爬上屋顶，帮张老伯盖好被风雨掀翻瓦露出的木橼条。瓦不够了，阿馨也爬上木梯，一片片地递给阿锟。阿锟让阿馨小心点，别把瓦片打碎了。

张老伯看着这对青年，心里非常过意不去，他让阿锟注意安全，还有不要唠叨阿馨那么多。

阿馨说："张老伯，没关系的，他这么大的人，会照顾好自己的。"

阿锟在屋顶上专心地翻盖瓦片，花了好长时间才干完。他大声喊："阿馨，我要下屋顶了，你可要扶好啊！"

阿馨说："知道了。"

阿馨扶住木梯，张老伯也过来帮扶住木梯的另一边。阿锟一级一级慢慢地爬下木梯，张老伯见他还有两级就下到地了，于是松手走开，阿馨继续扶着梯子，谁知阿锟腿软，一脚踩空，阿馨急忙拉他，但阿锟太重了，把阿馨也带得摔在地上。阿馨很快爬起来，阿锟却躺在地上起不来。张老伯急忙跑过来扶起阿锟，老奶奶手忙脚乱地拿过一张木板凳让阿锟坐，嘴里连连问道："锟仔，跌伤没有？快看看！"

阿锟是因为太累踩空了，他卷起裤腿，膝盖上有一大块青紫瘀痕。见张老伯过意不去，阿锟说："这是刚才我骑自行车摔的，跟爬梯子没关系。"

张老伯去找药酒，可找来找去找不到。

阿馨说："不用了，张老伯，你拿一条毛巾来，再打一盆冷水就行了。"

张老伯拿来了一盆水、一条毛巾。阿馨把毛巾泡到水里，拧得半干，敷在阿锟的膝盖上，就这样反反复复地敷。张老伯和老奶奶在一旁看着，问阿馨："这样就可以了吗？"

阿馨说："没摔脱皮，只有青紫色的瘀痕，二十四小时内可以这样敷。当然要是能有冰敷效果更好。"

阿锟说："我已经没事了，别在这儿麻烦张老伯他们了。"他站起来一拐一拐地去拿自行车，阿馨扶着他。

张老伯要他们留下吃午饭，其实也没什么菜，就是稀饭和红薯。他们坚决不吃，老奶奶就从锅里拿来两个大红薯硬塞给他们，阿馨推回去，老奶奶又塞回来，一来二去的，阿馨只好收下了。

阿锟说："以后有空再来帮你们的忙。今天不好意思，给你们添乱了。"

张老伯说："哪里，哪里，谢你们还来不及呢，我们才是一天到晚给你找麻烦。回去好好养伤，多休息！"

阿馨和阿锟一人拿着一个大红薯，推着自行车往回走。

张老伯和老奶奶看着他们的背影，连连点头，夸奖着："真是一对好青年。"

阿馨和阿锟走在田间的小道上，阿馨的肚子也饿了，她不管三七二十一，剥了红薯皮大口地吃起来。

阿锟说："你真饿了？连我这个也一起吃了吧！"

阿馨摆摆手，让他自己留着，已是下午两点，他肯定也饿了。阿馨吃完手里的红薯，又帮阿锟剥红薯皮，她接手推着自行车走。阿锟掰了一半红薯给阿馨，阿馨摇摇头："不要，不要，你自己吃，吃完了，我骑车带你吧！"

阿锟说："真的不要？我可吃完了。"他好像猪八戒吃人参果，几口就吃没了。

阿馨说："还说不饿！"

"嘴巴不饿，肚子真的是饿了。"

"嘴硬心软。"

阿馨说完咯咯咯地笑，阿锟也跟着哈哈大笑。阿馨骑上自行车，让阿锟坐好，她握紧车龙头，飞速地朝家的方向骑去。

阿锟坐在后座上说："阿馨，过几天我们去黄金山玩玩吧，这段时间复习太累了。"

"可以啊，不过你的腿没问题吧？"

"这点小伤算什么。"

"叫上小彭和阿莉一起吧！"

"好啊，人越多越好玩。"

"黄金山上真的有黄金吗？"

"听说遍地是黄金。"

"太让人向往了。"

"那里是勤劳者的天堂，贪婪者的地狱。"

"挖到黄金可就发财了，不过肯定没那么容易。"

"想都不要想，这黄金山不知经历过多少刀光剑影，我们还是老老实实地做工挣钱吧！"

"那当然，走正道挣的钱才让人安心，才睡得安稳觉。"

"就是那句话：不做亏心事，不怕鬼敲门。"

他们一路聊着天，不知不觉就到了农场。阿馨送阿锟回家后，自己骑车回家了。

黄金山见闻

这是一个美丽的星期天，黎明刚刚敞开它那宽广的胸膛。阿锟、阿馨、小彭、阿莉一行四人，乘坐着专线车去黄金村，从那里再上风景优美的黄金山游玩。

他们准备了许多干粮和零食，阿锟还背着吉他。上午十点钟，他们到了黄金村。

啊！这里真是山清水秀啊！小楼一栋又一栋，二层的楼房随处可见。一群小孩子跟在他们后面叽叽喳喳，有的脸上沾着泥土，有的鼻涕像两根长绳，也不去擦一擦。有些孩子脖子上挂着一根光闪闪的银链，有的脚上戴着银镯。

阿莉说："这里的人太有钱了。"

小彭说："人家有钱是人家的事。"

阿莉说："再有钱也是在农村。"

阿锟说："农村也有农村的好，再说了，这是他们的家乡啊！"

阿莉说："我一定要离开家乡，嫁到城里去。"

阿馨问："你不爱小彭了？"

阿莉说："他能带我离开这里更好。"

阿馨说："说不定哪天小彭真的带你走呢！他不是本地人。"

小彭说："谁要带她走？我心里已经装了另一个人，而且只能装一个人。"

阿莉说："我知道你心里装的是谁，可人家心里没有你。"

小彭说："我的心里有她就够了，她的心里有没有我都不重要。"

阿莉说："你这人真笨。"

阿锟说："阿莉，你不要骂人啊，出来玩要高兴的。"

阿莉说："唉，我说你这人也真够笨的，女朋友都要被人家抢了，也不着急。"

阿馨说："阿莉呀，每个人都有爱的权利，我们是无法剥夺的。"

阿锟转移话题："这里真美，我们还是赶快上山吧！"

他们走在山路上，不时听见远处传来轰、轰、轰的声音。

阿馨问："这是什么声音？"

阿锟说："那是在开龙口，挖金。"

他们走在崎岖的山路上，只见野花竞相吐妍，细长的花柄托着五颜六色的花瓣，微风轻轻吹，它们就跳起欢快的舞蹈，好像在迎接远方的客人。美丽的鸟儿在歌唱，它们越过山岭，越过树林，越过潺潺的小溪流，飞向自己的安乐窝。

阿馨高兴地大声喊："这里太美了。"

身旁的山也在回应："这里太美了。"

阿馨和阿莉陶醉在大自然的美景里，她俩蹦蹦跳跳地采摘着山上的野花。他们穿过乱蓬蓬的荆棘，穿梭在陡峭的山路上，看见三五成群的青年人在攀登高峰，他们却来到了幽幽的山谷。

一股清凉的风吹来，令他们感到很惬意。这里山峦挺秀，古木参天，松竹葱茏，流水淙淙，轻纱般的云雾缠绕着山峰。

阿锟说："我们在这里休息一会儿吧！"

他们坐在奇形怪状的乱石堆上歇脚。石堆旁有一条金色如明镜般的小溪流，溪水冲击着岩石上无数的裂缝和凸棱，卷起像雪沫般的碎浪，一往无前地奔向远方。

身旁的石壁上生长着许多粗矮的小树和山藤，深深的石裂纹令人浮想联翩。

他们喝着水，吃着点心。阿馨突然说："你们看！"大家朝着阿馨指的方向看去：一座陡峭的山峰上云朵缭绕，一道溪流从石壁上飞泻而下，仿佛天空中飞下一条白龙。

山顶上有许多人影在晃动。这里风景优美，是学生和喜爱郊游的年轻人游玩的胜地。

阿莉欢快地弯腰戏水，把溪水拍得四下飞溅，滴滴水珠落在同伴的身上、脸上。

小彭不停地赞叹这里宛如仙境，他把脚浸入水中，又捧了一把水往脸上抹。突然他打了个喷嚏，震得山谷也"阿嚏、阿嚏"地回响。

他嘴里说："这水太清凉、太舒服了。"

阿莉哈哈大笑。

阿锟坐在一块大石头上，弹着他心爱的吉他。许多水珠落在他的身上和吉他上，他抬起头，看见阿馨正顽皮地朝他笑，鹅蛋形的脸上泛起两朵红玫瑰。他把吉他放在一旁，去追逐他心中的"红玫瑰"。

阿馨看见他过来，用手舀起水泼他，阿锟也舀水泼阿馨。阿莉一边笑一边喊："阿馨加油！"

寂静的山谷爆发出一片欢腾。

小彭却沉默地坐在一块大石头上。

昨晚阿馨和阿莉来找他，约他一起去玩，他很兴奋，但听说阿锟也去，就有点不高兴了。不过为了阿馨，他还是来了，其实这里很好玩，犹如仙境，有原始的野趣。

阿馨说："别泼了，我投降。"

小彭看过去，正好看见阿锟拉着阿馨的手并肩坐在大石头上。他把眼睛闭上，装作什么也没看见，但心里酸溜溜的不是滋味。

　　阿锟继续弹吉他，阿馨开始唱歌，吉他声是那么让人痴迷，歌声更让人陶醉，整个山谷在细细聆听，小溪停止了奔流，小鸟停止了鸣叫，和他们一起享受快乐的时光。

　　阿莉说："你们俩可以去歌舞厅唱歌，一个晚上能赚几十块钱。"

　　阿馨说："可以去试一试。"

　　小彭注视着阿馨，心乱如麻。这里风景如画，却不能驱散他心中的苦闷，鸟儿的叫声也没有阿馨的歌声悦耳动听。他又朝阿锟望去，啊！生活中的好朋友，生活中的坏朋友，他如何选择？

　　唱完歌，弹完琴，阿锟又开始讲这黄金山的神奇传说：

　　黄金山雄伟壮观。一到晚上，山上灯火闪烁，好像龙在眨眼睛，又似无数颗星星坠入大地。

　　传说有一条龙游玩到此地，被这里的青山绿水迷住了，不肯走了。

　　后来有位仙女闻知此事，偷下凡间来到这里，发现这里果然太美了，翠色铺满大地，她也不走了。

　　这里夜晚原本很黑，龙为了让仙女看见满山的绿色，就扯下身上的鳞片，把它们变成了金子，金子闪闪发光，仙女很感动。龙为了让仙女过得舒适，还在一棵大树旁边盖了一间草房，供仙女居住。

　　后来，龙的鳞片扯完了，它也变成了一座金山，一座雄伟壮观的金山。仙女非常难过，她要永远陪伴龙，守护在它的身边，守护这里的青山绿水，于是她变成了溪流，从山顶泻到山下。你们看这条小溪流，就是山顶流下来的水汇集而成的，人们说这是仙女的眼泪。

　　"啊！这传说太美了，我要画下这座山。"阿馨说着，从挎包里拿出本子和铅笔，开始画画。

　　阿莉问："山上真的有黄金吗？"

　　阿锟说："有啊！"他指着前面的山，"你们看，山上有许多寻金人的小屋，他们一直挖啊，找啊，挖到刀光剑影，找到血溅青山。"

　　阿莉说："最好我在这里捡到一块金砖，那就发财了。"

小彭说："你真是痴人说梦话，穷疯了。"

阿馨说："不是劳动得来的钱，拿到手里心也是不安的。"

"有本事你就去挖啊，找啊！"小彭继续讽刺阿莉。

"我能找到的话还会留在这里吗？"

"一天到晚就想不劳而获。"

"谁不想有钱，难道你跟钱有仇吗？"

"懒得理你。"小彭气呼呼地扭开脸，不再理会阿莉。

"快来人啊！救命啊！"突然，不远处传来一声震撼山谷的叫喊，声音在这寂静的大山中回响。

他们循声望去：一个白色的人影在狂奔，身后几个人影紧紧追赶。隔了一段距离，又有一伙人在追他们。阿锟背上吉他第一个追过去，阿馨紧跟着拿好东西跟着阿锟跑，阿莉和小彭反应稍慢，落在最后面。

这里乱石林立，陡峭难行，丛生的杂草快有一人高，还有长满小刺的灌木，稍不注意就会划伤皮肤和衣裤。

阿锟拨开茂密的杂草，发现是几个人在追一个穿白衣服的男人，还好草木繁密，那白衣人多拐了几个弯，追赶的人就看不到他了。

那白衣人发现了阿馨，立刻把手上的一团纸塞给阿馨，叫她收好。阿馨还没反应过来，白衣人就朝另外一个方向跑了。阿馨没追上他，顺手把那团纸放进了上衣口袋。

没多久，那白衣人就被追赶他的人围住了，他们逼他交出图纸，还搜他的身，发现没有，就逼问他放到哪里了。白衣人说："我真的没有。"

一个穿黑衣服的男人见他拒不招认，就捡起地上一根树枝挥向他身上。白衣人躲闪不及，手臂上被抽了一下。黑衣人又想打第二下，阿锟突然从草丛中冲出来，举起吉他一挡，树枝正抽在吉他上。黑衣人没想到有人出来阻拦，不由得一怔。他正想对付阿锟，从草丛中又跳出来一个国字脸的男青年，背上背着铁铲，他身后还有几个男男女女，手里都拿着粗壮的树枝，好像是边跑边匆匆折的。

白衣人松了一口气："小简，你们来了！"

阿馨、阿莉和小彭也陆陆续续追了上来。

黑衣人见人越围越多，不好下手，就带着自己的人溜了。

白衣人的手臂被抽伤流血了，阿锟二话没说，摘了地上的一种草药，放在嘴里嚼了嚼，叫白衣人把衣服脱了，自己帮他敷药。白衣人脱下衣服，手臂上有一道挺深的口子，还在冒血。阿锟把药敷上，又从裤袋里拿出一条手绢帮他包好扎紧，血就不流了。那条淡绿色、上面绣有一朵荷花的手绢还是阿馨送给他的。

白衣人说："谢谢你，朋友，留个姓名吧，日后好报答。"

阿锟说："不用谢，助人为乐嘛！"

阿馨从衣兜里拿出那个纸团，交还给白衣人："这是什么，值得用命来交换？"

白衣人连声感谢她："谢谢你，美丽的姑娘。我是学地质的，发现了这里的金矿，就画下地图，不想被刚才那些人发现了，追着我打，好险啊。还好遇到你们这些好朋友帮忙，好人一定会有好报的。"白衣人反复让他们留下住址，要报答他们。

国字脸的男青年说："老姜，你不要问了，他们是我的朋友，我知道他们的住址。"

"小简，你怎么不早说？改天让这些朋友来坐坐，一起吃顿饭。"

阿馨和阿锟一看，这国字脸的男青年不就是他们遇见过好几次的人吗？他怎么知道他们的住址呢？

小彭看看国字脸的男青年："怎么去哪儿都能碰见你？"

国字脸的男青年说："说明我们有缘分。"

阿莉说："小彭，你认识他啊？"

小彭说："认识，是一个能路见不平拔刀相助的朋友。"

阿馨说："我们走吧，别在这里唠唠叨叨的。"

阿馨、阿锟、阿莉、小彭一行四人接着去游玩，国字脸的男青年一直目送着他们。

他们刚游览了一会儿，阿馨就听见阿莉在身后大叫一声："哎哟！"

"怎么了？"阿馨折回去找阿莉。

"阿馨，快来啊，我的脚崴伤了！"

阿馨跑过去一看，阿莉坐在草丛中，脚边有一块形状不规则的石头，阿莉就是踩到它了。

阿馨想帮阿莉站起来，阿莉刚抬脚，就"哎哟哎哟"地叫起来。

阿馨说："我背你吧！"

小彭说："你这么瘦，怎么背得动！"

阿锟看着满山的树木和山藤，急中生智，让大家一起做担架，抬着阿莉下山。

阿锟用水果刀砍来两根粗粗的山藤，又把一些细一点的山藤在两根粗山藤上缠绕绑紧，很快，一张像钢丝床般的担架就做好了，再铺上一块塑料布，就能让阿莉躺下了。

阿莉说："这担架牢固吗？"

阿馨说："放心吧，我和阿锟抬，保证不会让你摔下来。"

小彭看着阿馨那纤弱秀美的身姿，实在忍不住了，急忙说："还是我来吧！"

阿莉躺在担架上，阿锟抬前面，小彭抬后面。阿馨帮他们拿东西。

小彭抬得很吃力，担架一直颠簸摇摆。

阿莉说："我还是下来走吧！"

阿馨说："还是我来抬吧！"

阿馨接过担架，换小彭拿东西。她满脸自信，迈着轻盈又稳重的步伐，和阿锟配合默契地抬着阿莉，走过一条又一条蜿蜒崎岖的山间小道，终于走出了黄金山。

阿莉眼眶湿润："阿馨、阿锟、小彭，谢谢你们！"

小彭说："谢我做什么，多谢阿锟和阿馨吧！"

阿莉说："那当然，还用你说？"

小彭说："翻脸不认人！我还帮你背包呢。"

阿莉说："我自己也能背。"说着就抢回自己的背包。

小彭说："路都走不稳，还是我来帮你背吧！"他又把背包抢回来了。

阿馨说："你们啊，这叫打是疼骂是爱。"

小彭说："麻烦鬼一个，谁爱她，只是帮她而已。"

阿莉气得打了小彭一拳，说："就你话多。"

阿馨看着他们直摇头。

他们终于回到了农场，安顿好阿莉后，各自散了。

时来运转

　　这是一个令人难忘的星期天晚上。县城最高档的新新青春歌舞厅里，彩灯变幻莫测，醉男痴女脚步飘忽盘旋。

　　舞台上站着身着淡绿色长裙的阿馨，她如愿以偿，终于来唱歌了，是那个被偷钱包的中年女人帮的忙，阿木就在这家歌舞厅当保安。

　　阿馨的歌声甜美、动听，令人遐想不已。台下的阿锟一眼都不眨地注视着阿馨。阿馨真是太漂亮了，她平时是不穿裙子的，但喜欢自己裁剪衣服，这条下摆有许多褶皱的淡绿色裙子就是她自己做的。阿锟心想：如果他考上大学，而阿馨没考上，他毕业后也要回来找她的，她是他生命中的至爱，无论走到哪里，他都不会忘记她。

　　阿锟和小彭、阿莉坐在左侧靠墙的桌子旁，他们陪阿馨来唱歌，自己也可以尽情地玩一晚上。小彭默默地嗑着瓜子，注视着手拿麦克风的阿馨，听着她优美的歌声，思绪却飞回了刚认识阿馨的那个晚上……

　　那天晚上农场举行联欢晚会，他已经听说老场长是个很开明的人，能唱会跳，但他没想到场长就是阿馨的老爸。

　　那晚的舞台上也有位姑娘，淡施脂粉，秀发如云，身穿淡绿色的长连衣裙，窈窈窕窕，好似一朵亭亭玉立的荷花在夜色中开放。她的容貌压倒群芳，她的歌声在夜空中回荡，她典雅大方，魅力无穷。小彭心想：这种穷山僻野，居然还有这么美丽的一朵花。

"她是谁？"他问身旁的一位姑娘，正是阿莉。阿莉那晚跟阿馨一起来参加联欢晚会。

"她叫黑牡丹，已经有男朋友了。"阿莉说。

"有也可以公平竞争啊！"

"你比不过他的，她的男朋友可是才貌双全啊！"

"试试不就知道了？"

"你们男人啊！放着眼前的大道不走，非要去挤独木桥。"

"你管得着吗？"

"你想认识她？可以通过我啊！"

"你是什么人啊？"

"我是她同学！"

"我还是她同乡呢！"

阿馨唱完歌，正和一群姑娘说笑，小彭走到她面前，彬彬有礼地邀请她跳舞。她很大方地接受了他的邀请。真想不到，她的舞也跳得很好，还讲得一口标准的普通话，不带半点南方家乡口音，他情不自禁地对她产生了好感。

"你的歌声很甜美。"小彭说。

"多谢夸奖，纯粹是业余爱好。"阿馨说。

"你有一副很好的歌喉，可以到歌舞厅去发挥自己的才能，既能积累经验，还能挣到钱。"

"谢谢，有机会我会去试试。"

"你很有唱歌的才华。人的一生是短暂的，但凡有机会发挥自己的才能，都不要错过。"

"谢谢，你是哪个部门的？"

"我是总场新来的技术员，交个朋友吧！"小彭非常直率。

"我有男朋友了。"阿馨也直截了当地回答。

小彭顿时有些失落，不过他还是给自己鼓劲，相信自己的真诚终会感动她。不能成为夫妻，也能做朋友吧！

今天晚上，阿馨那一曲曲歌唱得格外情真意切，小彭听得如醉如痴，无法自拔。他想起从前那些日日夜夜，只要眼睛一闭，阿馨的秀美身影就在脑海中出现，从来没有哪个姑娘这样吸引他。

坐在旁边桌子的一个高个年轻人说："大头，这歌女同以往的歌女不一样，她长得真漂亮，歌声也很甜。"

"八成是落魄的歌星，跑到这穷山沟挣饭吃。"叫大头的男青年说，又推了一把旁边一个国字脸的男青年，说："够靓吧？"

国字脸的男青年穿着一件墨绿色的外衣，刚吹过的乌发服服帖帖的，整齐地梳在脑后。他正专注地看着阿馨，沉迷在她的歌声中，突然被大头一推，十分生气地说："你敢乱来的话，我就给你一拳！"

"你肯定是喜欢上那歌女了。"大头嘻嘻哈哈地说，声音大了些，阿莉看了他一眼。国字脸的男青年猛地一拳打在大头右肩，大头刚想还手，旁边一个穿红衣服的女青年就拉着他去跳舞了。

阿锟和小彭发现旁边的动静不太对头，但也没在意。小彭邀请阿莉跳舞，他踩着标准的舞步，带着阿莉跳出很多花样，动作优美又娴熟。

阿莉边跳边对小彭耳语，他们盯紧大头和穿红衣服的女人，在高速旋转之际猛地撞过去。

"哎哟！撞得好痛啊！"大头喊起来。

"对不起！"小彭说。

"找死啊！"大头想发作。

"他们就是故意的。"红衣女说。

"不是！对不起！"阿莉说。

国字脸的男青年过来把大头拉出了舞池，红衣女跟着。

小彭和阿莉继续跳舞，阿锟专心看阿馨唱歌。

灯光亮起，舞场重新变得明亮。阿馨结束了表演，阿锟、小彭和阿莉先出来在门口等待阿馨。不一会儿，阿馨从场内飘然而出，可是大头和国字脸那帮友仔友女也跟着阿馨出来了。

大头跃跃欲试地走向阿馨，被国字脸的男青年一把推开。

大头说："你干吗？真想打架啊？"

阿木这时赶了出来："你不要闹事了，快离开吧！"

大头说："关你什么事，找打啊？"他一拳朝阿木肩上打去，阿木一闪，他扑了个空，阿木顺势扭住他的手，问："还打不打？"大头一看阿木不好欺负，心想好汉不吃眼前亏，还是快跑吧！

那红衣女拉着国字脸的男青年想走，男青年又回头深深地看了阿馨一眼，才离开了。

阿木告诉阿馨，有个歌迷送了件东西给她。说着把一个大纸箱递过来，阿馨当着大家的面打开了纸箱。啊！一尊形态逼真的仙女根雕展现在眼前。"真是件绝妙的艺术品啊！"小彭惊叹道。这根雕制作精美、造型生动，完全可以媲美省城艺术品展览上的那些。他让阿馨好好保存。

阿锟从这风格奔放的根雕看出，那位陌生的艺术家有着一种潜在的力量和意志，同时他也感到一种无形的压力。

阿馨也很喜欢这人工巧思和天然美相结合的艺术品，它素雅、端庄，给人以愉悦的艺术享受。这栩栩如生的根雕是生活和自然的再现，让人感受到美的和谐、力的鼓舞。她很想见见这位艺术家。

阿莉说："这是木头做的吗？有什么用，还不如当柴火烧。"

小彭说："对牛弹琴，懒得理你。"

阿莉说："我又怎么得罪你了？"

大家沉默，谁也不知该说什么。阿馨笑着说："没什么用的东西，就放着呗。我们走吧！"

阿锟和小彭相视大笑，阿馨也跟着笑，阿莉根本不知道他们在笑什么。

大家骑着自行车往回走，那漫长的公路静得让人恐惧，然而夜空中的星星闪闪烁烁，田里的青蛙呱呱地乱叫，萤火虫飞飞撞撞，蟋蟀有节奏地唧唧欢唱，它们不怕夜的寂静、夜的暗浊。

　　大家进了农场就散开，阿馨忐忑不安地走近自家低矮的平房。一个黑影突然蹿到她面前，借着洒下的月光，她认出了那熟悉的身影。

　　"妈。"阿馨惊异地喊道。

　　"等你这么久也不见人，怕你今天晚上又住单身宿舍，我就在这里等了。"阿馨妈说。

　　"什么事？"

　　"你爸爸有盼头了，我们全家要离开这里了！"

　　"去哪里？这是我出生的地方啊！"

　　"去省城。"

　　"那阿锟怎么办？"

　　"阿锟有阿锟的命，你有你的路。如果你们有缘分，一定会再相聚的。"

　　"我现在就去告诉阿锟。"阿馨抬腿要走。

　　"别去了！到我们走那天再告诉他。他如果为你考虑，会承受分别的痛苦；如果真爱你，无论你在哪里，他都会找到你。"

　　"妈，我能不能留下来？"阿馨难过地问。

　　"你一个姑娘家留在这里干什么？你姐读完大学后留在北方安家落户，想见一次面都难，你想让妈妈更难受吗？"阿馨妈流着眼泪说。

　　"妈……"

　　"爱情不是嘴上说说，它要经得起时间的考验。阿锟还很年轻，未来变数很大，他也有自己的追求。"

　　阿馨妈是位会计，一生追随阿馨的爸爸。阿馨看着妈妈，心里非常痛苦，但她知道妈妈说得对，她未满十八岁，阿锟二十岁，都是人生的黄金时光，应该先接受社会的考验，在生活实践中成长。阿馨这样安慰着自己，没有去找阿锟，而是跟着妈妈回家了。

　　家，必须最后再看一眼的家。一间大屋隔成两间房，后面还搭出一间。进门是正厅，贴近门口摆着一张石米桌，一张长桌靠在另一边墙上，上面堆满了书；旁边有个矮柜，柜顶上也放着书；四面墙上贴满美人年历。里间有个放满书的小书柜和一个大衣柜。

再见了，我曾经的家！

阿馨的爸爸很慈祥，这天晚上跟她谈了很久的话。他满头焦黄的头发中夹杂着银丝，多年的阳光直射使他的皮肤变成古铜色，毫无光泽，宽额上刻满了岁月的伤痕。他的衣服补丁连补丁，洗得泛白，但是干干净净。他很爱看书，家里还有很老的线装书。妈妈说爸爸年轻时爱唱歌跳舞，是个很帅气的小伙子。

阿馨记得爸爸从来没有打骂过她们姐妹，只是叫她们好好读书，善待他人，做事要认真，不要有贪念，知足者常乐。她们姐妹被培养得都很开朗、乐观。

阿馨舍不得她的家，这里有她的初恋、她的朋友，对于随父母到新的地方安家落户她充满迷茫，但是老父老母需要陪伴和照料，她必须走。

全家人谈到深夜。第二天阿馨照常去上课，她想上好这最后几节课。

她的授课方法一向生动活泼，能久久吸引班上那几十双童稚的眼睛，让几十个小脑袋吸收丰富的词汇，展开想象的翅膀。正讲得起劲时，门口出现一个人影，朝她猛打手势，她一看是杨老师，立即走出教室。

"不好了，阿锟出事了！你快点过去！"

"出了什么事？！"阿馨的右手一阵颤抖，洁白的粉笔掉在地上，摔断了。教室里，几十双惊奇的眼睛注视着她。

"你先去县医院，这里有我顶着。"杨老师没有细说，只是一个劲地催促她。

阿馨慌慌张张地离开学校，在最短的时间内赶到了县医院，病房门口已经有一大群人等在那里。她的心怦怦直跳，直接走进了病房，阿锟躺在病床上，昏迷不醒。

阿锟妈含着泪说："阿锟，阿锟，快醒醒，阿馨来了。"

阿馨也低声呼唤："阿锟，阿锟，你怎么了？"

张老伯在一旁抽泣，他告诉阿馨，今天中午阿锟去帮他拉石头，用来起房子的墙基，可能因为太累了，阿锟拉着拉着车就晕倒在地。张老伯急忙请人把阿锟送到县医院，又通知了他的家人。

阿锟妈在默默地哭，她的眼泪感染了在场的人，女人们都跟着抽泣，男人们也眼眶湿润。张老伯哭得尤其伤心，说："都怪我自家没本事，总要阿锟帮忙，搞得他变成现在这个样。他要是有个三长两短，可怎么办？！"

阿锟妈听了这话，不由得声泪俱下："锟仔，锟仔，你要快点好起来！"

阿馨握着阿锟的手，跟他说了许多话。幸好，经过医生的治疗，阿锟不久就醒了。医生说，阿锟是因为太辛苦、太劳累，身体又缺乏营养，才病倒的。

张老伯说："阿锟真是好人，前几天还帮我们村的人把几头牛治好了，走时连一碗粥都没喝。有空时他还帮小孩子们补课。好人，好人啊！"

阿锟的确太忙了，谁的事他都乐意帮把手，又要复习功课考大学，每天从早做到晚，根本没有休息时间。听说他病了，大家都来探望他，连老场长——阿馨的爸爸也来慰问，当面夸奖阿锟工作起来高效率、快节奏，从不疲疲沓沓、瞻前顾后，参与研究工作时，对不甚完善的方案、规划，能积极地反复实践，从而不断地修正完善。老场长说，阿锟是个才华横溢的热血青年，将来必定大有作为。

阿锟住了几天院，阿馨天天抽空去看望他、陪伴他，做好吃的饭菜给他增加营养。阿锟觉得自己真是天下最幸福的人了。

小彭也来看阿锟，他镜片后那双深沉的眼睛就像深深的海洋，似乎蕴藏着许多话，却始终没有对阿锟讲出来。他临走时说："好好养病，我们可是'对手'！"

还有个匿名者托人送来了水果、麦乳精等营养品。

阿锟真心地感谢大家，并没有把那个匿名者放在心上。

远方的呼唤

1982 年 5 月下旬的一天，下午五点二十分，B 县火车站台。

9 号车厢前站着阿锟全家、阿木一家、小彭、阿莉、张老伯，以及阿馨的朋友、工友等一大群人，国字脸的男青年也远远地站着。

列车还有几分钟就要开动了，阿馨把一张包好的一寸相片递给阿锟，阿锟打开来一看，正是他想要的，相片背后有三个娟秀的字：毋忘我。

她就要舍他而去，远徙他乡安家落户了。

阿锟深情地注视着阿馨，她那忧郁的、略显失意的眼神勾魂摄魄。他暗下决心，一定要考上省城大学，和她永远在一起。阿锟的内心从来没有像现在这样痛苦，像被扎了一针那样难受。他惊诧地发现，自己根本无法离开她，她的生命已悄悄地渗入他的生命，他们的心灵默默相通，二十年来春夏秋冬流转，花开花落，农场的每一根青草、每一寸黄土，都浸透了他们共同的酸甜苦辣。

他再也控制不住自己的感情，激动地握住阿馨的手说："阿馨，你一定要等我，我会考上省城大学，然后去找你。"

阿馨含着眼泪说："我一定等着你来找我。"

"你把《迷离》改好，争取出版。"

"好！"

分离让人痛苦，送别更让人伤心，阿馨的泪水在那一瞬间，像断线的珍珠大滴大滴地落下，她不停地用手擦拭着。阿锟也流下了男儿泪：这一去，不知什么时候才能再见面。

小彭的眼泪只能往肚子里流。他想好了，自己要用尽一切办法调到省城工作。他的视野里绝不能没有阿馨，她是那么美丽脱俗、魅力四射，他已经陷入感情的深渊不能自拔，每天哪怕只见到她的影子一闪，他也心满意足，不然那天心情就会很坏。他不喜欢这穷山沟，但因为阿馨他执意留下。他的父母为他的调动奔波忙碌，还嘱咐他千万不要在农场恋爱、结婚。他想：现在终于可以满足父母的心愿了。

阿莉也激动得直流眼泪，对阿馨说："阿馨，小彭我是得不到了，我会找个省城的男人嫁，我们还可以在一起。"

阿馨说："阿莉，谢谢你陪伴我长大，和我做好姐妹。爱情不能勉强，去追求新的幸福吧，我们一定会再见的！"

阿木说："阿馨姐，你这一走，我们可能再也见不到面了。"

阿馨说："不会的。我一定回来看望大家。"

阿木的姐姐抱着六岁的小女儿，上前拉住阿馨的手，告诉她自己已经离婚了。阿馨祝福她，说她会过上新的生活，获得新的幸福。

小女孩也拉着阿馨的手说："阿馨姨，你说过要给我买很多书看的。"

阿馨说："好，我回来时会带一大堆书给你。"

小女孩高兴得直拍小手。

阿锟的父母跟阿馨的父母告别。张老伯老泪纵横，嘱咐阿馨有空回来看他，他也会找机会去省城和她唠家常。阿馨托张老伯问老奶奶好，张老伯说老奶奶也挂念她，但还不知道阿馨全家调走了，不然会一起来送行。他又拿出一袋红薯，阿馨推辞不掉，千谢万谢地收下了。

张老伯握着阿馨爸爸的手，感谢他教出了这样好的女儿，也感谢老场长平时的帮助。阿馨爸爸脸上乐呵呵的，感谢大家平时对他的信任和对他女儿的帮助，嘱咐大家以后上省城都去他家做客。

　　呜……火车开动了，阿馨伸出手向窗外的亲人们挥动："阿锟哥再见！小彭、阿莉再见！"

　　阿锟跟着列车一路小跑，阿莉在后面边流眼泪边喊："阿锟哥，别追了！"

　　小彭大声喊："阿馨，我爱你！"

　　阿馨听见了，却无法回答。她突然发现，国字脸的男青年也在追着列车跑……

　　列车加速奔行。别了，朋友们！我会在遥远的地方思念你们！

中　篇

城市的味道：酸、甜、苦、辣

雨中相遇

　　1983 年 1 月，一个星期六，天空阴霾滚滚，眼看一场大雨又要降临了。

　　中午十二点，正是下班的时刻，人如流水般地涌向马路，争先恐后，都怕被大雨淋个正着。阿馨也匆匆忙忙地汇入这人流中。

　　省城的车真多啊！阿馨紧赶慢赶，飞一般地骑着自行车。时间就是金钱，迟到可要扣奖金的。自行车飞速前行，她漂亮的脸蛋上滴下汗来。

　　眼看要拐弯了，突然从侧面疾驶来一辆飞鸽牌自行车，车头上还挂着一篮东西。还没等她反应过来，自己的永久牌自行车已经撞了过去。啪啪两声，两辆自行车同时倒在地上。

　　哎哟！好疼啊！阿馨从地上爬起来，瞪大眼睛看着摔了一地的鸡蛋，惊呆了！她摸了摸口袋，一分钱也没有，不禁脸上发烧，额上直冒冷汗。她伸手擦了擦额上的汗，心里不由得更紧张了，手都颤抖起来：完了，这回非扣奖金不可了。

　　那被撞的男青年看着刚才还沉甸甸，现在已变得轻飘飘的篮子，正想发怒，却在看到阿馨时张大了嘴，说不出话来。

　　女孩太美丽了，鹅蛋脸，长柳叶眉，大杏仁眼，嘴似樱桃，皮肤微黑，衬着一头乌黑的长发。

　　阿馨也注视着眼前的男青年：长形脸，一头乌黑的头发自然卷曲，深邃的眼睛透出和善，鼻梁笔直带着刚气，棱角分明的双唇显出自信。

"阿锟……"

"阿馨……"

他们同时认出了对方。

阿锟已经如愿以偿，考上了省城一所大学。进了大学，他才发现自己的知识面是那样狭窄，学习得更加刻苦，有时间就去图书馆看书。他知道阿馨来省城后一直在打零工，不想打扰她，写给她的信也少了。今天他好不容易抽出时间，带了一篮鸡蛋来找阿馨，没想到一下子鸡飞蛋打。

阿馨没时间和阿锟多说话，她从绿色的挎包里找出小本子，写上她上班的地址，撕下来递给阿锟，让他以后再去找她，之后就骑车走了。

阿锟注视着她的背影。阿馨真的变了，变得他几乎不认识了。听说小彭没有回到父母身边，却调来了这座城市；阿莉也终于如愿嫁到了这里。

他没有马上离开，而是痴痴迷迷地注视着那姣美的身影汇入人流……

阿锟等心情平静下来才去看纸上的地址，原来是一家餐馆，择日不如撞日，他决定现在就去找阿馨。

省城很大，不像县城才几条街。他转了好久，才找到这家餐馆，门口是卖餐票的柜台，一位穿白色工作服的姑娘站在后面。

阿锟递上钱，说："来碗肉粉。"

姑娘抬起头，正是阿馨。她一看是阿锟，就问："你怎么来了？"说着递给他一块小铁牌。

"来看你呗！"

"我在工作。"

"我就看看，不打扰你。"

"今天不用上课吗？"

"这段时间功课赶上了，没那么忙。"

"待会儿去我家吧，我爸爸妈妈一定会高兴的。"

"不了，我还得回学校，明天再来找你。"

外面又下雨了。正是午饭时间，有些人来躲雨，顺便吃碗粉，阿馨开始忙碌起来。

阿锟坐在角落慢慢地吃着粉，注视着阿馨的一举一动。他觉得阿馨在变，自己也在变，每一个人都逃不过时间的考验。

一个穿灰衣服的中年男人递给阿馨十元钱，说："来一碗肉粉。"肉粉两角钱，阿馨找回他九元八角。那男人本来已经把钱收起来了，突然又说不想吃了，让阿馨给回刚才的十元钱。

阿馨刚想拿出十元钱给他，阿锟走过来说："你刚才已经给他九元八角了，现在只补给他两角钱就够了。他是个骗子！"

那中年男子见把戏被戳穿，立刻就溜了。阿馨告诉阿锟，之前那人已经得手几次了，几个姑娘被骗了钱，却都没有反应过来。

阿锟接着吃粉，又看见一个流里流气的男青年走进来，对阿馨说："小妹，来碗肉粉。"他接过牌子，还伸手想摸阿馨的脸。

阿锟冲过去，朝他伸出的手狠狠打了一拳，那男青年不敢乱动了，老老实实地吃粉。阿锟一直看着这男青年吃完走了，才放下心。

外面还下着大雨，吃粉的人越来越多。两个三十岁左右的女人走进来，一个穿蓝色衣服、一个穿淡黄色衣服。那穿蓝衣服的说："听说这家餐馆做的粉很好吃，还有个漂亮的女服务员。"穿淡黄色衣服的说："我也听说了。"

她俩走到柜台前，说："来两碗肉粉。"

阿馨说："四角钱。"

黄衣女人递了一块钱给阿馨，阿馨找回六角钱，那女人不接钱，只是一眼都不眨地盯着阿馨看。

阿馨说："找你钱。"

黄衣女人接过钱，自言自语："真的很漂亮。"

蓝衣女人附和说："太漂亮了。"

那黄衣女人吃完了粉，还走到阿馨面前说："小妹，你太漂亮了，我们会天天来你这里吃粉的。"

阿馨说:"谢谢,两位大姐慢走。"

阿锟觉得阿馨做这份工太不安全了。他对阿馨说:"可以换个工作吗?"

阿馨说:"不要紧的,我在接触真正的生活,能应付的。"

阿锟看阿馨这么胸有成竹,不再坚持要她换工作。他要回学校了,向阿馨告辞说:"我明天再来。"

阿馨说:"我等你!"

阿锟刚走,店里又来了一位戴眼镜的男青年,对阿馨说:"来一碗粉。"

阿馨一看,是小彭,就说:"今天又有空来吃饭啊?"

"没空都得抽空来呀!"

"没空就不来嘛!"

"我只要坐在这里看你卖餐票,就什么烦恼都没有了。"

阿馨突然说:"阿锟刚来过。"

小彭迟疑了一下,说:"好啊,我们也该找机会聚一聚。"

"明天他还要来。"

没等小彭回答,就听见一个满脸横肉的男人大声喊道:"来碗肉粉。"

阿馨没有立刻反应,动作慢了一点,男人就喊:"什么态度,客人来了也不会招呼!"

阿馨说:"对不起!一碗肉粉两角钱。"

男人不依不饶:"不想做生意了?"

小彭说:"她不是跟你道歉了吗?你喊什么喊,真没教养!"

男人更生气了:"关你小子什么事,滚一边去!"

小彭说:"你太没有修养了。"

男人满脸凶相,想对小彭动粗。他觉得这文弱书生一定不够他打,伸手推了小彭一把,小彭也推回他。

阿馨叫道:"有话好好说。"

男人哪里听得进,又推了小彭一把,小彭也不甘示弱,两个男人互相推揉起来。

一个黑黑壮壮、穿着工作服的男青年跳出来，大吼一声："不吃粉的滚出去！"

小彭和男人都一怔。男人看看那男青年，既高大又壮实，打起架来自己肯定输。他心生怯意，退开几步指着小彭说："下次别让我碰见你！"说完就溜出了店门。

小彭说："我等着你！"

阿馨松了一口气，说："这人太嚣张了。"又向小彭介绍那个高大壮实的男青年阿壮。

小彭说："谢谢你，阿壮。"

阿壮起码有一米八的个头，黑黑壮壮，看上去有点憨憨的。

阿壮说："我和阿馨是工友，有事大家互相帮忙。"

小彭说："阿馨，你有这样的工友，我就放心了。"

阿壮去干自己的活，小彭边吃粉边等阿馨下晚班。

晚上八点四十分，小彭站在餐馆的门口等到了阿馨，问她："累不累？要去湖边走走吗？"

"太累了，我还是回家吧！"

"你在这里做工很不安全。"

"唉，没有文凭，很难找到好工作，能有工作做就不错了。"

"阿馨，你还要考大学吗？"

"再说吧，现在没太多的时间复习。"

"那你还在改《迷离》吗？"

"当然，我不能辜负编辑老师的期望啊！"

"来到省城后，我觉得生活节奏变快了，一不留神，就会被落在后面。"

"所以我们都要尽快适应这里的生活。"

两人边骑车边聊，很快来到了阿馨住的大院。在大院门口，他们又站住脚聊个不停。小彭总是有很多话跟阿馨说，阿馨也一直认真地回答他。

他经常跟阿馨聊过去在农场的事，想保持两人之间那种亲密的情感联系。他的父母已经去了国外，临行前反复叮嘱，让他想清楚将来：他爱的女人不爱他，而且有了未婚夫，他是否还要坚持？但是小彭还是留下了，他愿意等待，尽管终日惶惶不安，坐卧不宁，翻来覆去地想心中的美神会不会被他感动，如了他的愿。

阿馨说："去我家坐坐吧！"

"不了，我明天再来接你下班。"

"真的不用了，再见！"

阿馨骑车进了大院，拐个弯就不见了。小彭也转头回家，心里想：再见！阿馨，明天我们再见。

这时大院门口出现了一个人影，他一直跟踪他们到这里！

他就是那个国字脸的男青年，眼下，他已动用一切关系调到了省城某机关。

他一直过着花花公子式的生活，对名誉和权势很淡然，一大爱好和娱乐是上山挖树根，制作造型生动、意境深远、形神兼备的根雕，把枯根朽木变成艺术品。在县城，他收到阿馨的稿件《迷离》后，就一直打听作者的情况。当他发现作者是个才华横溢的姑娘时，再也不能忘怀——她正是他一直在寻找的梦中情人。他不惜一切代价追随她，完全不顾她身边有两位强劲的对手。她的微笑，她的神情，总是出现在他的眼前，他想让风吹走她的微笑，让雪融化她的神情，但是根本做不到，他的心无法平静。每天都是巨浪滔天。

他上班清闲无聊，常常是一杯茶、一支烟、一张报纸看半天。自从她出现后，他洗心革面，默默地远离那些狐朋狗友、轻狂女孩，只是潜心雕凿那些枯根朽木。从前的浮华放浪随着岁月的激流消逝，留下一颗坚忍沉稳的心。

此刻，他无声地呼唤着她的芳名，哪怕伊人杳杳——他已经知道她的住址了！

护花人

1983年3月，一个星期日，阿馨仍然得上班。今天分配给她的工作是进厨房帮忙拔鸡毛，阿壮也是一样。

一大堆死于刀下的鸡东倒西歪地躺在地上，血淋淋的，显得那么可怜。开水一烫，一股血腥味顿时袭来，令人恶心、窒息。

店里的人说，阿馨长得这么漂亮，不该干这种活，应该赶紧找个富佬嫁了。阿馨微微一笑，继续认真地拔鸡毛，阿壮让她歇一会儿，说："我一个人能干完的。"

阿馨说："这可不行，你也是打工挣钱的，大家一起干嘛！"

店里的人都欺负阿壮，说他傻，只有阿馨照顾他。

今天餐馆有大生意做，一位领导为孙子做满月酒，在餐馆包了十桌。下午六点三十分开席，服务员在餐厅和厨房之间穿梭，猜拳声、笑声响成一片，烟味、酒味四下弥漫，狼吞虎咽的人丑态百出，这一切太令人难以忍受了。

阿馨手脚不停地把一道道菜端上桌：菇笋蒸童子鸡、酸菜炒鸭、芋头焖扣肉、猪肚山药汤……今天的阿馨打扮得格外迷人，一头长长的秀发盘在脑后，头戴一顶白色的工作帽，一件洁白的工作服把她衬托得干净利索，身姿更加高雅、端庄。

她正准备端上红烧排骨时，过道里出现一个满脸横肉的男人，皮肤黑黄，满嘴酒气，正是那天在餐馆闹事的男人。

他拦住阿馨的去路，右手拿着酒杯，左手拍拍阿馨的肩膀，摇摇晃晃地说："小姐，来一杯。"

阿馨左躲右闪，那男人左拦右阻，硬逼着她喝一杯酒。

阿馨想躲回厨房，那男人却追过来。见她步履匆忙，男人伸出一只脚一绊，阿馨"啊"了一声，身子一歪，眼看一盘菜就要打翻了。

正在这时，阿壮一个箭步跳过来，接住了阿馨手中的菜盘。阿馨松了一口气，示意阿壮先把菜端回厨房。

男人还想纠缠，一位国字脸的男青年上前大喝一声："大胡，别乱来！"

那发酒疯的男人愣了一下，还不肯罢手，几乎扑到阿馨身上。

国字脸的男青年上前就是一巴掌，男人在酒精的作用下反应迟钝，根本不觉得痛，还追着阿馨不放。这时，从餐厅外面冲进一位英俊的男青年，上前抓住男人的手，不准他再碰阿馨。

国字脸的男青年趁机硬拉着那男人回到座位上，自己坐在旁边监督他不要乱动。

看到这情景的人都舒了一口气，骂那男人"流氓"，接着闹哄哄地吃饭。

阿馨见阿锟解了自己的围，却没工夫停下来谢他，只是向他点了点头，就走进厨房准备上其他的菜。

阿馨在厨房迎面碰到女主任，她批评阿馨和阿壮闹事，阿壮顶了几句嘴，阿馨劝他："算了，算了。"阿壮还在骂女主任好坏不分，蛮不讲理。

这时已是晚上七点，一位戴眼镜的男青年向餐馆里张望多时了，正是小彭。他下班后准备来这家餐馆吃一顿，顺便送阿馨回家，却正好看见刚才那一幕，还没等他出手，就见阿锟勇敢地冲上去，让他捏了一把汗。

阿馨见他来了，出门对他说："小彭，今天这餐馆给人包下了，到别家去吃饭吧！"

小彭说:"阿馨,别做了,太危险了。"

"不做怎么行,我好不容易才找到工作的。"

小彭直叹气。

阿馨说:"我先做着,顺便找别的工作。现在挣钱多难呀,不吃苦怎么行。"

"好,你做就做吧！不过,你在这里打一天工,我就来接你一天。"

"不用了,我会保护自己的。"

"我们是朋友嘛,多一个朋友,就多一份力量。"

"谢谢你,我得去工作了。"

阿馨回去厨房,小彭默默地注视着阿馨的背影,就在门外等候。

阿锟也从餐馆里出来了,看见小彭很高兴,两人站着聊天。小彭说:"阿锟,很久不见了,学习很忙吗? 阿馨一直挂念你！"

"是很忙,穷学生也没有那么多钱消费。"

"阿馨不会用你的钱的。"

阿锟急忙解释:"我知道,我不是那个意思。"

阿锟看着小彭的眼睛,那里面似乎有一团火焰在燃烧,他被对方的目光所震撼。阿锟心想:小彭风流洒脱、文质彬彬,如果阿馨愿意和他交往,也是理所当然的。懦弱的人没资格说残酷,自己会为了阿馨跟另一个男子决斗吗? 人生的追求,正在于爱情和事业,二者缺一不可,对于金钱和地位,自己是主人的姿态,却成了她的俘虏。

小彭称赞:"刚才你真够勇敢的。"

"这没什么！"

"如果学习没那么紧张,你多抽空来看看阿馨。"

"是,是,多谢你天天来接她。"

"我是有私心的,你别忘了,我说过要公平竞争的。"

"阿馨虽然是我的女朋友,但她还有自由选择的权利。"

"阿馨这么漂亮、有气质,一定还有别的追求者。你发现没有? 那位国字脸的男青年出现得太频繁了。在县城，每次遇事都有他，现在又在省城看见他，阿馨一有事他就出现。"

阿锟想了想，说："对，得查一查他是什么人！"

吃饭的人陆陆续续出来了，国字脸的男青年在门口看到阿锟他们，点了点头就离开了。

阿锟和小彭不约而同注视着他的背影，觉得那背影好诡秘。

阿馨下了班，出来和他们会合，问他们刚才在聊什么，他们就说起了那个国字脸的男青年。

阿馨说："这有什么，都是老乡嘛，有困难就帮！"

小彭说："哪有次次都帮上忙的？也太巧了。"

阿锟说："对呀，还真是每次他都出现。"

小彭说："他肯定有目的。"

阿馨问："什么目的？"

小彭说："谋财害命。"

阿馨说："我哪有什么钱。"

小彭说："那就是劫色。"

阿馨说："你怎么越讲越悬乎了？"

阿锟说："小彭说的也对，你一个女孩子要多加小心，别上当。"

时间太晚了，阿锟先回学校去。阿馨催小彭回家，说："我已经习惯走夜路了，一点都不怕，而且大路两旁还有路灯。"但小彭还是坚持把她送到了大院门口才走。

后　果

1983 年 3 月下旬，阿馨已在这家餐馆做了两个月的临时工，对这家餐馆有点想法，就写了一封信给餐馆的领导，希望能提请注意。

尊敬的领导：

你好！

我作为八十年代的青年，有权利、有责任对餐馆的一些问题提出自己的看法。

自我进餐馆做临时工以来，发现餐馆的生意并不好，原因何在？

餐馆开张那天，应该放一个最响亮的炮弹，让它在大地回响。然而，这天的实际情况是什么？煤火不旺，粉没有煮熟，原料备得不齐，一切准备都很仓猝。这天的顾客其实多数是怀着一颗好奇心，来餐馆尝试，也不免有喜欢习难人的。

有一位老伯来得很早，叫了一碗素粉、一碗肉粉。因为粉煮熟得没这么快，他大声喊："我就是来检查你们的服务态度和准备工作的。"

还有一位阿姨，轮到她取粉的时候，看见一位青年男厨师很不讲卫生，用沾满锅灰的手煮粉，还用脏手端粉给顾客。阿姨责备了那厨师。

有些顾客说粉的味道不佳，又厚又碎，汤水时咸时淡，这些是餐馆后厨的问题。

餐馆内部，主任们的成绩不可否认，但他们在培训、领导青年方面是欠缺的，只知道粗暴地大喊大叫，显示出态度傲慢、主观意识强的习气。

那天领导介绍了一位三十岁左右的女子，说是我们的 Y 主任，当时我心中顿时起了敬佩之情，认为她一定是位经验丰富、年轻有为的负责人。

可事实恰恰相反，在紧张繁重的工作中，她并没有教导我们各种处理方法、注意事项。

就拿卖餐票来说吧，其实是很容易的事，但这其中也包含着许多奥秘。餐馆前前后后共有七个人卖过餐票，为何难以固定呢？因为我们这些小青年都怕赔钱！做足一个月，才赚三十一元钱，可这七个人每人都赔过钱！其中的原因主任们却不闻不问。赔钱是小事，领导的关心才是大事。

有位职工上完夜班，问 Y 主任："我可以下班吗？"

她说："不可以。"

那位职工说："我已经很累了，你知道工作一天不洗澡的滋味吗？"

Y 主任说："现在餐馆忙，你忙完了再回去！"

那位职工说："怎么可以这样？我按时上班，也应该按时下班。"

那位职工下班了，Y 主任却在背后指责他。

此外，Y 主任还当众跟 D 主任争吵。我们这些青年在一旁看着男女主任吵架，心想：什么主任！根本不能带好我们这些青年人。

　　我们这些青年为什么急于就业，不就是为了减轻家庭、社会的负担吗？D主任脾气暴躁，Y主任对工作漠不关心。有青年同事说："我在这里干活，还不如回家种田。"

　　青年人自尊心强，思想也复杂。希望领导能派一位真正的能人来领导我们这帮青年人。

　　　　　　　　　　　　　　　　　　　文榴馨

　　信寄出一段时间后，没有回音，阿馨的工作量却增加了。这天下午，本来她应该下班的，但Y主任却派她和D主任、阿壮出去卖熟菜。

　　阿壮骑着三轮车，阿馨和D主任坐在三轮车两侧，去指定的南菜市摆摊。阿壮把车蹬得飞快，十五分钟就到了。他们找了一块空地，固定好三轮车，把四个铁桶的盖稍稍掀开，里面分别装着五香牛腩、卤鸡翅、辣味鸭掌、鸭杂。D主任负责称重量，阿馨收钱，阿壮负责装。开始顾客还有秩序地排队，后来人一多，队形就乱了，把三轮车围得水泄不通。

　　D主任说："不用急，大家都有份。"

　　顾客争先恐后地说："大伯，先给我盛一份。"

　　D主任见大家都着急，干脆不称了，拿着大勺论勺盛，阿馨就忙着收钱找钱，很快四个桶全空了。有的人没买到，闻着熟菜味又特别香，就对D主任说："大伯，明天你们一定要再来，我们等着你。"

　　D主任说："好，好，明天再来。"

　　他们骑着三轮车回去的路上，D主任说："今天菜真好卖，我都来不及称了。"

　　阿壮说："是因为有阿馨在吧？"

　　D主任说："那以后叫阿馨多来几次。"

　　寄出信后的第八天，早上阿馨去上班，Y主任来找她，说："你尽闹事，明天起不用来上班了。"

阿壮告诉阿馨，因为她给上级领导写信，Y主任挨了批评。而且，阿馨太漂亮了，常有顾客在餐馆为她闹事。Y主任十分恼火，看阿馨只是临时工，就把她开除了。

为了阿馨的事，D主任跟Y主任大吵一架，但最后落败了。

D主任不想让阿馨走，阿馨勤快、热情、大方、美丽，同事们都喜欢她，餐馆也因为她多了不少生意。

有些顾客说，本来不想进餐馆吃粉的，但见这美丽的姑娘这么热情招呼，肚子就算不饿，也要吃一碗。

阿馨谢过D主任，离开了这家她做了两个月临时工的餐馆。再去找别的工作吧，天地这么大，哪里不能干活！

临走前D主任告诉她，他有个儿子在外地工作，人长得不错，还没有对象，想在家乡找位姑娘。如果阿馨愿意，他就写信让儿子回来一趟。

阿馨说自己已经有男朋友了，谢谢他这两个月的关心和照顾。D主任惋惜地叹了口气："祝你找到好工作！"

阿馨失业了。生活啊，生活！有人觉得它像位严厉的老师，给它的学生出了难解的题；有人觉得它像位富翁，自己靠着它的财富顺利地度过一生。

待　业

　　黎明喜悦地来接班，狂风却无情地闯入天地，一瞬间，豆大的雨粒撞击着大地。宽广的广场上，只剩下了一个纤弱的身影——阿馨。她在雨中徘徊，雨水愤怒地抽打着她的全身，湿漉漉的衣裳紧贴在她的身上。

　　下吧！狠狠地下吧！让我在雨中忘掉一切！阿馨伤心地哭着，雨水和泪水交融在一起。她看着这茫茫的天地，不知路在何方！她对着天空大声喊："我失业了，我没有工作了！"回答她的只有噼噼啪啪的雨声。

　　阿馨走到一棵小树旁，看到弱小的它叶片凌乱，几根枝子已被折断，她对小树说："小树啊，你和我一样可怜！"

　　一阵风吹来，小树摇摆着，好像在说："不，不，我不可怜，我有我的追求和目标。"

　　"小树啊，你比我自信！我找工作太难了，好痛苦啊！"

　　小树又随风摇了摇，好像在说："要坚强，面包会有的。"

　　雨好像突然停了，阿馨回头一看，吃了一惊：斯斯文文的小彭撑着一把伞，不知什么时候站到了她身旁，帮她挡雨。

　　"阿馨，你为什么待在这儿？会淋出病的。"小彭心疼地说。

　　"你怎么来了？"

　　小彭告诉阿馨，他昨天晚上去餐馆接她，餐馆的人说她被开除了。今早他去她家，她妈妈说她因为失业心里难过，出去走走，不知道走去哪里了。

"回去吧！"小彭说。

"回去哪儿？我已经成了无业游民，四海为家，天和地就是我的归宿。"

"跟我到国外去！"

"我在国内都难找到工作，到了国外人生地不熟，不更难吗？"

"那我们就在国内找工作，我愿意陪你到天涯海角，总有一天会找到的！"小彭深情地说着，心想：我只愿天天看着你，哪怕一眼也满足了，你永远也不会知道，我对你的爱有多深。

"你自己去国外吧，我不值得你等待。"阿馨说。

"我说值得就值得。你不是还有《迷离》没改好吗？可以接着改啊！你不是很坚强吗？你不是还有很多事情想做吗？你可以唱歌、画画啊！"小彭一口气说了很多。

"你这样我会过意不去的。"

"下午我去帮你报名参加国画班，怎么样？就在文化馆旁边的那个小学里上课，今晚就可以去了。"小彭似乎没听见阿馨说什么，一个劲地提建议。

"好啊！画画可以磨炼意志，让内心平静。"

"晚上我来接你。"

小彭送阿馨到了她家门口就走了。

天气也真奇怪，大雨下了一天，晚上却突然停了。

晚上阿馨就去了国画班上课，先学基本画法。班上有三十人，只有十个女学员。阿馨坐在第一排，下了第一节课，她也没离开位子，仍然坐在座位上看画册。

第二节课上，老师讲山的绘画技巧，他当场画了一张，让学员们临摹。

阿馨临摹得非常认真。有些学员走到她的座位旁看她画，她也不理会，只顾画山、画石头，画了一张又一张。

她画了一张印象中的黄金山，老师走过来看，说："不错。"

几个男女学员就围了过来，看她的画，当然，也看她的人。

阿馨说："大家拿去看吧，请多指教。"

阿馨重新画了一张不同角度的黄金山，还题了字。有个女学员问："这山叫黄金山，难道遍地是黄金吗？"

阿馨笑说："是的，你去挖吧！"

大家哄笑起来。

她的画传到最后一排，传到了一位国字脸的男青年手中，他很仔细地观赏着：一座大山，山脚有一棵古老的树，树旁有一间草房，草房边是一条小溪流，两岸长着许多小草，溪上还有一座小桥，桥上站着个小姑娘。好熟悉的山，好熟悉的树和草，仿佛是他的家乡。他的目光移到前排的阿馨身上。

阿馨反反复复地画着黄金山，她想起那雄伟壮观的山峦，还有那优美动人的传说。

阿馨正想着怎么把黄金山画得更加完美，一个女学员走到她的座位旁，看她下笔，心想她画的山怎么这么真实？女学员看看阿馨：微黑的皮肤，又高又直的鼻梁。她是不是从大山里来的人？

女学员问："你是从大山里出来的吗？你画的山太逼真了。"

阿馨一愣：我像大山里的人吗？她想起了黄金山的传说，便指指自己的画，说："我从这里来。"

女学员说："要是有相片就更好了，可以仔细欣赏你美丽的家乡。"

"相片？我自己都很少照相。"

"真可惜，你这么漂亮，应该多照相，给自己的青春留个影。"

"你也很漂亮啊！"

"就我这矮胖样？"女学员说着就大笑起来。

"凡是勤奋、好学的人，都是很美的。"

"你太会说话了。我也不想成为什么画家，只是画着玩而已。记住，去给自己照一张美丽的相！"

阿馨动了心："好！其实我画画也只是业余爱好……"

铃……铃……铃……

"下课了，再见！"女学员说。

"再见！"

坐在最后一排的国字脸男青年一直注意着阿馨的动向。见阿馨收拾东西，他也立刻收拾好，跟在她后面走，想跟她搭话，送她回家，但一出学校门口，就看见小彭推着自行车在树下等她了。

连续几天都是如此。一天晚上，阿馨如往常一样出了校门，夜色送来一阵清凉的风，令人心旷神怡。她看了看那棵树下，没人。

天空又下起了雨，而且从小雨变成了中雨，大滴大滴的雨点落在阿馨的脸上、身上。阿馨没带雨衣，但她勇敢地骑着自行车向雨中冲去，任雨水冲刷着自己。夜，漆黑的夜，寂静的夜，她勇猛前行，不惧行人寥落。

国字脸的男青年不远不近地跟着她，怎么没人来接她呢？这么淋着怎么行！他突然快骑了几下，拦在阿馨面前。

阿馨吓了一跳：黑灯瞎火的，一个高大的男子穿着雨衣，扶着自行车站在她面前。四下无人，一个女孩该怎么办？她飞快地下定了决心：冲过去！

"别害怕，我是你国画班的同学。"男子说，脱下身上穿的雨衣递给阿馨。

阿馨也认出了他，说："谢谢，你自己穿吧。"

"我是男的，身体结实着呢。"国字脸的男青年把雨衣套在阿馨头上，骑着自行车就走了。

阿馨很奇怪：自己为什么总遇见这位国字脸的男青年？不过，他看起来并没有恶意。

雨中传来一个声音："阿馨，阿馨，我来晚了。"

小彭到了，还给阿馨拿了一件雨衣。

阿馨说："快去追上前面那个人。"

小彭飞快地骑过去，把国字脸的男青年截住了。阿馨也赶了上来，把雨衣还给他，说："谢谢你，快穿上吧，别淋着。我有雨衣了。"

国字脸的男青年接过雨衣穿上，看着阿馨和小彭并肩骑着车离开。

阿馨回头向他一笑，说："再见！"

国字脸男青年的心情顿时愉悦了。

阿馨和小彭边骑车边聊天。阿馨说："雨下得这么大，你还来干什么？"

小彭说："说过要来的，怎么能食言，刚才有点急事耽误了。你怎么又碰上那人了？"

阿馨说："我们是国画班的同学。"

小彭心想：怕不止这么简单吧。

欢　聚

星期天的早晨阳光明媚，正是人们出游的好时光。阿馨坐在自己房间的书桌旁。她家住在市中心的大院，位于三楼大转角，一楼是对外的商铺，从大街上就可以看见她家。她房间的窗口正对着大街，来找她的人在大街上一叫，她就听得见。

早上九点钟，阿馨精心地打扮好，穿上一件绿底红花的衣服。她喜欢绿色服饰，因为自己就是在绿色的大地上生长起来的。她下了楼，走不到十五分钟，就来到了一家国营照相馆。

阿馨站在柜台前说："你好，我想照一张相。"

柜台里坐着个穿红衣服的女人，爱搭不理的，头也不抬。

阿馨重复说："我想照一张相。"

红衣女人态度冷淡地说："交钱。"

阿馨拿出一张十元钱递给她，她不耐烦地找回零钱。

阿馨摇摇头，心想：这人态度真差，有生意也不会做。

回到家时已经十一点了，阿馨坐在书桌旁准备复习功课——她还打算参加今年的高考呢，可是看见桌上没改好的《迷离》，又忍不住拿起来。那封退稿信她读过好多遍，一心想改好《迷离》。这厚厚的稿件花费了她多少心血啊，绝不能半途而废！

"阿馨，你怎么不去找朋友玩？整天在家多闷啊！"阿馨妈说。

"妈妈，别吵我，我在写小说呢！"

"阿群啊，你去买菜吧，让阿馨写小说，别吵她。"阿馨爸对妻子说。

"我晚一点再去。这个女儿啊，一天写啊写的，总是写不完。"阿馨妈说。

阿馨沉醉在自己的世界里，一写起小说，她就忘记了自己还是个待业青年。待业算什么！写作也是创业，也能赚钱。她还想开个书馆呢，没有钱怎么开，怎么买大量的书，你以为黄金山俯拾即黄金吗？还得动手挖啊！她想起审稿老师的期望，下决心要改好《迷离》。

笃笃笃……有敲门声，阿馨妈去开门，是阿锟。他提着一大袋苹果，有礼貌地问候："阿姨好，阿馨在吗？"

"在，在。"阿馨妈高兴地说。

"锟仔来了。"阿馨爸表示欢迎。

"老场长好。"阿锟很尊敬地称呼他。

阿馨爸让他坐，又问："读完大学你还继续深造吗？和阿馨的事你有什么打算？"

"锟仔啊，你可别让阿馨等一辈子，我不会放过你的。"阿馨妈插话。

"哎，锟仔可是大有前途的，由他自己做决定。至于阿馨那傻丫头跟谁、等谁，是她自己的事，我们老人不用管。"阿馨爸说。

"你这老头！"

"妈，去买菜回来做饺子吧。"阿馨从屋里出来说。

阿锟环视着阿馨的新家。一间大房隔成两间，阿馨住一间，她爸妈住另一间，还有一间小厨房。客厅的桌上放着一台收录机，另有一张吃饭的圆桌，靠墙摆着两个自己做的书柜，里面放满了书。

阿锟也参观了阿馨的房间，陈设很简单，一张桌子上面堆满了书和稿件，另外还有一铺床。她那间房位于楼转角，是一间三角房。

又一阵敲门声，正要出去的阿馨妈顺手开门，一看是小彭，非常高兴。小彭提了一大袋水果，也不客套，自己放在了桌上，然后向阿馨爸妈问好："阿姨好！老场长好！"

"小彭来了，在研究所可好？"阿馨爸问。

"有时忙，有时闲。"

"好好工作，要做一行爱一行啊！"

"老爸，别一天到晚工作工作的，小彭是来玩，又不是来工作的。"阿馨埋怨说。

"你们聊，我和阿姨去买菜，回来包饺子，你们谁都不许走啊！"阿馨爸说。

小彭和阿锟齐声说："谢谢老场长！"

三个年轻人去阿馨的房间聊天。小彭靠在窗台旁，看见阿馨的桌上放着一面非常漂亮的小镜子，镜子周边镀着金灿灿的边，上方是双喜字，左侧有两只可爱的小鸟，右边是玫瑰花，下端还有"心心相印"四个字。

小彭问："阿馨，你这面小镜子真有意思，可以送给我吗？"

阿馨看小彭，阿锟也看着她。阿馨想：有人热烈地追求爱情，丢掉了事业；有人热爱事业，却失去了爱情。我有足够的精力两者兼得吗？

阿馨转头看阿锟，小彭见状说："一面小镜子都舍不得吗？"

阿馨说："这是女孩子用的东西，你要来做什么？"

小彭说："男人也喜欢漂亮物件，这个镜子太漂亮了，送给我吧！"小彭边说边盯着阿锟，似乎是说给他听的。

阿锟说："阿馨，小彭这么喜欢，你就送给他吧，回头再买一面就行了。"

阿馨说："说买就能买吗？你能买到一模一样的东西吗？"

阿馨本来想把镜子送给阿锟的，好让阿锟时刻都记着她。但既然阿锟都说要送，只能送了。

阿馨对小彭说："你喜欢就拿走吧！"

小彭高兴地说："我真的拿走了。"

他把小镜子小心翼翼地放入挎包，像获得宝贝一样高兴，还得意地看了看阿锟。

阿锟笑着说："小心收好，别摔破了！"

阿馨幽默地说："好好保存，以镜为鉴。"

小彭说："我一定当宝物一样珍藏。"

阿馨说："随便说说，你还真当宝物了？那我们家的东西不就都成宝贝了，我家不就成宝库了？"

小彭说："你家还真有宝贝呢！"

阿馨说："你怎么知道？在哪里？我没看见啊！"

小彭说："不就在眼前吗？"

三人都哈哈大笑。小彭俯视楼下，阿馨家在十字路口的西南方向，对面路口也就是东北方向，是阿馨爸的工作单位。四周都是机关和宿舍大院，街上人来人往。

楼下有个女子停下自行车，一脚跨在人行道上。她身穿红底黑色图案的衣服，身影好熟悉。小彭正在辨认，就见她仰起头大声呼喊："阿馨，阿馨……"

"是阿莉那个无聊的人。"小彭向楼下招招手，阿莉也认出了他，高高兴兴地骑着自行车进了大院。

"阿莉很少来，她的婚姻不幸福，没心情来玩。"阿馨说。

"阿莉结婚太早了。"阿锟说。

小彭去开门。阿莉进门见阿锟也在，高兴地说："我来找阿馨看电影，省城有很多电影看，我们一起去吧。"

"狗改不了吃屎，你还是那么爱玩。"小彭说。

"这么久不见面，一出口就伤人。"阿莉说着要打小彭，小彭到处躲，阿馨和阿锟笑个不停。

闹累了，小彭拿着阿馨桌上厚厚的稿子看。阿莉抢过来一看，说："又是《迷离》！看了半辈子还要看，我真是搞不懂你！"她又指指阿锟："还有你！你还要上几年学？什么时候跟阿馨结婚？"

阿馨说："婚姻大事是不能强求的。"

阿锟说："不想结婚的人都有自己的道理。"

小彭说："但愿我们都别去创造这道理。这些都是《迷离》里说的。"

阿莉突然长长地叹了一口气。

阿馨问："你怎么了？"

阿莉开始讲她不幸的婚姻……

阿莉的丈夫叫阿根。阿根的爸爸是机关大院的技师，有一手好技术，阿根和妈妈在农村生活，日子过得很平静。不幸的是，阿根七岁时，妈妈病逝了，阿根只能进城上学，和爸爸生活在一起。他爸爸在城里另找了一个老婆，阿根问爸爸和后妈要钱买笔、买橡皮，他们非但不给，还打骂他。阿根没有办法，就去偷，被老师告状，爸爸就拿铁丝抽打他，让他跪在烈日下，但阿根从不向爸爸求饶。

阿根偷窃的毛病改不了，身上常常是紫一块、青一道，整天在鞭子下度日。他读到初中就再也读不下去了，也没工作做，只能偷，偷，偷。别人告状，他爸爸就把他的双手反绑起来，用竹片抽打他的后背，嘴里还大骂："我看你还偷！打你，打你个贼！"

好心的邻居都劝他爸爸不要再打了，他们可怜这没娘的孩子。

可是阿根从不掉一滴眼泪，挨打时只是怒视着他爸爸，牙齿咬得咯咯作响。他爸爸不让他吃饭喝水，他同父异母的弟弟就趁爸爸不在时给他送水送饭，令他很感激。有一次，弟弟偷着给他两块钱，却被后妈发现，他又被打了。

这个家他再也待不住了。后来有位师傅教他开车，学会开车以后，他可以自己挣钱了。

阿莉说："他赚了点钱，能娶老婆了。虽然我们不太富裕，但生活没问题，还有余钱给我买衣服。我也去打临时工，做一天算一天。可是他的脾气太暴躁了，经常跟我吵架，有时还动手。"

"他的童年太悲惨了，导致他不懂得怎么爱人，也很可怜。"阿馨说。

"这都是没文化造成的，如果能多读书，有修养，就不会这么粗暴了。"小彭说。

"有书相伴，人生无憾啊！"阿馨说。

"阿馨，我们不是要建个书馆吗？小一点没关系，我们可以慢慢扩大。"阿锟说。

"我们一定会建书馆的，我的所有努力都是为了这个目标！"阿馨说。

"我也会出一份力的。"小彭说。

"我们自己先得多看书，增长知识。有了知识，做什么都有说服力！"阿馨说。

"是啊，看来我也得多看书了，遇到困难才有办法解决啊！"阿莉说。

"有什么困难就告诉我，我们是姐妹啊！"阿馨说。

"是啊，我们是老乡，有困难一定要告诉我们。"小彭说。

"千万别忘了还有我们这些兄弟。"阿锟说。

阿莉激动得流下了眼泪。在这座陌生的城市里，她还有关心她的亲人。

阿馨的爸爸妈妈回来了，大家一起动手包饺子。

阿馨说："太好了，来这儿这么久，大家还没聚餐过。"

阿锟说："阿姨，我们来做吧，你们休息一会儿。"

阿馨妈看着这群年轻人说说笑笑地干活，心里非常高兴，她说："阿馨啊，我们幼儿园要招工，你和阿莉去面试吧。阿莉也没工作啊。"

"阿姨，我真能跟阿馨一起去工作吗？"阿莉高兴得直拍手。

"当阿姨是很烦琐、劳累的工作，还要耐心、细致，你做得来吗？"阿馨妈问。

"能，能，能！阿姨，你真是我的亲妈，比亲妈还亲。"阿莉兴奋地说。

阿馨妈现在是幼儿园的会计，消息比较灵通。

"太好了，你们终于有工作机会了。不过还是要继续进修，现在看来，没有文凭，就找不到好工作。这里已经不是农场了。"阿锟说。

"农场多美啊！像一片绿色的海洋，空气清新。日子苦是苦一点，但有最淳朴的情感。我爱那美丽的绿色。"阿馨说。

"我是不会回去的，这里再苦也是城市，还是省城。"阿莉说。

"又怕吃苦，又懒做事。"小彭说。

"谁怕吃苦？你说谁呢？"阿莉有点生气。

"你们一对活宝不要吵了，赶快包饺子。"阿锟调解道。

阿锟和面，小彭擀皮，阿馨和阿莉包饺子，阿锟又帮阿馨妈煮饺子。

饺子出锅后，阿锟先盛给阿馨的爸妈。一群人嘻嘻哈哈地围着圆桌吃饺子，阿馨的爸妈看着这群年轻人，觉得自己都变年轻了，一直嘱咐他们以后常来玩。

有缘相见

　　阿馨和阿莉已经在幼儿园上班了，但因为没有文凭，只能当临时工，做保育员。这座美丽的幼儿园里有木菠萝树、芒果树、桃树、香蕉树，还有柳树。园区横贯一条长廊，小凉亭周围是大片草地，由幼儿园员工按时修剪。

　　这天早上，阿馨和阿莉还有两个同事去修剪草地，有用镰刀的，有用割草机的。

　　阿馨使的是镰刀，这活可难不倒她，她把镰刀拿在右手，左手抓住一把草，右手飞快一挥，草就齐刷刷地被割断了。

　　阿莉割草也很熟练，这些活在家乡算不了什么，但到省城还做这个，她心里就不太舒服了。唉，没有文凭，就是这个命，这份工作能做多久还不一定呢。阿馨高中毕业，在家乡能当代课老师，来到省城也难找工作，想想心理就平衡了。反正，能跟阿馨在一起，她也就知足了。自己要不是嫁个省城的老公，哪有机会在这么大的单位工作，环境还这么优美。

　　用割草机的两个同事累了，轮到阿馨和阿莉用。割草机很笨重，要两个人才能推得动。

　　阿馨偶然一抬头，目光被滑梯那边的男人和小男孩吸引住了。他俩说说笑笑，玩了滑梯玩转盘，还玩了一会儿荡船。小男孩玩够了，就骑在男人的肩上"坐龙头"。

他们从阿馨身边经过时，她仔细地打量这两个满脸笑容的人。小男孩大概四五岁，长得十分可爱，男子风流潇洒，极有魅力。

"伞伞，他是谁啊？"女同事 A 问小男孩。

小男孩闪了闪晶莹的大眼睛，张开鲜红的小嘴，咯咯咯地一阵笑。

"是叔叔！"男人回答。

男人走到十八班的门口，把小男孩从肩上放下来，对他说话，小男孩突然紧紧抱住男人的腿，又哭又闹。哭声惊动了值班的阿姨，阿姨出来边哄小男孩边把他抱进去，男人趁机匆匆忙忙地跑了。

小男孩拼命哭喊："爸爸，你不要走！爸爸，你不要丢下我啊……"

阿馨问："他到底是小男孩的爸爸，还是叔叔？"

女同事 B 说："是爸爸，也是叔叔。"

阿馨说："怎么回事？"

女同事 B 说："男孩的父亲的确是刚才那个男人，但他几个月前和男孩的母亲离婚了。"

"离婚？"

"是的。小男孩的父母在同一个单位，女的经常上夜班，小男孩寄宿在幼儿园，男人耐不住寂寞，不久就和别的女人混在一起了。女的知道后就提出离婚，男人也同意了。"

阿馨说："又结婚，又离婚，真像幼儿园的小朋友搭积木，起好了，又把它推倒。父母拿婚姻开玩笑，不幸的是孩子啊！"

女同事 B 说："离婚时，男人想要孩子，外面的女人不同意，他就天天来幼儿园看孩子，却让孩子叫他'叔叔'。"

"小男孩喜欢他吗？"

"喜欢。"

"那小男孩的妈妈知道吗？"

"知道又怎样。"

阿馨摇摇头："太不幸了。幼儿园里的故事真多，每个孩子的背后，都有一个境遇各异的家庭。"

阿馨和阿莉两人继续割草，绿色的长草一片片倒下，整齐地伏在地上。

阿馨想起了农场收割时的情景：千里稻田金光灿灿，收割机由远而近隆隆驶来，麦浪翻滚，景象是那么壮观。

阿莉叹着气："我们就做这种工？"

阿馨说："领导让做就做吧。"

"都怪我没有文凭。"

"那就补一张高中文凭！"

"可我一看书头就疼。"

"你只要想着必须保住饭碗，就不会头疼了。"

"阿馨，你要帮我啊！"

"我们可以一起学习。"

"跟你去上补习班吗？"

"是的。我一边补习，一边写作，一边工作，三不误，收获大大的。"

"你不累吗？上班这么辛苦，下班还要学习，我觉都睡不够。"

"想到未来我就不累了。其实拿不到大专文凭也没关系，没文凭我一样创作。这种痴迷是任何人、任何事都无法阻挡的。"

"你写的《迷离》我看了，很感动。我的运气不好，婚姻不幸。"

"要勇于和命运抗争，一切都会好起来的。昨天我下晚班，夜色深沉，路灯昏暗，我骑到三岔路口时，前方来了一辆汽车，我赶紧靠边并放慢速度，那辆汽车却疯狂地向我冲来，驶近我身边时还打亮了大灯，刺得我睁不开眼。车上装的是长长的竹竿，它一转弯，我避让不及，被竹竿打下车，摔在马路边堆放的一大堆水泥砖上。我跌倒时，司机只停了几秒钟，车上的人大声起哄，我还没有爬起来，肇事车已逃之夭夭。马路对面有两个骑自行车的人，见我跌倒就停下来看，但没有靠近，等我懵懵懂懂爬起来时，那两个人也离开了。"

"真险啊！"

"那一刻我才醒悟：生命最重要。再苦再累，再烦再恨，一切都如云烟，没有生命，就什么都没了。"

"是啊！"

"割草机冒烟了。"一位女同事大喊。

阿馨和阿莉停下了，两个人汗流浃背。她们已经割了一大片草地，割草机也累了，雾气腾腾，好像要爆裂似的。她们把割草机关掉，让它在风的吹拂下慢慢冷却，等烟雾最终消散，她们就收工回教室了。

十二班的卫生间里有一台公共洗衣机，下午，阿馨和阿莉一边洗毛巾，一边聊天。

阿莉说："心真烦。"

阿馨问："怎么了？"

"刚来这里工作时，就有家长给我介绍对象，我说已经结婚了，家长还不相信。"

阿馨开玩笑说："后悔太早结婚了吧？"

"介绍的对象再好也没有小彭好，小彭又帅又斯文。我烦的是有些人鼻孔朝天，看不起我们这个职业。"

"是啊，有位家长对我说：你年轻漂亮又有文化，在家白吃饭都比做这种工好。可我不这么想，我们虽然是临时工，但比没工作的人好多了，起码能养活自己。"

"有时我觉得很难堪！"

"有什么可难堪的，我们要为自己所从事的工作感到骄傲，这个职业是有益的、崇高的。幼儿教育工作已得到人们的理解和颂扬，幼儿的德、智、体、美都应该受到关注，我们承担的是培养社会主义接班人的重任。阿莉，抬起你的头，不要管别人怎样看待我们，坚持走自己的路，行行出状元嘛。"

"阿馨，你真的变了。"

"环境能改变一个人的性格。自从到这里工作，我渐渐能应付各种各样的人了。孩子背后的家庭，是社会上形形色色人物的浓缩点。"

"真的？"

"真的！"

孩子们吃完晚餐，都乖乖地坐在教室外面看画书，阿馨在教室里收拾打扫。

一阵清脆的笑声传到阿馨的耳朵里，她直起腰循声看向门外，两个小女孩在追逐一只美丽的花蝴蝶。啊！童年是多么美好啊，真想回到自己纯真的童年时代。

"文阿姨辛苦了，还没搞完卫生啊？"有家长来接孩子了，今天是星期六，可以早点接孩子回家过周末。

"新新妈妈，你来了。我这就搞完了。"阿馨招呼她。

"文阿姨，我想问你一件事。"新新妈妈把阿馨拉到一旁。

"什么事？"

"你到底有没有男朋友？上回新新爸爸问你，你说有。他爸爸怕你是不好意思。新新经常说很喜欢文阿姨，他爸爸说文阿姨这么斯文漂亮，我们一定要帮她介绍个好对象。"新新妈妈说。

"谢谢你们，我真的已经有男朋友了。"

"只要没结婚就不要紧。有个小伙子人品很好，你去见一见。星期天早上八点钟，金龙公园门口见，那小伙子手里会拿一枝红玫瑰。他叫简艺根，记住了，简单的简，艺术的艺，草根的根。你手里也拿一枝红玫瑰吧。"新新妈妈反复叮嘱，"文阿姨，到时一定要去！"说完就匆匆忙忙拉着新新走了。

阿馨很感激新新的父母，他们不是第一次热心地做媒了。先介绍的是一位艺术学院毕业的，家庭条件很好，新新爸爸说小伙子和她很般配，斯斯文文的，人长得也帅。今天又介绍这个姓简的小伙子。

有个小男孩拽阿馨的衣角："文阿姨，林达把屎拉在裤子里了。"

哦！我的天啊！收拾屎尿就是我的工作，拖把、扫把、抹布就是我的忠实朋友。

阿馨帮林达脱去脏裤子，一股难闻的臭气冒出来，真令人恶心。不过，对这些事她已习以为常了。她还要帮幼儿清洗干净，有时候还得帮他们洗澡，一个个胖乎乎、滑嫩柔软的小身体扭来扭去，虽然可爱，可也真累人。啊！我美好的青春时光，令人心醉的时光，它随着琐碎的工作流逝，让我走向成熟。

"林达，阿姨说过了，有大小便就自己去上厕所，你不记得了吗？"阿馨一边帮林达用温水擦洗身子，一边跟他说。

"我忘记了。"林达低着头，不好意思地说。

"没关系的，以后记住就可以了。"

"文阿姨，我以后不拉在裤子上了。"

"文阿姨相信你，你是个说话算数的孩子，去和小朋友一起玩吧。"

林达跑去玩了。阿馨清洗着林达的脏裤子，把洗干净的裤子晾起来。这时铁铁跑过来喊："文阿姨，亮亮把我衣服上的扣子扯下来了，你帮我钉上好吗？"

"好的，能把扣子拿过来给阿姨吗？阿姨给你钉上。"

阿馨找来针线，帮铁铁换了一件衣服，再给换下来的衣服钉扣子，很快就缝好了。

铁铁说："谢谢文阿姨。"

阿馨说："不用谢！"

铁铁的妈妈来了，小铁铁扑上去，责怪妈妈来得太晚了。

铁铁妈妈谢过阿馨后，说："文阿姨，我听说你还没有男朋友，正好我们单位有人托我找个姑娘。小伙子是技术员，大学毕业，父母都是知识分子，有一个姐姐和一个弟弟，怎么样，愿意认识吗？"

阿馨心想：哦！我的天啊！今天怎么了？桃花朵朵开啊！新新妈妈的好意还没谢绝，又来了一个。

阿馨说："谢谢，不用了，我有男朋友了。"

铁铁妈妈说："见见吧！多认识一个没关系。"

阿馨说："谢谢，真的不用了！"

铁铁妈妈摇摇头，无可奈何地走了。

星期天早上八点整，阿馨穿着一件绿色的衣服，左肩挎着个绿色挎包，到了金龙公园门口。周围人很多，她寻找着拿红玫瑰的小伙子，远远看到一位穿白衣服的国字脸男青年，站在公园门口的大树下聚精会神地看着书，身旁有一辆自行车，车头插着一枝红玫瑰。

阿馨想：怎么是他？他就叫简艺根吗？

她刚想过去，一个红衣女子已抢先走到国字脸男青年的面前，说："你在这儿等谁呀？还带着红玫瑰呢！刚把我抛开，就又有新欢了？"

国字脸男青年说："我的事要你管吗？你没事做的话就走远一点。"说完他低头看书，不再理会红衣女子。

红衣女子突然一伸手，把插在车头的红玫瑰拔起来，一瓣一瓣地撕扯，把玫瑰花扯得只剩花茎了。

"你这是干吗？真不可理喻。"国字脸男青年气愤地推着自行车走了。

阿馨默默地看着这一幕，觉得很好笑，她也骑上自行车走了。

第二天早上她去上班，新新妈妈照常送儿子来幼儿园，问阿馨去约会了没有，感觉怎么样，应该还可以吧？阿馨告诉她："不怎么样！"

新新妈妈失望地说："缘分没到，我再给你介绍。"

"不用介绍了，我真的有男朋友了。"阿馨说。

新新妈妈走了，铁铁妈妈又来说："文阿姨，你今天上晚班，下午有时间对吧？我带你去认识个小伙子。下午三点你在幼儿园门口等着，咱们一言为定。"不等阿馨拒绝，她就走了。

阿馨想：这些家长也太热情了，推都推不掉。算了，就去告诉那小伙子，我已经有男朋友了。

下午三点，阿馨跟着铁铁妈妈穿过熙熙攘攘的人群，转了一条街又一条街，终于走进了一条幽深的小巷。小巷昏昏暗暗，地面潮湿不平。他们走进一栋大门敞开的楼房，它和旁边几座楼连成一排，共有四层，一楼是客厅。

铁铁妈妈说这是小伙子家的私房，小伙子自己还有一栋别墅，并且买了金戒指、金耳环、金项链，准备送给未来的妻子。

客厅面积很大，中间摆着一张桌子，上面放着很多点心糖果。桌子两边各有一套皮沙发，左侧沙发上坐着一位中年男子和一位满头银发、神采奕奕的老人，右侧沙发上坐着一位少妇，还有个正在牙牙学语的娃娃。屋顶的电扇缓缓地旋转着。

阿馨出现在门口时，所有人都站了起来，铁铁妈妈给他们互相介绍，那几人都满意地点头微笑。

阿馨大方地走到少妇旁边坐下，逗着白白嫩嫩的小女孩玩，小女孩咯咯地欢笑着，小胖手抚摸着阿馨的面颊，一点都不认生，客厅里的空气散发着喜悦的芳香。

阿馨伸手抱过这可爱的小女孩，和大人们热情交谈，她的声音柔和，像小溪潺潺的欢唱，她的话语幽默，时常惹得人捧腹大笑。看得出，大家对阿馨都非常满意。

阿馨抱着小女孩，就像抱着自己的孩子一样，小宝宝赖在她温暖的怀里，脸上露出甜甜的微笑。老爷爷不住地点头，手捋着银须，看起来十分喜爱这姑娘。

聊了许久，阿馨礼貌地告辞，这家人一再热情挽留，都被阿馨巧妙地谢绝了。临走时，阿馨问："怎么不见伯母？"

"她在杀鸡，本以为你会在这儿吃饭的，既然你要赶着上班，就等下次吧。"铁铁妈妈说。

阿馨说要去见见伯母，铁铁妈妈就带她进了厨房，只见一位五十多岁的妇女在破鸡肚，一个高大的青年在旁边帮忙。那青年一回头，跟阿馨打个照面，两人都惊呆了。

"阿壮。"

"阿馨。"

阿壮急忙解释说："我真不知道是你，是我妈叫李阿姨介绍的。"

阿馨说："我也不知道是你呀。我说过我有男朋友了，铁铁妈妈还要带我来。谢谢你们全家的热情招待，伯母，我要上班了，你忙吧！"

阿壮全家送阿馨到门口，嘱咐她明天再来。

阿壮抱着小女孩——他的外甥女，送阿馨和铁铁妈妈出了那条幽深的小巷，走到岔路口，阿馨就叫他不用再送了，阿壮拿起小女孩的右手摇摇，喊着："再见！"

铁铁妈妈见他们都脚下迟疑，就借故先走了。

阿壮问："阿馨，你怎么去当孩子头儿了？"

阿馨说："就是离开餐馆后去的。阿壮，真想不到你家境这么好，还去餐馆做苦工。"

"自食其力，丰衣足食嘛。你在幼儿园还好吗？"

"幼儿心地单纯、天真活泼，很好相处，我已经深深地爱上了他们。为了做好这份工作，更好地照顾和教育他们，我开始学习、研究，寻找工作的突破口，不断创新，不断改进。"

"你真是做一行，爱一行，钻一行，什么都难不倒你。"

"只要喜欢就不觉得累。你回去吧，有空再聊。祝你找到一位贤惠美丽的妻子！再见。"

阿壮站着不动，直到阿馨的背影完全消失，才抱着小女孩回家了。

美丽的泡泡

幼儿园里柳丝飘舞，花儿盛开，草儿葱翠，微风吹来阵阵玫瑰花香，沁人心脾，清新的空气令人心旷神怡。这就是阿馨工作的地方，像一座大花园。

阿馨满脸汗珠，手里握着拖把拖走廊——有位小朋友呕吐弄脏了地板。吃完早餐的小朋友们都坐在教室外看画书，阿馨经常抬头看看这些可爱的孩子，心里荡漾着幸福的感觉。

一只美丽的花蝴蝶飞过小朋友们面前，他们争先恐后地喊："蝴蝶，蝴蝶！"一个个站起来又蹦又跳。小女孩雁雁大声制止："别吵，别吵！蝴蝶在找妈妈。"她有一张苹果脸，眼睛像弯弯的月牙，最得老师的宠爱。

小朋友们问："它妈妈去哪里了？快叫它妈妈回来。"

雁雁冥思苦想了一会儿，说："它妈妈到很远很远的地方去了。"

一个男孩说："它不想妈妈吗？"

一个女孩说："它妈妈不要它了。"

雁雁说："你胡说！"过去推了那女孩一把，女孩也推回雁雁。男孩大声报告："文阿姨，雁雁打人了！"

阿馨把拖把放好，来安抚小朋友们，告诉他们要团结友爱。

女孩说："是雁雁先打我的。"

雁雁说:"因为你坏。"

阿馨说:"不要吵,文阿姨给你们讲个故事好不好?讲一个《被雨淋的小鸡》——"

从前有两只小黄鸡,它们的妈妈出去找食物了,两只小黄鸡在家自己玩。开始它们玩得很开心,可是不久肚子就饿了。看妈妈还没回来,两只小黄鸡就在家里找米吃。鸡哥哥看见米缸还有几粒米,就抢先吃了,鸡弟弟见自己没有米吃,就跟哥哥争吵了起来。

弟弟说:"你太自私了!"

哥哥说:"我肚子饿。"

弟弟说:"肚子饿也应该留给我一粒米吃啊!"

哥哥说:"我自己还不够吃呢。"

"我要告诉妈妈,让妈妈揍你。"

"你敢!我先揍你。"

鸡哥哥和鸡弟弟打起来了,弟弟打不过哥哥,跑出门在外面乱逛。突然天上下起了大雨,电闪雷鸣的。鸡弟弟躲在一棵大树下,大雨淋湿了它的全身;闪电打雷,使它非常害怕。它叫道:"妈妈,妈妈快来呀!"就在这时,一根大树枝砸在了它的身上。

第二天,鸡妈妈找到了鸡弟弟,它永远不能喊妈妈了,它死了!鸡哥哥大哭:为了一粒米,鸡弟弟丢了命!

故事讲完,有个男孩哭了:"鸡妈妈再也见不到鸡弟弟了。"

女孩也哭了:"它真可怜。我再也不和小朋友打架了。"

雁雁说:"我也不会打你了。"

阿馨说:"小朋友在一起是缘分,要好好相处,团结友爱。"

男孩说:"文阿姨,再讲个故事吧。"

阿馨说:"好,等下课以后再讲,现在先上课。"

这节课是美术课,阿馨教小朋友们画妈妈的肖像。这些四五岁的孩子费尽心思,都想把自己的妈妈画得美如天仙,可雁雁画的女人脸上却有许多斑斑点点。小朋友都围着她问，是不是她的妈妈脸上有麻子？几个孩子大声地笑话她，雁雁生气地争辩说："不是，不是！"

小女孩 A 说："雁雁的妈妈是个大麻子。"

其他小朋友也跟着喊："雁雁的妈妈是大麻子。"

雁雁大喊："不是，不是！"

小男孩 B 说："就是，就是！"

小朋友又跟着乱喊，雁雁伏在桌子上哭了。

阿馨安慰雁雁，并告诉全班小朋友，雁雁画的是她奶奶，脸上的斑斑点点都是皱纹。雁雁听了阿馨的话，脸上露出笑容。

小朋友都"啊！"的一声。

小男孩 B 说："原来你画的是奶奶呀！"

小女孩 A 说："我奶奶也有皱纹。"

下课了，小朋友拿着盛肥皂水的小瓶子在草地旁吹泡泡。闪闪发光的泡泡慢慢飘飞，小朋友们追着泡泡跑，雁雁也和他们一起跑。

有个三十岁左右的女人拦住了雁雁，她身穿紫红色的上衣、米黄色的裤子，脖子上戴着一根金光闪闪的项链。

雁雁的一双月儿眼紧盯着眼前的女人，说："阿姨，你挡住我的路了。"

那女人说："小雁雁，叫妈妈，我是你的妈妈。"

"你才不是我的妈妈。"

"我就是你的妈妈。"

"你不是！"

那女人从挎包里拿出一张照片给雁雁看，指着相片中的男人说："这是你爸爸，对吗？"

雁雁牙齿咬着下嘴唇不说话，一双月儿眼瞪得圆圆的。

那女人一把抱住雁雁说："我是你妈妈，我还给你买了洋娃娃。"

她把洋娃娃塞到雁雁的手里，雁雁抱着洋娃娃，她抱着雁雁，紧紧的，两个人脸贴着脸，两张脸都被泪水浸湿了。

阿馨看着这一幕，也跟着落泪，说："这么可爱的孩子，你作为母亲怎么这么久不来看她一眼？她多想你啊！"

那女人告诉阿馨，两年多不见，她也很想女儿啊！可她是有苦衷的——自己没有工作，养不起女儿。现在她再婚了，但生不出小孩，想接雁雁过去住。她对阿馨说："我要接雁雁走。"

阿馨说："不行。雁雁的奶奶来了，我怎么交代？我要对孩子负责。"

那女人说："我是她妈妈。"

阿馨说："怎么证明你是她妈妈？"

"我接自己的孩子都不行吗？"

"可以接，但怎么证明她是你的孩子？她的奶奶交代过，只能奶奶自己来接。我从来没见过你，所以对不起，你还是不能接她走。"

那女人见阿馨死活不松口，只好放弃了。临走时，她对雁雁说："小雁雁，再见！"

雁雁一双月儿眼盯着她，不回答。那女人一步三回头地离开了幼儿园，阿馨也拉着雁雁回到教室。

吃午饭时，雁雁低头坐着，根本不动她的小碗和勺子。阿馨跟她讲了许多道理，她才吃了一碗饭。

晚饭后家长可以接孩子回家了。有些家长没有空，就把孩子留全托，雁雁也是留全托的。

小朋友们吃完了饭，阿馨收拾碗盘送去洗，有年轻的主班老师看着小朋友。

阿馨回来时，见大多数的小朋友已经被接走了。她没有看见雁雁，就问主班老师："雁雁不在呢，她今天回家了吗？是奶奶来接的吗？"

主班老师说："没有啊！惨了！雁雁不见了！"她问小朋友们有没有看到雁雁，小朋友都摇头。主班老师通知本班的另一位老师在园区里找，让阿馨到园外找。

阿馨抄了雁雁的家庭住址，在去她家的路上沿途打听，见人就问见没见过这样一个小女孩，大家都摆手说没见过。

这回真惨了，孩子是人命啊！怎么赔？阿馨边走边找，凡是可能藏人的角落都去看，连垃圾桶都不放过，根本不见雁雁的人影。

前面有个小女孩弯着腰在地上捡东西，阿馨兴奋地跑过去喊："雁雁！"小女孩抬起头，阿馨一看，不是雁雁，就问："小朋友，你见过一个小女孩吗？和你一样高。"小女孩摇摇头。

阿馨夹在下班的人流中继续走，继续找，最后到了雁雁和她奶奶住的大院。

阿馨向过路的阿姨打听12栋在什么地方，阿姨指给她方向。她按门牌号找到了一楼的房间，轻轻敲门，门开了，一位老奶奶出现在眼前。

"雁雁奶奶，雁雁回家了吗？"

雁雁奶奶一看是阿馨，高兴地说："文阿姨来了，快进屋坐。你说雁雁怎么了？"

"雁雁今天是谁接的，我们怎么没看见？"

"她妈妈把她接回来的，我们正在吃饭。"

阿馨松了一口气，又严肃地说："她接走雁雁的时候，和老师打招呼了没有？你不是交代只许你一个人来接吗？今天换人来接小孩，为什么不告诉我们？"

"哎呀，我们一时没想到，真对不起了！"

雁雁奶奶又把阿馨往屋里让："文阿姨放心吧，小孩子很安全。来，见一见雁雁的小叔，我这段时间腿脚不方便，今后就是雁雁的小叔去接她了。"

雁雁奶奶朝屋里喊："艺根啊！简艺根。"

过了好一会儿，里面才传来一声："妈，你又怎么了？我这件根雕就快刻完了。"

阿馨朝客厅看去，客厅两侧的壁柜里全摆着根雕。这时雁雁的小叔从里屋走到客厅，看见门口站着的阿馨，惊呆了！阿馨看到这位国字脸的男青年，想起刚才雁雁奶奶叫他"简艺根"，新新妈妈介绍的不就是他？等一下，这个名字她以前就见过，不就是那位审稿老师？阿馨惊喜地说："怎么是你？"

简艺根说："是你！"

雁雁奶奶问："你们认识？"

简艺根说："认识……不认识。"

雁雁奶奶问："到底是认识还是不认识？"

阿馨说："不认识……认识。"

雁雁奶奶看看他俩，说："文阿姨可是个好姑娘，雁雁也喜欢她。"

简艺根和阿馨对视，阿馨很大方地笑了笑，说："雁雁奶奶，我走了！雁雁没事就行。"

雁雁奶奶说："在这儿吃饭吧！"

阿馨说："不用了。"

她转身离开，简艺根还没回过神来。

阿馨走在回幼儿园的路上。这时已是晚上七点半了，暮色浓重，阿馨的肚子饿得咕咕直叫，附近又没有餐馆，只能回去再说。老天爷也不开眼，天空中乌云翻滚，不久就下雨了。道路两旁都是树，阿馨也找不到地方避雨。她先是跑，跑累了，干脆就不跑了，拿挎包挡住头不紧不慢地走着。雨，飘飞的雨，像一根根长长的丝线，重重缠绕住她的全身，抛也抛不开。在雨中，她想起了刚才那双大刀眉下炯炯有神的眼睛，那让人看过就无法忘记的眼神。简艺根，一个她一直在寻觅的人，原来就在她身边。他不但是位很有才华的审稿老师，还是位根雕家。

雨水不再淋到她身上，她抬起头，发现身后有个高个男青年举着伞帮她遮雨。

阿馨先是一惊，之后才发现正是简艺根，于是说："简老师，怎么是你？"

简艺根说："不要这么叫，我很不习惯，还是叫我小简吧！"

阿馨说："那好，你就叫我阿馨吧！"

小简从包里拿出一块包裹好的蛋糕递给阿馨，说："你肚子一定饿了，光顾着找雁雁，哪有时间吃饭。雁雁真幸运，遇上你这么好的老师。"

"我工作经验太浅，才有疏漏，回去要好好总结教训。"

小简看她蛋糕还拿在手上不动，说："你快吃吧，别饿坏肚子。"

阿馨不好意思地笑了笑："我马上吃，真的太饿了。"

阿馨狼吞虎咽，三五口就把蛋糕吃完了，说："真好吃，谢谢！"

小简问："你的《迷离》改好了吗？"

"还没有，正在改。"

"你还画画吗？"

"还在画，就画那张《黄金山图》。"

"你还记得在黄金山遇到的那个人吗？他是搞地质的，知道黄金山哪里有黄金，你画的那张画里就藏有黄金。"

"那我画的就是'黄金图'了？"

"如果给你一块金子，你会用来做什么？"

"应该是用来开一个书馆，再出本书。"

"你的愿望一定会实现的。"

"那天在公园门口，那位穿红衣服的女子是你女朋友吗？"

"是前女友。你怎么知道这件事的？"

"因为我也在场啊！"

"难不成，那天约会的就是你？"

阿馨哈哈大笑。

小简一脸羞愧的表情："真丢人，怎么让你看见了！"

"老天有眼，让我别上当啊！"

"我是那种人吗？"

阿馨又笑了。

雨点噼噼啪啪敲打着雨伞，两人不知不觉走到了幼儿园门口，阿馨叫小简先回家，自己要去通知雁雁的事。小简不走，阿馨就说："快走吧，这雨还会下呢。"

小简深深地看了阿馨一眼，离开了。他刚走远，阿馨就听见一个声音叫她："阿馨。"

阿馨回头，一棵树下站着个穿雨衣的男青年，身旁停着一辆自行车。

阿馨仔细一看，是小彭，就问："你怎么来了？"

"我来找你，可人家说你下班了。我去你家等你，却一直没见你回来。我又不知道去哪儿找你，所以就回到这儿了。阿馨，刚才那个男人是谁？"

"他叫简艺根，就是我们经常碰到的那位国字脸男青年，也是我的审稿老师。"

"是他啊！真是深藏不露。"

"他还是位根雕家呢！"

小彭心想：还真是个对手呢！

小彭等阿馨从园里出来，就送她回家，一路上思绪万千。阿锟已经很优秀了，现在又多了个强劲的对手，怎么办？见招拆招吧。阿馨这么美丽善良的女孩，有几个追求者也是很正常的，自己绝不能轻易认输……

相约绿湖

　　绿湖公园风景优美，百花争艳，年代久远的拱桥写满沧桑。好不容易有个周末，年轻的朋友来相会。

　　阿馨、阿锟、小彭、阿莉还有阿壮聚在一起，有说有笑。

　　一行五人去欢乐园玩游戏，高兴得像孩子一样大喊大叫。

　　他们去坐了"大风车"，又去坐"宇宙飞船"，接着是碰碰车。阿莉专门用车去撞小彭，小彭发起火来，也不服输，掉转车头专撞阿莉。阿莉叫道："你个小彭，专来撞我做什么？"两个人一边斗嘴一边对撞。

　　阿锟追着阿馨撞，阿壮看见了，猛撞阿锟，阿馨笑个没完。几个人你追我赶，玩得非常尽兴。

　　一行人又来到用竹子搭的"迷宫"。阿馨说："咱们进去玩玩吧。"

　　小彭说："小孩子游戏，有什么好玩的。"

　　阿莉说："我看你就走不出这迷宫。"

　　阿锟说："进去走走不就知道了吗？"

　　小彭说："我先进，阿莉不许跟着我。"

　　阿莉说："谁跟着你？这么多进出口呢。"

　　阿馨心想：阿莉都是结过婚的人了，还像个小孩似的爱玩。也难怪，她丈夫从来不陪她玩，成天独自练功。

阿莉说："阿馨，我们各走一边。"

阿馨答应："我去那边。"

阿锟走得很顺利，顺着弯弯的小路拐来拐去，很快就走出了迷宫。

阿馨看阿锟先出去了，沉下心来打量那一根根细竹子，没多久就走出去和阿锟会合了。

小彭走着走着，又和阿莉碰了头。他说："怎么又是你？一碰到你准没好事。"

阿莉气愤地大喊："这辈子我还就缠上你了。"

小彭说："你还是别缠着我，我上辈子不欠你的债。"他赶紧拐个弯走，可转来转去又碰到了阿莉。

小彭叹气："我是逃不开你了。"

阿莉说："你是甩不掉我的。"

阿莉亦步亦趋跟着小彭，两人一起走出了迷宫。

阿壮还在迷宫里转圈圈，怎么走都回到原来的路，被困在竹丛中。阿馨在外面看见，大声喊："阿壮加油！我们等着你。"

阿莉说："这头笨牛。"

小彭说："小心他出来揍你，你也精明不到哪里去。"

阿莉说："我再笨，也自己走出来了。"

小彭说："你是跟着我出来的，还敢瞧不起别人，太没修养了。"

阿莉说："我又不是你老婆，你管得着吗？"

小彭说："又来了。好男不同女斗，我不跟你一般见识。"

他们耐心地等待着，直到阿壮走出迷宫。

五人进了草药园，里面曲径通幽，随处可见各种草药，真让人眼花缭乱。

阿锟说："这里真是城市里的净土啊！"

阿馨说："黄金山上的草药比这儿还多，我真想念那里的自然风光啊！"

阿壮问："那是什么地方？"

　　阿馨说："那是一座美丽的山峦，也是我的故乡。"

　　阿壮说："那里真的有黄金吗？"

　　阿锟说："有啊，遍地都是黄金！"

　　阿莉说："是真的，我差一点就捡到了一块金子。"

　　小彭说："别听她胡说，她捡到一块砖头。"

　　阿莉说："说不定哪天真的捡到金砖。"

　　小彭说："阿壮，你别跟着她做黄金梦啊！"

　　阿馨笑着说："阿壮才不缺黄金，缺的是历练。"她想起那天去阿壮家的情景。

　　他们在一块绿色的草坪上坐下休息，大家喝饮料，吃点心。

　　阿馨拿出自己做的花生糖分给大家吃，说："都尝尝，这儿的花生没有家乡的新鲜，凑合吃吧。"

　　阿莉先抢了一块放进嘴里："好吃，真好吃，我得多来几块。"

　　小彭见状就说："贪吃鬼。"

　　阿馨说："随便吃。有的吃就吃，能吃就是福！"

　　阿莉说："就是，就是，小彭你个小气鬼。"

　　阿锟拿的是馒头，小彭拿的是面包，都摊在草地上让大家随便吃。

　　阿壮从背包里拿出几个小塑料碗，还有筷子，又拿出一个大保温罐打开，里面是炒粉，配菜有红萝卜丝、酸菜丝、肉丝，还有葱花，闻上去香喷喷的。

　　"太棒了。"阿莉马上伸手拿碗，盛炒粉吃。

　　小彭说："饿死鬼投胎。"

　　阿莉打了小彭一拳："有本事你别吃啊！"

　　小彭说："又不是你做的，我为什么不能吃？"他也拿碗去盛炒粉。

　　阿锟说："真香，我也尝尝。"

　　阿馨说："阿壮是餐馆的厨师，做的菜可好吃了。"

　　阿壮在一旁憨笑。

炒粉的味道真好，大家吃得心满意足。阿锟问："阿壮，你将来有什么打算？"

阿壮说："我想开一家餐馆。"

小彭说："好啊！自己当老板，自食其力。"

阿莉说："开张了要请我们吃饭啊！"

阿壮说："当然，还怕你们不来呢！"

小彭说："阿壮要开餐馆，阿锟你呢，有什么打算？"

阿锟说："我打算继续读书。"

阿莉急了，说："读到什么时候，你不结婚了？"

阿馨劝说道："好不容易有书读，当然是能读多少就读多少，婚什么时候都可以结。"

阿莉说："阿馨啊，你怎么帮着他？你都等老了，没有人要了。"

小彭说："谁说没人要，我不是人吗？"

阿锟急忙说："小彭，我可是阿馨的未婚夫。"

阿馨说："你们抢什么，我可不是一件物品！"

阿锟和小彭面面相觑。小彭想到了小简——另一个深藏不露的对手。

阿锟的想法是，自己和阿馨都还年轻，应该多读书，多学习知识，不必急着早早结婚。他相信阿馨会理解他的。

阿馨说："好不容易能一起出来玩，讲这些事做什么？阿锟，你不是背着吉他来的吗？弹一曲吧！"

阿锟拿出吉他，坐在草地上忘情地弹奏，阿馨和着吉他的旋律唱起歌来。

小彭不禁想起了黄金山的那一幕。阿锟优美缠绵的琴声，和阿馨甜美动人的歌声浑然天成，令人陶醉不已。

阿莉羡慕地看着他们：真是天生的一对，地设的一双。

阿壮从来没听过这么悦耳的歌声和琴声。他盯着阿馨眼都不眨，她长长的黑发如瀑布，在他的心潭中激起无数涟漪。

悠扬婉转的歌声在草坪上空飘荡，飞过的鸟儿都停在树梢上聆听，周围的人也围过来倾听。唱完一曲，人们鼓掌称赞。

阿锟和阿馨又合了一曲，两人配合默契，众人都沉醉在欢乐之中。

突然一帮人围上来，带头的是个满脸横肉的男人，他身旁的女子穿着红衣服，指着阿馨叫："就是她！"

满脸横肉的男人一看阿馨，说："又是你，小妖精，到处迷惑人，快把黄金图交出来！"

他说着就向阿馨扑过来，阿馨往旁边一闪，阿锟上前，一拳打在横肉男身上，横肉男见又是在餐馆交过手的青年，就对着自己那帮友仔喊："哥们儿，打呀！这女的身上有黄金图。"

几个人冲上来打阿锟，小彭也加入了战团。阿壮抓住横肉男的手臂就是一拳，把他打倒在地，不等他爬起来，又一脚踢上他的要害。横肉男捂着伤处，还想挣扎起来动手，阿壮几脚把他踩在地上动弹不得。一个同伙跑过来解救他，跟阿壮动上了手。

阿壮对付两个人，这边阿锟和小彭对付三个人。阿馨跑上前，扯住一个围攻阿锟的男人的手臂，那男人一抬手就把她甩开了，从腰间抽出一把弹簧刀。

围观的人大喊："杀人了！"

"阿馨，小心！"阿锟喊。

阿馨连忙退开。男人挥刀向阿锟刺过去，眼看阿锟躲不过去了，一个青年突然冲过来飞起一脚，踢飞了弹簧刀。

围观的人喝彩："踢得好！"

来人正是小简。他和阿锟、小彭合力打倒了那几个人，又过去抓住横肉男，左右开弓扇他的脸。

"简艺根，你给我住手！"红衣女子大喝一声。

横肉男对自己那帮友仔吼："都住手，别打了！再打老子就残了！"

阿锟问："你们是什么人？不分青红皂白见人就打。"

小彭说："简直没有王法了。"

红衣女子指着阿馨说："她偷了我男朋友的黄金图，上面有藏金的地方。"

阿馨说："你胡说！"

红衣女子突然冲到阿馨面前，打了她一巴掌，嘴里说："臭狐狸精！"话还没说完，就听啪的一声，她的脸上也挨了重重一巴掌，原来是小简出的手，他警告说："你再说一句试试！"

红衣女子又骂了一句："臭狐狸精。"

小简二话没说，啪地又抽了她一耳光。

阿莉和阿壮都看呆了！

阿锟想：小简文章写得好，拳头也这么厉害。

小彭想：小简真不愧是根雕家，刀刀精准。

红衣女子捂着脸想骂人，小简说："还不走？还想挨抽？"

横肉男见势不妙，拉着红衣女子就走，那帮友仔也跟在后面走了。围观的人群指指点点一番，跟着散了。

阿锟问小简："怎么回事？"

阿馨说："简直莫名其妙。"

小简告诉大家，前女友来他家玩时，见到阿馨在国画班画的黄金山。她问：黄金山真的有黄金吗？小简开玩笑说：有啊，就在这张画里。前女友看到画下端写着"文榴馨"三个字，就去暗查阿馨，想打探出黄金山的黄金所在。

阿馨说："你怎么会有我的《黄金山图》？"

小简说："你不记得了？你给大家传看的《黄金山图》，最后落入我手中，我把它拿回家裱好，挂在我的卧室里，天天看。"

小彭说："你还不如直说，你喜欢阿馨。"

阿锟想：小简说得也太直白了吧，大家都听得出他的言外之意。

阿馨说："你顺嘴一说，却惹来一堆麻烦。那哪是什么藏宝图，不过是一张山水画而已。"

小简说："我只是开玩笑，谁知道这帮土匪真信了。"

阿壮说："以后我见他们一次打一次。"

小彭说："以后阿馨下夜班时，我去接她。"

小简说："我侄女在阿馨的班上，接孩子时我可以和她一起走。"

阿锟想：我待在学校，远水可救不了近火。于是说："那就拜托各位了。"

阿馨说："有什么好拜托的，我自己会保护自己，不用劳烦各位大驾。"

阿莉说："阿馨，我好感动啊，有这么多人帮你！"

阿馨说："等我人老珠黄，还有人守在我身边，那时再感动吧！"

阿锟、小彭和小简面面相觑。

阿壮说："我陪着你！"

阿馨咯咯咯地笑，说："你能等，你的家人能等吗？他们已经望眼欲穿了。"

小简等三人也笑了。

阿莉摇头说："真搞不懂你们。"

小彭说："你最好什么也别懂。"

阿锟说："人各有志，一切随缘吧！"

小彭说："阿馨，回去后一定也给我画张黄金山！"

阿馨说："好像我画的《黄金山图》真藏有黄金似的。好，我给你们每个人画一张，让你们都有黄金！"

大家轰然叫好。阿馨对小简说："都是你惹的祸，拜托你自己收拾。"

一行人说笑着，打道回府了。

三岔路口

星期天早上八点半，阿馨去 Y 校补习。今天上的是地理课，阿馨认真地听于老师讲课，努力做好课堂笔记。教室里有些吵，有的学生在讲小话，可于老师丝毫不受干扰，他看看讲台下，发现阿馨一丝不苟地在做笔记，于是多看了她几眼。

阿馨是补习班里最认真的学生，她打算今年最后再考一次，如果考不上，就一门心思工作了。

铃，铃，铃……下课了。

阿馨收好书本，挎上挎包，走下楼去推自行车。

骑了一段路，她看到前面有一个熟悉的身影，正是于老师。阿馨快骑了几下，近前跟他打招呼。

"于老师好！"

于老师一看，是阿馨，两人边骑车边聊天。于老师记得上一节课阿馨没有来，阿馨说自己在幼儿园工作，一上晚班就没法补习。从交谈中，阿馨知道于老师三岁的女儿就在自己那家幼儿园，正上小班。

于老师说："你一边工作，一边读书，很不容易啊！"

阿馨说："是啊，以前不好好读书，现在只能来补课！"

于老师说："现在补也不晚，只要肯下苦功，铁杵也磨成针啊！"

于老师发现阿馨很健谈，知识面也广。聊天中他得知阿馨喜欢写作，已经写了多幕话剧《迷离》，就让阿馨拿剧本给他看看。阿馨答应了。

骑到三岔路口时，他们就分道扬镳了。于老师告诉阿馨他家的住址，说有什么问题可以去找他。

没过几天，阿馨就在上补习班时把《迷离》带给了于老师。

一天于老师下班回家，他那容貌美丽的小娇妻正半躺在沙发上，见他回来了，就说："累死我了，你怎么回来这么晚？快去做饭吧！"

"爸爸，妈妈给我买了新衣服。"可爱的女儿拿着新买的衣服给爸爸看。

于老师皱皱眉，对妻子说："妲玲都这么多衣服了，还买？省点钱派其他用场不好吗？"

妻子说："你懂什么！书呆子一个，就知道你的课本、你的学生。"

于老师不出声了，他深知妻子的脾气，你说她一句，她能顶你十句，还是忍为上策。

他做好饭，摆好碗筷，妻子和女儿坐上桌。他们边吃边聊天，妻子说自己单位的姐妹小何离婚了，因为常挨丈夫的打。妻子说："你要敢打我，我就跟你拼了。"

于老师看着眼前神态傲慢的妻子，他哪敢啊！妻子在娘家是"公主"，在夫家是"皇后"。

他们的结合很匆促。那时他失恋了，别人把她介绍给他，他们恋爱不到一年就结婚了。婚后他没有享受到幸福的甜味，却尝到了持续不断的苦涩。

妻子又问他这个月的工资怎么没上交，他说还没拿到。妻子骂他小气、穷光蛋。

于老师见势不妙，借收拾碗筷之机躲去厨房。尽管吵架对他来说已是家常便饭，但他还是尽量不让女儿看到他们正面冲突。

小妲玲吃完饭，去餐柜上拿了一个苹果，让妈妈帮她削皮。

她妈妈把她一推，骂道："一天到晚就知道吃，烦死人了。"

小妞玲摔倒在地上，哇哇大哭起来。

于老师在厨房里听见，忙出来抱起小妞玲。女儿依偎在爸爸怀里，被劝哄了半天，终于不哭了。

晚饭后，于老师批改作业，写总结。他既教应届生，又教补习班，对补习班的学生他同样认真负责，经常工作到很晚。

妻子无聊地看着电视，突然听到门上笃笃笃地响了几声，还有人在叫："于老师！于老师！"

妻子去开门，一位穿着白底碎花衣服的姑娘站在门外，大大的杏仁眼，睫毛又长又卷。姑娘看到女主人，眨了眨眼，问："请问这是于老师家吗？我是他补习班上的学生，想请教他一些问题。"

妻子说："他不在家，你以后不要来找他了。"

来人正是阿馨，她涨红了脸，说："对不起，打扰了。"

妻子砰的一声把门关上。

于老师忍无可忍，不顾妻子的阻拦，追出去向阿馨解释。阿馨吃了个闭门羹，已经无心问他功课上的问题了，只是催他快些回家。

阿馨已经走远了，于老师还站在原地不动。回家又怎样，还不是迎头挨一顿臭骂？

星期一下午，阿馨在拖走廊的地板，正好看见于老师手里牵着一个小女孩走来。阿馨赶紧放下手中的拖把，迎上于老师："于老师，你好！这就是你的女儿吗？"

于老师对女儿说："叫文阿姨，告诉文阿姨你叫什么名字。"

"文阿姨好，我叫于妞玲。"小女孩一点不认生，甜甜地说道。

阿馨问："你的女儿不是全托吧？"

于老师说："不是，我天天来接她。你下班了吗？一起走吧！"

阿馨看了看表，还差五分钟就可以下班了。她请于老师等她一下，把工作交接完，就和于老师一同出了幼儿园。

阿馨说:"小姐玲很听话吧?"

于老师说:"不,她很顽皮,刚才还和小朋友打架,老师批评她,她还一副无所谓的样子。"

"现在的孩子往往被家长娇惯,没养成好的习惯。"

"幼教的确很重要,孩子应该从幼儿时期就开始接受严格的教育。"

"对呀!幼教行业的学问很深。这次如果再高考落榜,我就当一辈子孩子头儿,在工作中总结经验,写本幼儿教育方面的书。"

"像你这种一线工作者写的,一定是本好书,真期待能早日看到。"

"我有信心做好工作,也写好书。"

到了三岔路口,于老师从挎包里拿出那本《迷离》,说:"故事很感人,不过你应该更着重描写人物的内心情感。祝你修改成功。"

小姐玲看见稿件,就说:"妈妈说要撕掉这本子。"

于老师说:"小孩子别乱说话,妈妈是想拿来看。"

小姐玲天真的脸上蒙着一层疑惑:自己真的听错了吗?大家沉默片刻,汽车喇叭声、自行车铃声在身旁响成一片。

阿馨见于老师紧锁着双眉,问:"于老师,你是有什么心事吗?"

小姐玲说:"妈妈骂爸爸了。"

于老师突然开口说:"我准备离婚。"

阿馨惊呆了:"为什么?"

于老师说:"我妻子说我有外遇。"他看了阿馨一眼,又把目光转开了。

小姐玲说:"妈妈说爸爸跟你好。"

于老师制止她:"大人说话,小孩子别插嘴。"

小姐玲天真地答应一声:"知道。"

阿馨说:"不要轻易说出'离婚'这两个字,离婚后的孩子不是没有父亲就是没有母亲,多可怜,难道你忍心吗?"

于老师说:"一个男人娶到一个恶婆娘,这辈子就完了。我的妻子疑心很重,只要是女的去找我,她就闹个没完,我不能再这么过下去了。"

"也许你的妻子是因为太爱你了。"

"她的爱太沉重，我无法承受。"

于老师看着眼前这位年轻漂亮的姑娘。她有一颗多么善良的心，怎么会做第三者呢？妻子啊妻子，你的目光太短浅了。

阿馨说："组成一个家庭多不容易，两个陌生人聚到一起，生儿育女，说明有缘分。"

"当初我看上她，只是因为她年轻美貌。"

"外表的美只是一时，内心的美才是一世。"

"是啊，可惜世上没有后悔药！别说我的事了，过两天预考，回家好好准备。"

"我会全力以赴的，谢谢你。小妲玲，再见！"

小妲玲摆摆手："文阿姨，再见！"

在这三岔路口，他们各自走向自己的路。

挽　回

　　这天下午六点，小简来接雁雁，又约阿馨晚上去跳舞，可以带上她那些朋友。阿馨告诉他自己没空，预考没通过，她心情不佳。不过有件事她需要他帮忙。

　　阿馨说："晚上可以陪我去拜访一位补习班的地理老师吗？"

　　"当然可以。"

　　"谢谢你！"

　　"常来接你的小彭呢，怎么不叫他去？"

　　"他出差了。你去不去？不去我就另找人了。"

　　"这么个大帅哥放在眼前，你还舍得找别人吗？"

　　"晚上八点半，在我家大院门口见。"

　　"不见不散。"

　　临走时，阿馨说："雁雁，再见！"

　　雁雁回答："文阿姨，再见！"她的小手紧紧拉住小叔，把他拽向家的方向。不然的话，小简差点抬腿跟着阿馨回家了。

　　晚上八点五十分，阿馨和小简提着水果还有玩具，到了于老师家门口。阿馨刚想敲门，只听里面传来噼里啪啦摔东西的声音。

　　阿馨鼓足勇气轻轻敲门，没有回音，她又用力地敲门，开门的是小姐玲。

小姐玲一见阿馨就叫："文阿姨好！快进来，妈妈在砸东西！"

于老师在屋里看见是阿馨和另一位男青年，于是迎了出来。

小简打量着于老师：眉清目秀，细高个，真是个文弱书生样。

阿馨说："于老师，这是我的男朋友，小简，在机关上班。"

于老师的妻子本来满腔怒火，闻言不禁一愣。她上下打量着小简：发型时尚，服饰讲究，炯炯有神的双目，欧式的高鼻梁，棱角分明的嘴唇，好一位英俊潇洒的美男子。再看看阿馨，美貌绝伦。这两人才是天造地设的一对，自己吃什么干醋，那姑娘会看上自家的老于？

阿馨说："师母好，我是于老师补习班的学生，这次我又落第了，真对不起老师。于老师，今天学生来给老师道声辛苦，以后学生要走自学成才之路了，谢谢老师一直以来的栽培教育。"

阿馨说完，把一大袋水果放在餐桌上，又将一个狮子的毛绒玩具递给小姐玲。

小姐玲接过玩具，说："真好玩！谢谢文阿姨。"

阿馨说："于老师，这是我们的一点心意，请收下，打扰了。"

阿馨拉着小简，向于老师全家告辞了。

妻子说："刚来就走啊，不坐一会儿吗？"

阿馨说："谢谢，不坐了，再见。"

妻子说："老于去送送学生吧。"

于老师不顾他们推辞，把他们送到大院门口。阿馨和小简走出一段路后，回头一看，于老师还站在大院门口，朝他们这个方向看着……

小简说："于老师正和他妻子闹矛盾是吧？"

阿馨说："是的。"

"你很了解于老师吗？"

"只说过几次话，谈不上了解。"

"你刚才为什么说我是你的男朋友？"

"难道你不是我的男性朋友吗？"

"你到底想做什么？"

"我想看看能不能挽回一段婚姻。"

"这办法能行吗？"

"不试一试怎么知道。"

"你以后最好不要再管这种事了。《迷离》改好了吗？只要你坚持，这部小说一定会成功的。有什么要我帮忙的地方，尽管开口。"

"谢谢，你也是我的老师啊！"

"哪里哪里，大家互相学习吧！"

"这段时间你家里还好吗？"

"托你的福，我大哥和大嫂复婚了。"

"这样多好，雁雁又有个完整的家了。"

"可我还没有家啊！"

"那你就去找呗……"

远远传来一个声音："大哥你看，他又跟那女的在一起了。"

阿馨和小简一看，又是横肉男和红衣女子。

红衣女子瞪着阿馨："他是我男朋友，我们已那个过了。"

小简说："你胡说，谁跟你这个那个的！我交朋友还要经过你同意吗？"

阿馨拉着小简，说："我们走吧！"

红衣女子见他们要走，上前扯着阿馨的胳膊，小简推了红衣女子一把，横肉男见了，去推小简，小简当头给他一拳。

横肉男又想踢小简，小简侧身一闪，快速还了他一脚。

红衣女子见阿馨的头发很长，就想去扯。阿馨把头一甩，那乌黑的长发像鞭子一样，正好抽中了红衣女子的脸。

小简和横肉男打得不可开交。横肉男伸出左拳想打小简，小简一把抓住他的肘关节。横肉男双臂动弹不得，就用脚踢，小简也飞起一脚，踢中他的要害。横肉男见打不过小简，好汉不吃眼前亏，拉着红衣女子溜了。

　　小简对着他们的背影叫："快滚吧，再敢惹事试试！"

　　阿馨问："那女子为什么老来找麻烦？"

　　"唉，怪我当初看错了人，现在竟然闹成这样。别人把她介绍给我时，我觉得她长相还不错，心想处着看看。结果刚满一年，我就发现她只是看中了我的职业和家境，而不是我这个人。我跟她谈文学，她不听，跟她讲根雕，她更不感兴趣。可根雕卖了钱，她就特别兴奋，拿去买衣服、下饭馆。我们志不同道不合，我也没有太多的财力和精力陪她玩，只能分手了。我从来没碰过她，真的，你要相信我。"

　　"比起于老师，你的处境好多了，你还没跟她结婚，是自由的。"

　　"我觉得，婚姻就是根绳子，你绑着我，我绑着你，你不让我活，我也不让你活。"

　　阿馨不同意："婚姻是一种责任，你对我负责，我对你负责，你中有我，我中有你。"

　　"那你中会不会有我？"

　　"我已经有未婚夫了，他比你先进入我的心。"

　　小简深情地说："我愿等你到白头。"

　　"你就不烦恼痛苦吗？"

　　"痛苦的时候，我就去山上挖树根，回来慢慢雕琢，什么烦恼也烟消云散了。我还可以看书写文章，排遣愁闷。你如果同情我，就不要给我烦恼和痛苦！"

　　"我没有那么多时间跟你讲废话了，我得回家改稿。"

　　"需要我帮忙的时候一定要开口，别忘了，我是你的审稿老师。"

　　"好的，一言为定。"

　　小简目送阿馨的背影，想到阿馨请他假装男朋友的事，心里甜丝丝的。

幸　福

1984 年 5 月，阿馨收到了阿壮的请柬。这小子还说不会那么快结婚，却搞得大家措手不及，肯定是走了桃花运了。

这天下午六点半，阿馨、阿锟、小彭、阿莉、小简一行五人去参加阿壮的婚礼。新房是一栋三层的私楼，布置得富丽堂皇，四壁和屋顶的彩灯一串串的，令人眼花缭乱。新娘子艳光四射，脖颈挂着金项链，手腕上戴着金镯，手指套着金戒指，耳朵上垂着金耳环，全身金光闪闪，照得客人差点睁不开眼。

阿莉说："真看不出来，阿壮家这么有钱！"

小彭说："你又动什么心思？"

阿莉说："我后悔没早点认识他。"

小彭说："早认识人家也不会看上你。"

阿馨劝解道："每个人都有属于自己的幸福，只是有早有晚罢了。只要耐心地等待，你的幸福终将到来。"

阿锟说："对，只要你耐心等待，幸福就会属于你。"

客人很多，一拨又一拨。阿壮特意带新娘子过来认识他这些朋友。

阿壮的爸爸见到阿馨，对她点点头。阿壮的妈妈过来拉着阿馨的手说："我们阿壮一天到晚念起你，说你们在餐馆做工时你对他特别好。只是你们没有缘分啊！你找到男朋友没有？要是没有，伯母来帮你找。"

阿馨说："谢谢伯母，我有男朋友了。"说着拉过身旁的阿锟。阿壮的妈妈上上下下地打量阿锟，说："好俊的小伙子，你们真是天生的一对！小伙子，你在哪儿上班啊？"

阿锟说："我在读大学。"

"大学生啊！真好！真好！"

阿莉说："他们是青梅竹马。"

阿壮的妈妈说："那你们的感情一定非常好！你们坐，多吃喜糖。"

小彭说："阿莉你真多嘴，青梅不青梅的关人家什么事。"

阿莉说："也不关你的事。"

阿馨说："不要斗嘴了，今天可是来参加婚礼啊！"

小简说："你们两个，等出了这里再吵。"

阿莉看看小简，又看看阿馨，把嘴闭上了，生怕说错话，惹得大家不高兴。

阿壮和新娘要迎接一批又一批的客人，就让阿馨他们自己随意参观新房。一楼的客厅摆着一套红木沙发，二楼是卧室，宽大的双人床上堆满红色的被褥，还有许多新婚礼物，大床右侧有落地灯，四壁有壁灯，窗口悬挂着大幅的落地窗帘。

阿莉说："我真没见过这么漂亮的房子。"

阿馨说："你努力工作挣钱，将来就会有的。"

阿莉说："我苦干一辈子，也不会有这么多钱买别墅。"

小彭说："山不在高有仙则灵，水不在深有龙则灵。"

小简说："房子不在大小，有真爱就有幸福。"

阿锟说："钱财是身外之物，有当然好，没有也不强求。"

阿莉说："你们跟钱有仇啊？"

阿馨说："我们大家跟钱都没仇！"

阿馨他们热闹了一番，就向主人告辞了。大家高高兴兴地骑着自行车往家赶。夜，深沉的夜，被这些青年的快乐所感染，向他们敞开了博大的胸怀。

小简提议去他的宿舍坐坐，大家兴致正浓，都答应了。小简带着他们走进一所大院，来到12栋1楼2号房。他打开门，大家一拥而入。房子是两室一厅的，客厅里除了一套黑色皮沙发外，就是靠墙摆着的几个柜子，里面全是大小、形状各异的根雕，有动物的，也有人物的，栩栩如生，令人惊叹不已。阿馨想：这儿跟他妈妈家也差不了多少。

阿莉大声赞叹："今天真是大开眼界，刚刚参加完豪华婚礼，又掉进了树根世界。"

小彭大笑，说："是根雕。"他心中同样充满惊叹：小简是怎么做到的？每一个根雕都雕琢得这么好。墙根下还有没完成的作品。

阿锟真佩服小简对根雕这种刻苦钻研的精神，说："你的这双手太神奇了，这些树根在你的手上都变活了。你什么时候去黄金山挖树根，就通知我，我和你一起去！"

小简说："你现在正读书，哪有空跟我这个闲人去啊，要去也是阿馨跟我去！"

阿馨对阿锟说："你读书这么辛苦，等毕了业再说吧，有的是时间。"

小简妈妈家的根雕就够多了，没想到这里的根雕更多，也更精致。阿馨在一尊形象逼真的鸳鸯根雕前停住了，看了又看，不住地赞叹。

小简走到她身边说："阿馨，你喜欢的话就送给你吧！"

阿馨说："不行，这可以卖大价钱的。"

小简说："你喜欢就好，钱对我来说不算什么。"

阿莉说："阿馨快答应吧！你不要，我就要了。"

小彭说："你别乱来啊！"

小简说："阿莉可以要其他的，这个不行，它是我专门为阿馨和阿锟雕琢的。还记得在黄金山遇见那次吗？我专门去那里挖的。"

阿锟说："太谢谢你了！那时真没想到，我们竟然会成为朋友。"

阿馨说："你真是太有心了，谢谢你！"她捧着根雕转来转去地看，爱不释手。

小彭进了小简的书房，里面放着一张长桌，四周全是书柜，好多书啊！

小彭喊："快来看，好多书啊！"

阿馨等人都进来了。阿锟浏览了一下，大多数是文学书。

小简说："我是学中文的。"

小彭说："怪不得你写的文章这么好，就连给阿馨的退稿信都非常有文采。"

小简说："雕虫小技耳。"

阿莉说："看见这么多书，我头都疼了，这些书什么时候才能看完？我宁愿去煮饭！"

小简说："慢慢看呗，读书不是为了赶任务，而是增长自己的知识，同时也能放松心情，这是一种享受。"

阿莉说："看书还有这么多名堂？哪天我也要向你们学习了。"

小彭说："你早该这样了，多读点书没有坏处，只有好处。"

阿莉懒得理小彭，又去参观别处。阿馨一直在翻书，这儿有很多她没看过的书，阿锟也跟着她翻书。

阿锟想：小简的生活条件真好，有自己的一套居室，有根雕工作室，还有这么大的书房，自己要是也有这么一套房子就好了。他看看阿馨，阿馨浑然不觉地埋头看书。

阿莉去看小简的卧室：一张很简单的单人床，还有个双门衣柜，床头上方挂着一幅很眼熟的山水画。

阿莉叫："快来看啊！"

小彭第一个跑过来："看什么？"

阿莉指了指那幅山水画，小彭仔细一看，啊！《黄金山图》，正是阿馨画的。画上有高山、古松、溪流、草房、木桥、小女孩，小女孩看着溪水，思索它流向何方。

阿锟第二个跑过来，看到了《黄金山图》。这幅画构思独特，画风细腻，他不止一次见阿馨画过，那个站在木桥上沉思的小女孩有几分阿馨童年的影子。原来小简真的把它挂在自己的床头天天看！

阿馨走出书房，听见他们在说什么图，也走过去看，发现是自己画的《黄金山图》，连忙叫道："小简，快把这幅画拿下来。"

小简说："怎么，这幅画碍你眼了？"

阿馨说："我叫你拿下来。"

小简说："不能拿，这幅画对我来说太珍贵了，我好不容易才到手的，必须天天看到。"

阿莉说："难道这幅画能卖大价钱？送给我吧！"

小简说："送给你就一分钱不值了，可在我心里，它是无价之宝，不能送，也不许碰！碰坏了，就要了我的命啊！"

阿馨脸上有些发热，说："尽胡说！一幅画值什么，连命都不要！那更得撕掉了。"

阿锟看看他俩，很理解地说："不就是一幅画吗，给人留个念想又怎样？"

小简说："就是，还是阿锟明白我的心思。"

阿锟说："小简屋子里的每件物品都是很珍贵的，花了他不少心血，千万别乱动乱碰！"

小简说："阿锟，你太理解兄弟了。"

小彭仔细地观察阿馨，发现她的神情不太自然。小简说那幅画是他偷拿的，难道在说谎，画是阿馨送给小简的？

小彭问小简："这幅画是阿馨送给你的吗？"

小简说："都说是在国画班偷拿的。"

他又把弄到这幅画的经过说了一遍。

阿莉说："阿馨，给我也画一幅吧！"

　　小彭说："阿馨哪有那么多时间，再说，画给你也是对牛弹琴，还是给我画一张才对。"

　　阿莉说："有你这么说话的吗？"说着打了小彭一拳。

　　阿馨说："我画了很多张，回头都送给你们。"

　　阿莉说："算了，送给我也是浪费，还是送给阿锟和小彭吧，一个是你爱的人，另一个是爱你的人，都会好好地珍惜你的画。"

　　阿馨很不好意思："阿莉，你的嘴真厉害啊！"

　　小彭说："因为她不看书，说话就粗俗。"

　　阿锟说："阿莉的个性太直率了。"

　　小简招呼大家喝茶，大家让他不用忙，喝白开水就行。聊了一会儿，大家就告辞回家了。

湖边漫步

晨曦像酣睡的婴儿，睁开了惺忪的眼睛，是那么可爱。阿馨早上上班时还好好的，下午四点钟的时候肚子开始疼，连上了几次厕所。

传达室有她的电话，是小彭打来的，问她晚上有没有空，请她看电影。阿馨告诉他自己拉肚子了，小彭一听，马上就挂断了电话。十五分钟后，他赶到幼儿园，把阿馨接去医院看病。

他们在内科诊室门口等了许久，医生也没有叫他们的号。小彭焦急地来回踱步，最后轻轻推开诊室的门，里面坐着一位年轻医生，正和一位男青年说话，关于什么补药啊、分配啊，不像是医生和病人，倒像是朋友。

小彭站在门口对医生说："医生，可以请你快一些吗？"

男青年离开了，医生不紧不慢地问道："怎么了？"

"拉肚子。"

男医生给阿馨做了检查，又开了药单。小彭拿完药后，就送阿馨回家。上了楼，进了屋，阿馨说："我吃完药就会好的，你自己去看电影吧！"

小彭说："我也不去了。"说完把电影票撕了。

"那你快回家休息吧，跑前跑后这么半天，你也该累了。"

"我陪着你。你要喝水，我帮你倒，你不舒服，我可以安慰你啊！"

"你不要对我这么好，我还不起你的感情债。"

"我不要你还，你把我当好朋友就可以了。"

"那你坐着，我去煮饭。"

"不用了，我不在这里吃饭。等你父母回来照顾你，我就走了。"

"我父母也要吃饭的。"

"那我帮你做吧！"

"你一个大男人会做饭？"

"做得可好了，拿手菜是猪肉炒青椒。"

阿馨笑着去淘米，小彭帮忙择青菜。两人正忙着做饭时，有人笃笃笃地敲门。阿馨开门一看，说："小简，你怎么带雁雁来了？快进来坐。"

雁雁说："文阿姨，听说你生病了，我和小叔来看你。"

阿馨说："谢谢雁雁，文阿姨的病已经好了。"

小简把一袋苹果放在桌上，跟小彭打招呼。阿馨去拿糖果给雁雁吃，又给他们倒水。小简说："你都生病了，还忙什么。"

阿馨说："就是拉肚子而已。"

"你去医院了吗，吃过药没有？"

"看过病，也吃过药，现在没事了。"

小简看看阿馨，觉得没什么大问题，就带着雁雁告辞了。

雁雁甜甜地说："文阿姨，再见，明天见！"

阿馨抓了一把糖果塞进雁雁口袋，还要送他们。小简说："生了病就不要出来吹风。"拉着雁雁走了。

小彭说："小简真痴情。"

阿馨直叹气："也不知道为什么盯准了我。"

"因为你长得太漂亮了。"

"我也会变老变丑的。"

"如果你不认识阿锟，也不认识我，会爱上小简吗？"

"如果你是女人，会爱上他吗？"

"会，绝对会！"

"那你还问我？"

"那么优秀的男人，哪会没人爱呢。"

"就是嘛，你也有很多姑娘喜欢，为什么要吊死在一棵树上？你的背后就是一片森林啊！"

"可我唯独看中一棵树。"

"等你再回头时，自己也是棵老树了。"

"我愿意。"

阿馨的爸爸妈妈回来了，小彭要告辞，他们一定要小彭留下吃饭，小彭推辞不掉，只好答应了。大家欢欢喜喜地围着圆桌一起吃饭，阿馨妈对小彭说："多谢你这些年对阿馨的照顾。"

小彭说："阿馨没有兄弟，把我当成哥哥就好。有什么需要帮忙的，说句话就行。"

阿馨爸说："小彭，你身上有技术，前途无量，还愿意抽出时间照顾阿馨，我们全家都感谢你。你父母不在身旁，就把这儿当成你的家吧，想来就来。"

小彭说："谢谢老场长！"

吃完饭，小彭很勤快地帮忙收拾碗筷，抢在阿馨前面拿进厨房洗涮。

阿馨妈对女儿说："今天天气好，跟小彭去湖边散散步吧！"

阿馨和小彭来到湖边，湖水映月，波光轻漾，夜幕裹着摇曳的树林，林间不时传来窃窃低语。这里是神秘的青春圣地，多少青年在这树林里有过缠绵故事。

阿馨和小彭并肩在湖边漫步。他们身前身后有好几对情侣，渐渐地都消失在树林中，女子的娇嗔和男子的轻笑萦绕在耳际。

小彭问："你晚上来过这里吗？"

阿馨诚实地回答："白天常来，晚上没来过。"她侧头去看小彭，青年的脸上洋溢着兴奋的光芒，明眸里闪动着青春的神采，他年轻的心中燃烧着灼热的血液，激情足以把自己融化。

小彭说："我有时候和朋友来这里欢聚，在晚上。"

他们走到一棵树下，面对面站着，阿馨和小彭保持着一定距离。

阿馨说："这里是城市中的一片绿土。"

小彭说："我喜欢这里的神秘、这里的恬静，这里的风特别温柔，这里的湖水特别多情。"他注视着阿馨，眼里喷溅出火花。

阿馨指了指草地上的碎纸、罐头盒，说："你要小心，这里的花也带刺，这里也有污秽侵犯美丽。"

"带刺的花更有魅力，污秽会化为尘土，消逝在大地。"小彭那双敏锐的眼睛在镜片后闪闪发光，像一片深深的池塘，阿馨会不会陷下去呢？

微风突然卷来一声呢喃："我爱你！"他们同时循声望去：一个小伙子正在俯身亲吻他亲爱的女孩。阿馨急忙转回头，目光逃离了那诱人犯罪的甜蜜。

星星暗自溜走了，月亮依然在窥望。

小彭点上一支香烟，刚抽了几口，阿馨就说："抽烟太多容易得鼻咽癌，而且，我最不喜欢闻烟味了。"

"我不抽了。"小彭把烟按灭扔了。

"抽烟真的是一种享受吗？那么多人为它痴迷。"

"因为它可以麻醉大脑吧。"

"人们都喜欢被麻醉的感觉吗？"

"这是一种风潮，风一吹，满地的灰尘、树叶乱飞。"

"就像文凭风，大家拼命去追求文凭。追到的就是天之骄子，追不到的，就是草根虫豸。"

"你还要考吗？"

"不考了，脚下的路千万条，我要另选一条自己能走的路。"

"你真看得开。"

"我去不了正规的大学，但可以自由地选择学习哲学，或者法律，又或者创作、绘画，不也很好吗？不上大学，可同样在读书，在走成才之路。"

小彭由衷地佩服她："你太坚强了。"

"只要我有追求，有事业，不断进取，还在乎什么文凭！"

小彭越来越敬佩阿馨了，心想：阿锟大学毕业后，真的会跟阿馨结婚吗？我是不是还有希望？如果我能娶到阿馨，生活会是多么幸福温馨！

"阿馨……"小彭情不自禁地喊了一声。

"嗯？"阿馨应着，小彭想说什么？

小彭定了定神，说："我明天要出差。"

"去吧，一路平安！"

"我要去好几天。"

"这多好啊！行万里路，能多长见识。"

"成天要出差，真的很累。"

"年轻时不累，难道等年老时再累吗？"

"对啊，我们年轻时要不怕吃苦，克服困难，苦中求乐。"

从寂静的夜中又传来一句话："你买的金戒指太小了，才五克。"

阿馨和小彭看过去，又是那一对！刚才还打得火热，现在是不是被爱的烈火烧焦了？

男人说："我什么都满足你，金项链、金戒指、金耳环，不就是金戒指的克数小一点吗？你以为我家是开银行的？"

女人说："真小气，你家不是很有钱吗？"

"是银行都会被你掏空。"

"现在结婚的价钱涨了，你不知道吗？"

阿馨轻笑一声，说："没有一定的经济基础的婚姻，也是会摇摇欲坠的。"

小彭说："有些姑娘结婚是一定要满足虚荣心的。"

阿馨说："这要两厢情愿才行。"

他们正谈论着婚姻，突然传来一声大吼："你就会死要钱！"接着是啪的一记耳光响，片刻之后，女人哭喊起来："你打我！"

阿馨和小彭赶紧躲开，忍不住好奇地看了他们几眼。那两个人已撕扯在一起，女的穿件红衣服，很眼熟。阿馨认出来了："是小简的前女友。"

小彭说："走吧，别管他们！"

阿馨说："那男的掐住女的脖子了！"

小彭一看果然，红衣女子挣扎着，快喘不过气来了！

快救人！小彭飞也似地冲过去，抓住那男人的手，男人甩开他，说："别多管闲事！"红衣女子趁他松手，赶紧躲到小彭身后。

小彭说："欺负女人算什么好汉！"

男人不理他，把红衣女子从他身后拖出来，啪啪两声，又扇了她两耳光。红衣女子又哭又骂，男人气愤地甩开她，说："我俩的账算完了，但愿一辈子别再碰到你这种女人！"

男人扬长而去，红衣女子捂着脸嘤嘤哭泣。

阿馨说："怎么又是你呀？"

红衣女子满心羞愧，说："多谢你们的救命之恩。"

小彭说："以后别再追着我们打就行了。"

红衣女子说："再也不会了，你们都是好人。"

小彭说："小简和你不合适，不要再纠缠他了。"

红衣女子说："正因为我放手了，才遇到今天这个流氓。"

阿馨说："学会了今天的放弃，才会获得明天的幸福。"

红衣女子说："谢谢两位！真是不打不相识，我们以后就是朋友了！"

红衣女子走远了，小彭望着她的背影说："这女人真可悲！"

阿馨说："可悲又可怜！"

小彭长叹一声说："本来今天我们很开心的。"

阿馨说："不开心的事每天都会遇见，要学会开解自己，只记着那些开心的事就好！"

他们离开这充满故事的湖边，回家了。

伤　痕

阿馨每天上班走的这条路凹凸不平，下雨时满是泥浆，晴天时尘土飞扬，就像她人生的路，又艰难，又迷惘。

早上，阿馨先给班里打完开水，就忙着做别的活了。最近要检查卫生，阿馨的工作增加了很多。不过，班上新来了两位实习老师，小朋友们都很兴奋，阿馨看见孩子们笑，心里也很高兴。

老师给小朋友们每人发了一张白纸，让他们自己画画。

阿馨正在擦小书柜，新新走到她身边，问："文阿姨，你在做什么？"

阿馨说："我在干活呢。"

"你为什么不玩游戏，要干活？"

"干活赚了钱，才能养活自己呀。"

"我妈妈也干活，是养活自己吗？"

"你妈妈干活，是为了养活全家。你买新衣服的钱，就是你妈妈干活挣的。"

"那我不用干活吗？"

"你还小，做不了什么。要好好学习，多看书，将来做个有本领的人，就能养活好多人了。"

"我们家有好多书，要看多少才能有本领？"

"书是看不完的，看的书越多，本领就越高。"

"爸爸天天看书，我叫他都不理我，我只好去找妈妈玩。"

"你爸爸看书就是想多学本领，好帮助其他人。"

"我也要看书。"

"好，我们新新要看好多书，不过现在先去画画吧。"

阿馨去打扫卫生间，清理好洗手台，又用洗洁精把壁镜擦洗得干干净净。她听到小朋友们在教室里叽叽喳喳，笑闹成一片。

突然新新跑进卫生间，哭着叫道："文阿姨！"阿馨见他脸上有血，赶紧带他去幼儿园的医务室。医生做了简单的处理后，又把他送到附近的医院。

新新的下巴上要缝两针，他躺在门诊外科的床上，阿馨紧紧地拉着他的小手。医生缝针时，新新害怕得握住阿馨的手不放，阿馨说："别怕，有文阿姨在。"新新不停地流着眼泪，却一直没哭出声，只是默默地望着阿馨，握着她的小手越来越紧。

阿馨说："新新你真勇敢，你是小男子汉，不要怕！"

新新的小手握着阿馨的大手，一直到最后缝完针。新新的妈妈来把他接回家。

新新的事让大家都非常难过。他是在和小朋友玩耍时摔跤，磕到小椅子受伤的，下巴上恐怕要留下永久的伤痕。

整个下午阿馨的心情都不好。下班时，孩子们陆续被接走，只剩下雁雁一个人。

雁雁问："文阿姨，我奶奶怎么不来接我？"

阿馨说："快了，别着急。怎么不是你小叔来？"

"小叔摔跤了，脚肿了。"

"他现在是在医院吗？"

"他脚疼，走不了，在家呢。文阿姨，你送我回家好不好？"

"奶奶来幼儿园不见你，会担心的，我们还是在这儿等她吧，阿姨陪你一起等。"

时间一分一秒地过去，还是没人来接雁雁。阿馨看看表，六点四十分了，雁雁不停地在问："奶奶怎么还不来？"

天空中飘来了几朵乌云，不一会儿就下起了雨，雨点滴答，滴答。下吧，温柔的雨！下吧，无情的雨！

终于，雁雁的奶奶打着一把灰色的雨伞，朝空落落的教室走来。等在教室门口的雁雁大声喊："奶奶……"

奶奶离着老远就急忙道歉："来晚了，来晚了！辛苦文阿姨了！"

阿馨说："别急，地上滑，慢点走。"

阿馨关好门窗，找出一把伞，从车棚里推出自行车，对雁雁和她奶奶说："我送你们回家吧！"

阿馨把雁雁抱到自行车的后架上，把伞给她撑，自己只戴一顶大檐白布帽遮雨。奶奶见了过意不去，坚持要带雁雁走路，让阿馨赶紧骑车回家。

阿馨说："我送你们回家，顺便去看看小简。"

奶奶说："下着雨，路不好走，再说你还没吃饭呢。"

阿馨说："我们顺路，先过你家，才到我家。"

奶奶和坐在自行车后座上的雁雁合打一把伞，阿馨左手撑伞，右手单手推着自行车走。没多久雨停了，阿馨改成双手推着自行车，很快就到了雁雁家。

雁雁喊："小叔，我回来了。"

奶奶说："小叔走不动，别叫了。"

雁雁吐吐舌头："哦，我忘了。"

奶奶把阿馨请进客厅，阿馨看到四下都散落着未完成的根雕。

奶奶对着里屋喊："艺根啊，文阿姨来看你了。"

"好。啊！谁？"从里面传出小简的声音。

阿馨走进里屋，躺在床上的小简见她来了，受宠若惊地撑起身，欣喜地说："你来了。"

奶奶跟着进来，说："我去幼儿园时，就剩雁雁一个人了，文阿姨陪她等到现在，还没吃饭呢，我去煮点面条给文阿姨吃。"

阿馨说："不用，我马上就回家了。"

小简说："吃了面条再走吧，也不是什么高级饭菜，能填饱肚子而已。"

阿馨看着他肿大的右腿，问他去过医院没有，怎么会弄成这样？

奶奶说："他整天上山挖树根，爬山时摔着了，已经看过医生，不碍事的，过一阵就好了。"

阿馨说："这段时间我送雁雁回家吧，还可以过来看看小简。"

奶奶说："那敢情好，我看得出，你一来艺根就特别高兴！"

小简说："妈，怎么能这么麻烦阿馨呢！"

奶奶说："你不是整天问雁雁文阿姨的事吗？以后可以直接问文阿姨了！"

雁雁插嘴："文阿姨可好了！"

奶奶说："你们先聊天，我去下面条，很快的。"

阿馨说："我得赶紧回家，不吃了。星期三你不用接雁雁，我送雁雁回家。"

奶奶说："那就麻烦你了。"

奶奶也喜欢阿馨，第一次见她就打听她有没有男朋友，还找人帮儿子介绍，结果没有成功。原来他们早就认识了，那更好。

阿馨对小简说："星期三再来看你，你要好好养伤。"

"不再坐一会儿，吃碗面吗？"

"改日吧，再见！"

小简大声叫在厨房里做面条的奶奶："妈，送送阿馨。"

阿馨微笑着说："不用，不用。"

阿馨到厨房跟奶奶打了个招呼，就自己出门了。

小简低声哼唱着："哪天能再看到你的微笑？你的微笑动摇着我的心，

多么难忘的微笑，愿你的微笑伴随我到天涯海角……"

全托班每个星期可以接两次孩子，有些家长只接一次。雁雁家有时接两次，有时接一次。

这天中午十二点，阿馨去接班。小朋友们应该睡午觉了，有的孩子却还在讲话。阿馨就说："你们不睡觉，你们的眼睛该多可怜啊，它们想闭一闭啊！眼睛说：让我休息吧，不然我会生气的！它们一生气，你们就眼睛疼了，就要去医院了。"

小朋友们不吵了，都闭上了眼睛。阿馨见还有几个小朋友在床上动来动去，又说："睡觉的时候要安静，夏天翻腾容易出汗，冬天翻腾被子里会进风，容易感冒生病，还会肚子疼。"

小朋友们听着阿馨讲道理，慢慢入睡了，只有雁雁还翻来覆去睡不着。阿馨走到她身边低声问："雁雁，为什么不睡午觉呀？"

雁雁说："奶奶会来接我吗？"

阿馨说："文阿姨送你回家，快睡吧！"

雁雁安心地闭上眼睛睡着了。

下午三点，小朋友起床了，阿馨又开始忙这忙那。

时间不等人啊，跑得飞快！有家长来接小朋友了。还没等到爸爸妈妈的小朋友们一个个伸着小脑袋，眼巴巴地往教室门外瞧。

新新拉着阿馨的手说："文阿姨，我家又买新书了。"

阿馨说："好好看书，别再调皮了。"她看看新新的小下巴，还粘着纱布呢。

"妈妈说我要是再调皮，还得去医院。"

"你妈妈说的对。乖乖在座位上看书，等妈妈来接。"

新新很听话，直到他妈妈来时还坐在小椅子上不动。

阿馨送走最后几个小朋友和他们的家长，整理好玩具和画书，雁雁也在一旁帮着收拾。一切妥当后，阿馨拉起雁雁的手，说："文阿姨现在送你回家。"

雁雁说:"小叔可想你了。"

"小孩子别乱说话。"

雁雁不服气:"这是奶奶说的。"

"奶奶还说什么了?"

雁雁模仿着奶奶的口气:"天天看这幅画也不烦?"

"什么画?"

"一幅画着大山的画。"

"那有什么好看的!"

"可好看了,里面有黄金。"

阿馨笑了:"别乱说了,走吧。"

阿馨让雁雁坐在自己的自行车后座,推着车走。刚出幼儿园门口,就看见小彭在等她。

雁雁很有礼貌地喊:"叔叔好!"

小彭说:"你好!"

阿馨说:"我正要送她回家。小简挖树根时摔伤了腿,一起去看看他吧。"

小彭说:"是吗? 要去看望的。"

经过一家水果店,阿馨要去买些水果,小彭抢先去买了一大袋苹果放在车篮里。他们推着车边走边聊,很快来到雁雁家。

雁雁敲着门叫奶奶,奶奶出来开门,很高兴地请阿馨他们进屋。小简的腿好了一些,撑着拐陪他们在客厅坐。奶奶要留他们在这里吃饭,阿馨和小彭都说不用了,他们坐坐聊聊就走。

奶奶见他们带了水果来,直说他们太客气。

阿馨说:"是小彭买的。"

小简说:"你们能来看我,我就很高兴了,还买什么东西啊!"

小彭说:"意思意思而已。"

奶奶泡了茶来,阿馨和小彭招呼奶奶坐下,一起闲谈。

奶奶说起他们家的事。她有两个儿子，就是小简和他哥哥，都在机关工作。她的丈夫曾是文化局局长，已经去世了。小简的哥哥离了婚又复婚。小简交过一个女朋友，这女孩品行不好，老是向小简要钱吃喝玩乐，小简跟她分了手，她还死缠着不放。

小彭说："我知道这件事，她以后应该不会再缠上来了。"

奶奶问："你是文阿姨的男朋友吗？"

阿馨说："我们是老乡，也是好朋友。"

奶奶说："好，好，很不错的小伙子。我们家艺根可没你的福气。"

小简说："妈，你胡说什么？以后别'文阿姨，文阿姨'地叫了，就叫她阿馨吧。她有个很帅气的男朋友，正在读大学，他们是青梅竹马呢。"

雁雁问："奶奶，什么是青梅竹马啊？"

奶奶说："就是从小一块长大。青梅竹马好啊！"

雁雁问："我和新新是不是？"

阿馨忍不住大笑，说："是！"

其他人也笑个不停。

雁雁说："新新说他家有好多书。"

阿馨说："新新多幸福啊！我小时候家里很穷，幸好我的爸爸是个爱看书的人，收藏了许多书，有古典名著，有现当代小说，有童话故事。我对小说的兴趣特别浓厚，拿起一本就放不下，非把它读完不可。十多年下来，我就成了小说迷，甚至自己动笔写小说。"

小彭说："我知道，你一写起来就废寝忘食。"

阿馨说："对，不过我也喜欢劳动。过去放学回家就帮父母做家务，现在更是自食其力养活自己。我觉得勤奋工作的人最美丽。"

小彭说："我们都是从 B 县奋斗出来的，经历过各种酸甜苦辣，身上有生活的印记。"

奶奶说："原来我们是老乡啊！老乡见老乡，两眼泪汪汪。过去的伤痛就把它忘了吧，今后的日子还长着呢。以后你们要常来玩，艺根有你们这些好朋友，我就放心了。"

小简说："妈，其实我们在认识之前就打过交道。你还记得我拿回家看的那个剧本《迷离》吗？就是阿馨写的。"

奶奶说："哎呀，那剧本我也翻过，写得真好！阿馨，有你这样一位才女当雁雁的老师，我们真是幸运啊！有什么需要你尽管开口，我们一定办到。"

小简说："我妈当时是县话剧团的团长，他们动员社会人士投稿，想从众多作品中选出最佳剧本排演。我担任审稿编辑，发现很多剧本的作者都是成熟男性，唯独《迷离》出自一位不满二十岁的年轻女子之手。我看了剧本后深受感动，写了一封长长的退稿信，希望阿馨在小说的道路上有所建树。之后我一直期盼着阿馨的作品面世，可是始终没有动静。"

阿馨说："谢谢你对我的肯定！我没有忘记剧本改小说的事，只是杂事太多，一直没有改好。"

小彭说："我们都非常佩服那位审稿老师的才学，没想到他就在我们身边，这就是缘分啊！"

奶奶感叹道："B 县出来的青年人，个个都朝气蓬勃，就像我们当年一样。"

阿馨说："我能想象到你年轻时的风采。"

小简说："我妈的个性特别开朗，爱唱爱跳，还喜欢看书。"

阿馨说："你真幸运，有位好母亲！"

小彭说："我的母亲为人也很好，你见了一定喜欢。"

阿馨说："我们都有平凡而伟大的母亲，一定要好好孝顺她们，当然，还有父亲！"

大家都笑了。

小彭看看表，说："七点了。阿馨，我们走吧，以后有空再聊。"

阿馨和小彭向小简一家人告辞。出了大院后，阿馨对小彭说："现在时间还早，你要是送我回家，就在我家吃了饭再走。"

小彭说："那我先回家了，你路上小心点。"

阿馨工作了一天，又累又饿，心想妈妈在家一定等急了。她把自行车骑得飞快，眼看就要到家了，前面却有一男一女在路上左摇右晃地溜达，挡住了去路。阿馨急忙大喊："让开！让开！"脚上来了个急刹车，结果连人带车都摔倒了。

那两人同时回头，女的大声喊："活该！你眼瞎了？差点撞着老娘！"

阿馨从地上爬起来，道歉说："对不起。"

男的突然喊了一声："阿馨！"手忙脚乱地去扶她。阿馨定睛一看，也叫了出来："阿壮！"

女的说："她谁呀，你老婆？"

阿壮说："别胡说八道！"

女的说："走啊！你还傻站着干吗？"她拉着阿壮要走，阿壮甩开她的手，问阿馨："你没摔伤吧？"

女的直跺脚，说："你不走，我就走了！"

阿壮说："你爱走就走，女人到处都是！"

女的气呼呼地走了，阿馨让阿壮赶紧去追。

阿壮说："谁理她！不过是跟老婆吵架时拿她解个闷，她还当真了！"

阿馨欲言又止："想不到你变得这么……"

阿壮说："想不到的事多着呢，以后再慢慢跟你解释。"

他们正说着话，小彭突然从后面赶上来，看到自行车倒在地上就问："阿馨，怎么回事？"

阿馨说："我差一点就撞到人了。"

小彭和阿壮寒暄了几句。阿壮见有小彭陪着阿馨，就放心地走了。

阿馨告诉小彭刚才的事，小彭皱眉说："阿壮怎么变成这样了？"

阿馨说："我觉得他仿佛是一个陌生人，那个勤劳朴实的阿壮去哪里了？"

"大概是家里钱财充裕，不用为生活奋斗，日子过得太无聊了。"

阿馨说："但愿这种无聊的人不要太多。我肚子饿了，得赶紧回家。"

小彭把阿馨送到大院门口，阿馨叫他去她家吃饭，小彭好不容易才推辞掉。他原本只是打算偷偷地护送阿馨回家，要不是中途有了变故，他才不会现身呢。

唤　醒

1984 年 8 月的一天，天色刚蒙蒙发亮，一列南去的列车像一条巨龙，片刻不停地掠过山谷，越过河流，穿过平原，行驶在向未来伸展的轨道上。它轰轰隆隆的声音像是想唤醒车厢里那些睡眼惺忪的人们：挺起疲惫的身躯，跟上时代的步伐，走向属于你的广阔世界吧！

"阿馨，快看！黎明唤醒了沉睡的大地，你也该醒一醒了。"阿锟拍了拍紧靠在他身上睡着的阿馨。放暑假了，阿锟要去看望外婆，让阿馨也一块去，外婆早就想见未来的外孙媳妇了。

被叫醒的阿馨神情慵懒："你不困吗？昨晚我想这想那的，后半夜才睡着。"

"我早就练出来了，每天只睡四五个小时，照样精力充沛。"

一阵清风吹进车厢，驱散了浑浊的空气。阿馨从挎包里掏出一大把糖果和一袋蛋卷，分给坐在对面的乡下妇女和她的小孩，又递给周围的人每人一个苹果。

阿馨和那拖儿带女的乡下妇女闲聊，得知她身边的女孩六岁，男孩三岁。男孩是超生的，为他掏了一千多元罚款。家里还有另外三个大点的女孩。

乡下妇女也不想生那么多，可家婆家公整天打骂她，说她绝了他家的后，硬要她生到男孩为止。生了一个男孩还不行，要接着生两个、三个，说是多子多福。家婆家公说家里有钱，千把元买个仔，值得。

阿馨注视着那妇女，她头发枯黄，面貌黧黑，穿着随便，一副无精打采的模样，两个小孩也邋里邋遢。

"妈妈，我还要！"男孩舔着手指头上的蛋卷碎屑，缠着他妈妈。女孩也眼巴巴地盯着阿馨。

阿馨又从挎包里拿出一包蛋卷，递给那女孩。男孩却猛地伸手抢过来，用力地撕扯袋口。那妇女一把夺过男孩手里的蛋卷，递回给阿馨，男孩一愣，突然哇哇大哭，女孩见弟弟哭了，赶紧去哄。

阿馨说："大嫂，小孩子想吃，就给他吃吧！"她打开蛋卷袋口，抽出一根递给男孩，男孩接过来狼吞虎咽。阿馨又抽出一根给女孩。

那妇女很不好意思，从旅行袋里拿出四个熟鸡蛋要给阿馨。

阿馨推辞说："我不缺这个，留给孩子吃吧，现在鸡蛋很贵啊！"

那妇女十分感动："谢谢你啊，小妹！"

阿馨说："你的孩子很聪明，好好教育，会有出息的。"

不知不觉中五个钟头过去，火车到站了。阿馨和阿锟跟周围的人说再见，拿好旅行袋走到车厢门口，等待下车。火车在这站只停五分钟。

已经停车一分钟了，车厢门还没有打开。阿馨的心怦怦直跳，求助地望向阿锟。

阿锟说："快，去另一个车厢门！"

他们拿着沉重的旅行袋跑到另一节车厢，门还是不开。

阿馨说："怎么办？"她的声音颤抖，双腿都发软。阿锟也额头冒汗。

就在这紧急关头，一位身穿白色制服的车警正巧向这边走来。阿锟灵机一动，大声叫他："车警大哥，我们下不去车了！"

车警快步赶来，试了试车门，打不开，急忙说："快跟我来！"

阿馨和阿锟跟在他身后，车警见过道上挤满了人，就大声喊道："同志们，请让一让！列车就要开动了，还有两位乘客没下车，快让一让！"

几十双眼睛看看阿馨和阿锟，又看看车警，车厢中间像被闪电劈开了一条路。他们跑到另一节车厢门口，真倒霉！有两个人带着一堆行李堵住了车门。车警焦急地催促两人搬开行李："快点啊，同志！车就要开了，他们俩还没下车！"

那两个人七手八脚把行李搬开，车警终于把车门打开了，对着阿馨和阿锟大叫："快！快下车！"

阿馨飞快地跳下火车。阿锟拎着大旅行包，车门旁的行李又绊脚，他紧张得手足无措，一时跳不下车。就在这时，汽笛呜的一声长鸣，车厢猛然一震，要启动了。

"阿锟哥，快点！"阿馨在车下催促。

车警说："快，你先下去，我递行李。"

阿锟松手跳下车，车警紧接着把旅行包递下来，阿馨急忙接住。这时列车已缓缓开动了，阿馨和阿锟两个人都一身大汗。

阿锟说："快谢谢车警大哥！"

他们朝那行驶的列车望去，车警还站在车厢门口向他们挥手。两人一起使劲挥舞手臂，大声喊："车警大哥，谢谢你！再见！"

直到列车远去，阿锟才带着阿馨出站。他四处张望，突然朝几十米开外的两个男人喊道："大舅舅！"

其中一个男人回过头，大声招呼阿锟："表哥！"

四个人聚在一起，阿锟把阿馨介绍给大舅舅和大表弟认识。大舅舅他们骑了两辆自行车来，正好阿锟搭阿馨，大舅舅就搭大表弟。

一路上，阿锟和阿馨受到了无数注目礼，人们仿佛在看天外来客。他们骑了一个多小时，大表弟指着前面的村子告诉他们，那就是外婆家了。阿锟以前来过，但时间太久，都忘记了。

村里的房屋多数是二层小楼，簇拥着一排外墙上涂着白石灰的泥砖平房，一位老婆婆拄着拐杖，摇摇晃晃地在平房门前徘徊。

阿馨他们四人停好车，急切地向老婆婆走去。老婆婆突然发现面前多了四个人影，不由得揉了揉老花眼，想尽力看清。

"外婆，我回来了，和阿馨一起看你来了。"阿锟拉着外婆的手说。

老外婆看看阿锟，又看看阿馨，笑容在脸上绽放。

阿馨说："外婆好。"

老外婆乐得老泪横流，反复地说："阿锟，你找到一个好女孩。"

阿锟端详着外婆，眼前这位拄着拐杖、驼着背的矮小老妇，就是几年前高大壮实、精力充沛的外婆吗？想当初，她走起路来风风火火，做起事来利利索索，可是眼下她老了，真真正正地老了，脸上的肌肉松松垮垮，额上深深的皱纹刻下了她在人生道路上尝到的酸甜苦辣，沉重的生活负担无情地压弯了她的腰。阿锟心中感到一阵凄凉。

老外婆拉着阿锟和阿馨走进屋子，里面除了床和破旧的桌子凳子外，再没有什么像样的家具了。

阿锟从窗口看屋后的院子，鸡也没养几只，猪圈里关着两头瘦弱的小白猪。

一群孩子见来了客人，叽叽喳喳地围在门前。阿馨拿出一包糖果给老外婆分发。孩子们争先恐后地你拿几颗，我拿几颗，把一包糖分完后就跑光了。

阿馨把带的礼品都拿了出来，有补酒、糖果、面条和布料，还有一些书籍。一切收拾停当后，阿锟带阿馨去洗澡。

在乡下，洗澡房就是猪圈的一角，用破门板隔开。阿馨一边洗一边盯着那两头猪，说："你们别过来，我保证不会打扰你们的。"刚洗到一半，她就听见一头猪咕噜噜地叫着拱门板，连忙加快了洗澡的速度。

阿馨洗完澡，轮到阿锟洗，他动作更快，不到五分钟就出来了。

洗完衣服后，小表妹来请他们吃饭。餐桌上摆的是白花花的肥肉、一大盆青菜和一大碗面条。

阿锟的表弟、表妹们都吃得很香，大块大块地夹着肥肉，阿馨却只吃了一碗面条和青菜，没有吃肉，阿锟吃得也不多。吃完晚饭，他们坐在门前乘凉，许多村民也来凑热闹，七嘴八舌地问东问西。

夜空高远，月明星稀，小山村显得静谧而安宁。人们逐渐散去，老外婆等人都进屋睡觉了，阿锟去和他大表弟睡，阿馨留在老外婆这边。老外婆兴奋得话语如泉涌，说起了阿锟妈妈小时候的故事，直到困倦不支，才渐渐地沉睡。

阿馨大睁着双眼，无论如何睡不着。吱，吱，吱……有什么小动物在叫，在爬。她感觉身上痒痒的，两只手不停地抓抓这里，挠挠那里，翻来覆去不能安枕。她凝视窗外，云影中现出一轮洁白闪亮的圆月，照得她的心安定下来。然而，好景不长，一片阴郁的乌云飘来，无情地掩没了皎白的月亮……她迷迷糊糊地睡着了。

黎明敞开了它那宽广的胸膛，新的一天来临了。乡村的早晨，空气清新宜人，初升的太阳映红了犁过的松软土地。啊！这充满希望的田野，养育了世世代代生活在这里的人们。

阿馨拿起扫帚打扫门前的空地，阿锟挑起水桶到井边打水，足足装满了两水缸。阿馨见阿锟满头是汗，招呼他过来，拿出一块绣花手绢帮他擦去额头上的汗珠。

"表哥、阿馨，吃完早饭我们去爬山吧。"大表弟过来说。

"太好了，我正想去呢！"阿馨说。

两个表弟、一个表妹、阿馨和阿锟，一行五人比赛着爬上屋后那座山峰。山上长满了豆稔树和松树，阿馨跑来跑去，挑选出熟透的豆稔，边摘边吃。阿锟和他的表弟们满山遍野地追逐打闹，表妹就跟着阿馨问她城里的事。

阿馨吃够了，逛够了，却发现阿锟和表弟们都不见了。阿馨大声喊："阿锟哥！阿锟哥！"回答她的只有山谷的回音。

表妹说："他们可能去坡那边摘豆稔了。"她让阿馨站着别动，自己去找他们。

阿馨站在一棵枝繁叶茂的豆稔树下，不时四下张望，嘴里叫着阿锟的名字。

突然，一双有力的手从后面拦腰抱住她，阿馨吓得连大气都不敢喘。

"我在这里……"阿锟转到她面前，仍然搂着她的腰，看到阿馨惊慌失措的表情，不禁哈哈大笑起来。

阿馨一拳打在阿锟的胸膛上，阿锟放开她的腰，转而拉住她的手，低下头，盯着她的眼睛，字字清晰地说："我爱你！无论是这坚硬的岩石，还是这遮天的树林，无论是这迷人的花朵，还是这狂暴的风，都不能把我们分开！"

阿馨慢慢伏在了他的怀里，他们相视无言，默默倾心。啊！世界为什么变得这么寂静？云儿悄悄飘移，树叶停止窃语，溪流停止奔涌。偌大的世界好像只有他俩存在，那饥渴的四片嘴唇越靠越近。

"表哥……"表妹在他们身后大喊一声。

两个人迅速分开，阿锟假装摘豆稔，阿馨羞红了脸，蹲在地上装作看野花，不敢抬头。

几个人回到外婆家没一会儿，就听见有人在门外喊："大兄弟，你家省城来人了？"

"是阿旺嫂子啊！"大表弟迎出去说。

阿锟和阿馨也出来招呼，阿旺嫂子上下打量他们，吃惊地说："怎么是你们？"

阿锟和阿馨仔细打量这短发女人，的确很面熟。突然阿馨叫了起来："阿木姐姐！"

"想不到在这儿见到了两位恩人。"阿木姐姐笑着说。

阿馨问："你怎么到这里来了？"

阿木姐姐告诉他们，在他们去省城后不久，她就认识了到县城做临时工的阿旺。她经常带着女儿去阿旺打工的粉店吃粉，阿旺见她们母女俩只买一碗粉吃，心生怜惜，常常在碗里多放一点肉。

一来二去，阿旺爱上了她，但他的岁数比她小，前夫又经常来纠缠，她不敢接受。阿旺知道她的顾虑后，就带着母女俩回到了家乡，也就是这里。阿旺的父母很善良，答应了他们的婚事。

大表弟说："阿旺嫂子很勤劳的，阿旺哥常夸她。"

阿木姐姐说："借你们的吉言，我终于有好日子过了。"

阿馨说："恭喜你啊，大姐！"

阿木姐姐说："都是托你们的福啊！阿馨、阿锟，你们什么时候结婚啊？到时一定要告诉我！"

阿馨说："阿锟还在读书，我们也都年轻，不着急。"

阿锟转开话题："阿木还好吧？"

"好，好，他已经结婚了。"

"真是太好了，恭喜你们姐弟俩！"阿馨真心诚意地说。

"阿木能有今天，还得多谢你们呢！"

阿馨送给阿木姐姐一包糖果和一本书，说："我们这次没带什么东西来，这些送给你女儿吧。"

阿木姐姐收下了，说："你们走时，我带着女儿来送你们。"又让他们有空时去她家坐坐。

阿锟和阿馨在外婆家住了五天就告辞了。临走时，老外婆佝偻着背，顶着烈日伫立在田头，默默地目送他们。看着他们越走越远，她不由得老泪横流，双手颤抖。

阿馨他们走出很远后才回头，只见那小小的身影还站着不动。阿锟止不住热泪泉涌，阿馨也双眸湿润。再见了，老外婆！再见了，大舅舅、表妹、表弟们！

背后的故事

　　假期过后，阿锟接着上学，阿馨也回到她那琐碎的、不引人注目的工作中。

　　早上，阿馨在幼儿寝室整理衣柜，有位家长跑进来，说他的孩子丢了一件红衣服，阿馨帮着他找到后，那家长道了谢，又说："我的孩子吃得多，来幼儿园以后都瘦了，你们每顿饭得多给他盛点。"阿馨说好。那家长又说："孩子小，不会自己穿衣服，请文阿姨帮他穿。"阿馨说可以。那家长还不放心，又嘱咐："孩子不会叠被子，请文阿姨帮他叠。"等阿馨都答应下来，那家长才放心地走了。

　　阿馨接着整理衣柜，没过多久，又有一位家长跑来找她。

　　那家长拿着一套衣服说："文阿姨，这是我小孩的睡衣。"

　　阿馨说："好的。"接过来叠好。

　　"中午睡觉就让小孩换上这套睡衣。"

　　"好。"

　　"晚上睡觉也要换这一套。"

　　"好。"

　　"孩子出汗了你们要给他擦，衣服汗湿了要给他换衣服。"

　　"好的，你放心吧。"

家长满意地离开了，阿馨长出一口气，继续叠衣服。这时又来了个小保姆，拿着一瓶什么营养液，让阿馨喂给她家的孩子吃，还嘱咐道："不能多吃，也不能少吃，多了会有副作用，少了就不起作用。"

把这些情景都看在眼里的阿莉跑过来，说："阿馨，你们班的家长真烦人。"

阿馨说："是挺累人的。"

"照顾小孩就够烦心的了，大人还来凑热闹，一天到晚啰里啰嗦，我可看不惯。"

"这是我们的工作嘛，不然怎么办？"

"要是他们来啰嗦我，我非得跟他们吵起来不可。"

"所以你要多读书多学习，提高修养，才有能力应对自己的工作。"

"我已经打算补习高中课程了。"

"我计划业余去读幼师，提高自身的业务水平。我喜欢孩子，想跟他们在一起，可他们经常提出很多我解答不了的问题，令我很难堪，必须加紧学习了。"

"阿馨，你适应得真快，我直到现在还是听见小孩吵就心烦。"

"那是因为你不了解小孩的性格。"

"小孩哪有什么性格！"

"性格是对人、对事的态度和行为方式上所表现出来的心理特点，孩子当然也有。"

"嗯，那又怎样？"

"不同的生活环境，会造成不同的性格。"

"真的吗？"

"没错。幼儿的性格，是心理特点形成的一个阶段。"

"很重要吗？"

"非常重要。幼儿正处在性格萌芽阶段，如果不细加区分，因势利导，工作就会很吃力，也没法真正让孩子们信任你，喜爱你。我们和孩子接触的时间很长，对孩子的性格形成会起到一定的作用，说话做事都必须慎之又慎。"

"带孩子还有这么多道道啊！"

"我们班上有一个男孩，争强好胜，胆大贪玩，脾气急躁，但接受能力很强。听说他父母很少管教他，这种听之任之、毫无拘束的生活环境，使孩子形成了一种'放野鸭'型的粗犷性格。"

"哎呀，我们班也有这种孩子。你讲得好，再讲讲。"

"还有一个男孩，孤僻，感情脆弱，胆小怕事。据说在他进幼儿园之前，他的父母整天只让他活动在家的三尺天地内，狭隘的生活环境养成了他懦弱的性格。"

"你说得太有意思了，我还要听。"

"又有这么一个女孩，对一切事物都不惧怕，极有自尊心，接受能力强。她不轻易侵犯他人，可一旦被激怒，会毫不犹豫地还击。这是因为她是独生女，父母很宠她，使她的性格变得刚烈、霸道。如果父母批评她的过错，她甚至会扑过去打他们。"

"对，的确有这种小孩。"

"再讲一个男孩，他自理能力差，懒得动脑，爱依赖别人，对事物不易感兴趣，不爱运动。据说他父母从不让他做事，哪怕是他力所能及的也不行，他们为他包办一切，甚至是扣纽扣这种动动手指的事。所以他养成了一种万事不理的性格。"

"阿馨，我们一起进的幼儿园，你怎么懂得这么多？"

"我每天回家写观察记录，做分析研究。"

"我们这种工作居然被你搞得像技术员！"

"这种工作怎么了？别人扫的是垃圾，我扫的是金子；别人叠的是被子，我叠的是数学；别人教小孩穿衣服、吃饭、睡觉，我教的是文化，是知识。"

"扫地、叠被子、穿衣服、吃饭、睡觉，都有这么多学问？"

"幼儿期是人的性格开始稳定和形成的时期，当然，性格不是固定不变的，而是可变的，但它不是一朝一夕就能改变的。幼儿的性格在日常生活和玩乐中，是明显外露的。"

"看来我也得学学幼儿心理学。"

"这个很容易学的。摸透幼儿的性格，就能更好地探索幼儿的内心世界，把我们的幼儿保育工作做得更好。"

"以后我有什么不懂的，就来问你，你可别嫌我烦啊！"

"我们共同学习吧！"

她们整理完衣柜就去配班，照顾小朋友们吃午饭。

孩子们午睡起床后，教室里乱哄哄的。铁铁跟一个男孩子踢来踢去，阿馨批评了他们。几个小朋友在草地上玩，有人乱扔别人的鞋子，鞋子被扔掉的小朋友来告状，阿馨又去帮他找鞋子，好半天才找着。年轻的主班老师不管班里的秩序，有的小朋友就乱抛乱丢玩具，阿馨用讲故事的方式教育他们，才让他们把玩具收拾好。

吃完晚饭，铁铁的妈妈来接孩子，看到阿馨在清扫卫生间，就去跟她诉苦。

铁铁妈妈问："你还记得阿壮吗？"

阿馨说："我的朋友嘛，怎么会不记得。"

"他在外面找了不三不四的女人，已经离婚了。"

阿馨并不感到意外："也许这是现在的时尚吧。"

"我算倒霉透了，他的妻子也是我介绍的，现在却搞成这样。当初如果你俩成了，也许就没有这么多乱七八糟的事了。"

"我有男朋友的，人品特别好，肯定不会有这种事。"

"是啊，男怕投错行，女怕嫁错郎！不好的婚姻，就像煮蚕豆一样，越煮越烂，时间久了，就成了一锅豆泥，再也成不了形。"

"铁铁妈妈，你领悟得真透彻！"

"我也不想理解得这么深啊！可是，铁铁的爸爸出轨了……"

　　阿馨这才吃了一惊："怎么回事？"

　　"我也是最近才发现的。他爸爸的办公室分来一个女大学生，妖里妖气的，专门勾引男人。我天天忙忙碌碌，也不知道他爸爸在外面做什么。他天天都说加班、加班，开始是晚上十点钟回家，后来是十二点，回到家倒头就睡，也不跟我们说话。问他原因也不说，还是他单位的同事看不过去，偷偷告诉我的。最后他就不回家了，白天晚上都不回来。我和铁铁就可怜了，铁铁想见爸爸一面都难。我下决心去他的单位闹，谁知这一闹就彻底完了。有一天他突然回家，说要跟我离婚，我死活不愿离。文阿姨，做人妻子真苦啊！你结婚前千万要看准！"

　　"铁铁爸爸和那女人好了有多久？"

　　"大概有两年了。哼，我拖他们到老！"

　　"有回头的可能吗？"

　　"没可能了！男人有了外遇，十头牛都拉不回。"

　　"你拖老他们，自己就快乐吗？"

　　"他让我痛苦，我也让他烦恼，大家都别想好过！"

　　"冤冤相报何时了，放他们一条生路，也是给自己一条活路。你好，他好，大家好。"

　　"我还不想认输，要继续斗！"

　　"那你就斗吧，也许你能感动他，让他回心转意。这是你的权利。"

　　"今天跟你说了这些，心里舒服多了。还有，以后只能我来接铁铁，他爸爸不能接。铁铁一直说最喜欢文阿姨，有你照顾他，我就放心了。"

　　"好，只能妈妈来接铁铁，其他人都不许接！"

　　她们正相视而笑，铁铁跑过来说："文阿姨，我的鞋子不见了，是新新扔的。"

　　阿馨走去小朋友那里问："是谁扔铁铁的鞋子了？鞋子找不到它的好朋友铁铁，它好伤心啊！"

　　小朋友们都说："是新新扔的。"

阿馨问："新新，是你扔了铁铁的鞋子吗？"

新新点点头，阿馨接着问："你为什么要扔小朋友的鞋子啊？"

新新说："他脱鞋打我，我就扔他鞋子。"

阿馨问："铁铁，是这样吗？"

铁铁低着头不说话，他妈妈见他这副样子，大声骂道："你这个坏小子，跟你爸爸学坏了！"

铁铁说："你就是拿拖鞋打爸爸的。"

铁铁妈妈气坏了："文阿姨，你看这没爹教的小孩，变得多坏！"

阿馨说："孩子不会分辨是非，大人做什么，孩子就跟着学，父母是孩子的老师。"

阿馨低下头，温柔地对两个小朋友说："新新，你扔铁铁的鞋子是不对的。铁铁，你打新新也不对。大家都是好朋友，一起做游戏时多快乐呀。新新，你把鞋子藏在哪里了，还给铁铁好不好？"

原来新新把鞋子扔在柜子底下了，阿馨用扫帚把鞋子扫出来，铁铁高高兴兴地穿上。

雁雁走过来，拉着阿馨的衣角说："文阿姨，曲曲把画书撕了。"

铁铁妈妈说："这些孩子真麻烦！文阿姨，我带铁铁先走了。"

阿馨去找曲曲，曲曲一看见阿馨就跑。

雁雁说："就是曲曲撕的画书。"

曲曲站得远远地说："是雁雁抢我的书。"

阿馨说："这书是大家的，你撕一本，他撕一本，小朋友都没有书看了，怎么办？"

雁雁说："以后我不抢书了。"

曲曲说："我也不撕书了。"

阿馨说："大家都是好朋友。"

曲曲凑过来，神神秘秘地说："文阿姨，我爸爸是个大坏蛋。"

阿馨说："为什么？"

曲曲说："他打妈妈，把妈妈的衣服都撕破了。妈妈坐在床上哭，他还打她。我也打爸爸，他是坏蛋。长大了我要当警察，保护妈妈。"

阿馨说："你真是个勇敢的孩子。"

曲曲说："你不是说我是小男子汉吗？"

多么可爱的小男孩！只要了解孩子的性格，就能成为他们的朋友，获得他们的信任，帮助他们走上一条正确的人生道路。

"小叔。"雁雁突然大声喊。

小简出现在教室门外。阿馨一愣，说："怎么今天有空来接雁雁了？"

小简说："我妈说了，以后可以天天接雁雁回家。"

阿馨说："这样更好，孩子这个时候最需要的是亲情。"

雁雁高兴得直拍手，喊着："我可以天天回家了！"

小简说："今天你不上晚班对吧？一起走吧。"

阿馨说："好啊，我去拿挎包。"

他们推着自行车并肩而行，雁雁坐在小简的自行车后座上。

雁雁说："小叔，我们班来了个不会说话的灿灿。"

"不会说话？"

阿馨解释说："几天前来了一个外地的小女孩，语言不通。小朋友们跟她讲话，她都不理睬。"

"方言总是跟标准语有区别的，只在某一个地区或某一个区域使用。不是那个地区或区域的人，真是不容易听懂。"

"对，不过幼儿学起来很快。十个月的孩子就开始学叫爸爸、妈妈了，这时家长就会用自己平时说的方言教他们叫爸爸、妈妈，于是孩子很快习惯说方言了。如果家长不及时教给孩子通用的普通话，等孩子上了幼儿园就麻烦了。因为语言不通，他不敢和小朋友们交谈，小朋友们也不愿理他，这样容易造成他性格孤僻、不合群，觉得幼儿园不好玩，再也不想来了。"

小简听着阿馨滔滔不绝的讲述，说："所以，幼儿园的老师和阿姨如果不懂方言，工作起来会很头疼。"

"是啊！雁雁说的小女孩，是奶奶在乡下带大的，讲的一口方言，她说什么我不懂，我讲什么她也不懂，最糟糕的是她的父母也不懂普通话。跟她说话就得打手势，真急人！"

"方言是和家乡牵连的纽带，不能丢，但必须要教孩子普通话，才能让他们更好地融入社会。"

"孩子如果既会说方言也会说普通话，可以接触多层面的人，充分发挥语言能力，大脑思维能力也能得到锻炼，性格从而变得开朗。"

小简补充道："另外，方言有一种亲切感，能拉近彼此的距离。"

"没错！孩子到了一个新的环境，会产生陌生感，有心理恐惧，如果能用他熟悉的方言和他交谈，他的整个大脑神经就会放松，话自然多起来了。"

"幼儿说方言，有利又有弊。"

"正是这样。孩子在三岁时，思维水平已进一步提高，能用简单的语言提出自己的要求。你讲故事给他听，然后叫他复述一遍，他能讲出大概的故事情节。这时他的思维能力、表达能力、模仿能力正处于由弱到强的阶段。只会说方言的孩子，在当地可能表现得很聪明机灵，但在新的语言环境中，他会被看作愚笨。"

"看来幼儿园的老师和阿姨得多学几种方言了。"

雁雁在一旁插嘴："灿灿不笨，只是不会说话！"

阿馨笑着说："对，灿灿不笨！雁雁真是个善良的小朋友！"

小简说："阿馨，灿灿遇到你很幸运，你那么有耐心。"

"做幼儿教育其实很不容易，特别是幼教中的保育工作，往往被人们所忽视。"

"是的，家长总认为保育工作无非是照顾好孩子的衣食住行。特别是现在，独生子女逐渐增多，父母把他们视为掌上明珠，穿衣吃饭件件都包办，还要求幼儿园阿姨也这样做。"

"长此以往，孩子身上就产生了一种惰性。我们班上有一个四岁的男孩，起床后不会穿衣服，等着老师或阿姨帮他穿；吃饭时拿着调羹玩，阿姨喂他就张口，不喂了就接着玩；屎尿急了就拉在裤子上。我们反复教他吃饭穿衣脱裤子，他就是不学。"

雁雁听见了，说："佰佰是笨蛋，不会吃饭，也不会穿衣服。"

阿馨说："佰佰不笨，他是不愿意自己动手做事。"

雁雁说："文阿姨，自己的事情不是要自己做吗？"

阿馨说："你说得对极了，佰佰只是还不想长大。"

雁雁的小脑袋里满是疑惑，不知道怎么往下问。

小简说："等你长大就明白了。"

阿馨说："不要这样敷衍孩子，要把他们当成地位平等的朋友交流。"

他们又聊起关于培养孩子日常习惯的话题。阿馨说，孩子刚进幼儿园小班时，还没有所谓好习惯的概念，上到中班，不管是好习惯还是坏习惯，基本都已定型，到了大班，已经很难改了。

小简说："那些良好习惯应该从小培养。"

阿馨说："幼儿园是儿童启蒙的圣地，对日常行为规范和道德品质的教育就从这里开始。"

"阿馨，你应该把你所观察到的、所思考的记录下来，整理成书。"

"是的，我正在计划，写一本关于保育工作的书。"

"祝你实现你的梦想，希望我能帮得上你的忙。"

他们聊着天，时间过得飞快，不知不觉到了岔路口。

阿馨说："雁雁再见！"

雁雁也说："文阿姨再见！"

小简默默地注视着阿馨的背影，想起这样两句诗：

我喜欢默默地被你注视默默地注视你

我渴望深深地被你爱着深深地爱着你

阿馨边骑车边望向天空，大片的乌云弥漫翻卷着。天边本来有一小片白云，此刻和乌云碰撞撕扯，谁也不服输。不多一会儿，实力雄厚的乌云取得了胜利，天空顿时化作一片灰色，眼看一场大雨就要来袭。

阿馨停下自行车，回头望去，只见一高一矮的身影还伫立在那里。她用力地挥了挥手，示意他们快回家，谁知远处那两个人也激动地向她挥手，仍然站着不动。

阿馨生怕他们被雨淋到，又掉头骑回去，小简看到她回来，满脸都是喜悦。

阿馨说："你们快回家吧，要下大雨了。"

小简说："你先走，我马上回去。"

"你还带着雁雁，快走吧！雁雁，叫小叔回家！"

雁雁乖乖地跟着说："小叔回家吧，奶奶在等我们呢。"

两辆自行车终于朝不同的方向飞驰而去。

在人生的道路上

1985 年 4 月上旬的一天，正是下班时间，路上的人们都脚步匆匆地赶回家，阿馨今天没有骑车，也夹在这人流之中。

一个二十多岁的女人推着自行车，后座上坐着个四五岁的小男孩，就走在阿馨前面不远处。

小男孩长得非常可爱，坐在车座上东张西望，不停地问这问那，世界上的一切对他来说都是新鲜的、有趣的。他摇着女人的手臂说："妈妈，风好大啊！"哪里知道一场大雨就要降临了。

小男孩一个星期才能见妈妈一次，"妈妈"这个词在他心中是多么至高无上啊！而"爸爸"这个词早已从他的生活中消失了。

做梦时他叫妈妈，被人欺负时也叫妈妈，现在他见到妈妈了，更是叫个不停。

黄豆般大的雨点洒下来，阿馨紧走几步，想帮前面的母子俩撑伞。正在这时，一个高大的身影打着一把黑伞，迎面走过来。阿馨觉得这身影很熟悉，再仔细一看，是阿壮。

阿馨招呼他："阿壮——凌槐壮。"

阿壮对阿馨招招手，先走到那女人身旁，抱过小男孩。等阿馨走近了，他指着那女人说："林苹湖，我的女朋友，你见过她的。"

阿馨认了出来："我们一起在餐馆打过工嘛。"

林苹湖说："你好，阿馨，我记得你，店里最漂亮的姑娘。"

阿馨说："哪里，哪里，你也很漂亮。"

阿壮说："反正现在下雨，我先带你们去吃晚饭，顺便避避雨。阿馨，吃完饭我送你回家。"

阿馨跟着阿壮走，又和林苹湖聊天。他们七拐八拐，越走路越熟悉，最终停在一家"壮大餐馆"门前。阿壮把小男孩放下，小男孩熟门熟路地跑进去。阿馨打量了几眼，说："这不是我们打过工的那家餐馆吗？"

阿壮说："对！阿馨工友，你又回来了！"

"我可不想吃粉。"

"我请你吃饭！快进来吧。"

阿馨走进已完全变了样子的大门，卖餐票的柜台不见了，取代它的是个洋气的吧台，整间餐馆都装修得焕然一新。

阿壮说："你尽管放心点菜，不收你一分钱。觉得好吃，就带你那些朋友来聚一聚。"

他领着阿馨和林苹湖母子入座，跟服务员点了好几样菜。

阿馨问："这究竟是怎么回事？"

阿壮说："我承包了这家餐馆，当时竞争得很激烈呢。"

"那些工友呢？"

"全走了，就剩下我和林苹湖。"

"你们俩……这是你们的孩子？"

林苹湖说："不，孩子是我的。"

阿馨想问又不好意思。

林苹湖说："我结婚早，离婚也快。我的前夫温文尔雅，说话慢声细语，真不敢相信他竟是个十足的伪君子。"说着就流下泪来。

阿馨问："他做了什么？"

"他考上了外省的研究生，我们两地分居，过着牛郎织女的日子。有一天，他回来对我说，我们一个在天涯一个在海角，这样下去谁也得不到幸福。他说，我应该为自己所爱的人牺牲一切，这牺牲就是和他离婚，成就他的事业。"林苹湖说着，叹了一口气。

"后来怎样了？"

"这个曾答应会让我永远幸福的男人，如今却变得如此虚伪、丑恶，继续跟他生活下去还有什么意义呢？离婚就离婚！我跟他说，是我先甩了他！最可怜的是孩子，再也没有爸爸疼爱了。"

阿壮说："谁说没有？我就是他爸爸！"

阿馨安慰林苹湖："女人太容易受到伤害了。幸好你自立自强，没有被打倒！"

林苹湖问："阿馨，你结婚了吗？"

"还没有，我男朋友在读大学。"

"不要等他了，赶紧找个好男人嫁掉。等不到的！女人等男人，等来一场空。"

阿壮说："阿馨的男朋友可帅了，他们是青梅竹马。"

林苹湖说："这么帅的小伙子一定有女人追。他在大学谈恋爱，你也不知道。"

阿馨说："不会的，我们从小在一起，从来没分开过！"她回想起有阿锟陪伴的童年，真是快乐无比。

林苹湖说："以前在农场能见到几个人啊？这里可是省城，灯红酒绿，美女如云。"

阿壮也被说得动摇了："是啊，省城可不比农场，阿锟那么聪明英俊，他不找别人，别人也会贴上来的。"

林苹湖说："阿锟是大学生，天之骄子啊！这年头能有多少大学生？俗话说物以稀为贵，像他这样的穷孩子，辛辛苦苦考上大学，就是为了过好日子。找个有钱有势的女人，他的事业、前途都有依靠了！你自身还难保，能帮他吗？别傻等了，早做打算吧！"

林苹湖说得很激动，因为她自己就是个样板。还好，阿壮老实厚道，不嫌弃她结过婚又带着个孩子，她也知足了。眼下她跟着阿壮一起经营餐馆，那些偏见、嘲笑、讽刺算什么？她绝不会自暴自弃的。看着眼前的阿壮，她的眼神充满信心，这"粗人"就是可以和她相伴终生、白头偕老的伴侣！

阿馨问阿壮："你怎么刚结婚不久就离婚了？"

阿壮说："我妈一天到晚叫我结婚、结婚，还到处找人给我介绍女朋友，后来就看中那个女人了。结婚后，那女人就知道花钱买衣服，还整天跟我妈吵架，我夹在中间，头都要炸了，什么事都做不了。后来，我下定决心离婚了。"

饭菜丰盛又美味，阿壮倒好了三杯葡萄酒，端起酒杯说："为了我们的友谊，为了我们曾经并肩奋斗，干一杯吧！"

林苹湖说："别喝这么多，等会儿还要送阿馨。"

阿壮说："这你不用担心，我不会醉，阿馨更不会醉，她可是千杯不倒啊！想当初，别人在桌上喝酒，我们站着伺候，馋得心发慌。对吧，阿馨？"

阿馨说："爱喝酒的是你，别扯上我。"

看着阿壮一杯接一杯地喝，阿馨心想，最近阿锟周末也不来找她了，而是写信告诉她自己很忙，抽不出空来。还说他太想继续学习、继续深造了，等大学毕业后要接着考研究生，他们还年轻，结婚的事可以暂时放一放。他真是块读书的料啊！想来想去，阿馨也喝起了酒。

林苹湖生怕他们喝醉了。外面还下着雨，天黑后路肯定不好走。小男孩洪洪第一次看见阿壮喝这么多酒，问道："妈妈，酒很好喝吗？"

微醺的阿壮说："洪洪也来一点。"

林苹湖说："真胡闹！小孩子不可以喝酒的。"

阿壮说："我今天高兴，我们三个工友又相聚了！"

林苹湖想，他是因为见到阿馨高兴吧？那时餐馆里谁不知道阿壮暗恋阿馨，处处护着阿馨，阿馨也肯帮他忙。大概到今天阿壮还忘不了她呢。

阿壮喝了酒，说话就不经过大脑了，大着舌头对阿馨说："从在餐馆里看到你第一眼，我就喜欢上你了。那些女孩都欺负人，说我傻大个、穷小子，她们以为来餐馆打工的都是穷人，可我不是，我是来学东西的。只有你是那么善良，你越待我好，我越喜欢你。"

阿馨急了："你喝多了，尽乱说话！"

林苹湖去泡了茶拿给阿壮，阿壮突然伸手抓住林苹湖的手腕，说："想不到我现在爱的是她，以前一天到晚骂我傻的她。"

阿壮说完又倒了一杯酒喝。

林苹湖说："别喝了，已经满嘴胡话了。"

洪洪也说："凌叔叔，别喝了。"

阿馨劝他："阿壮，别喝了！雨停了，我要回家了。"

阿馨看看窗外，天已经黑透了。她向大家告辞，阿壮想送她，可是一起身就摇摇晃晃，几乎摔跤。阿馨说："你不要送了，我经常走夜路的，和你一起走的话，也不知道是你送我还是我送你，反而给我添麻烦。我一个人走，还能快一点到家！"

阿壮踉踉跄跄地送她到餐馆门口，说："一定要带阿锟他们来吃饭。"

阿馨说："好，我记住了。"

大雨过后，空气特别清新，一阵凉风袭来，令人神清气爽。阿馨步行回了自家大院，看到一个熟悉的身影在大门口的树下徘徊，正是小彭。

阿馨喊："小彭！"

小彭快步迎上来，看到阿馨后松了一口气，说："你去哪里了？我到幼儿园，同事说你已经下班了。我来你家，你妈妈却说你没回家。我在这里等了你好久。"

阿馨告诉小彭，她和阿壮还有他的女朋友在一起吃饭，还喝了酒。她想给小彭讲阿壮的事，小彭却打断她的话，焦急地问："你喝了多少酒？"

阿馨说："没喝多少。"

　　小彭不放心，要扶着阿馨上楼。阿馨甩开他，说："你不用扶，我没醉。"小彭只好跟着她走，一路都警惕着。到了阿馨家门口，小彭轻轻敲门，阿馨妈出来开门，也问："阿馨，你去哪里了？"

　　阿馨说："在下班的路上遇到工友，就一块去吃饭了。"

　　阿馨妈说："小彭等你很久了。"

　　阿馨说："谢谢！小彭，以后你不用来接我，尽可以去做你的事，我能照顾自己。"

　　小彭说："没关系的，我闲得很，在这里也没有亲人，不找你还能找谁？"

　　阿馨妈说："是，是，你就常来吧！"

　　小彭看到阿馨没事就告辞了。阿馨妈送走小彭后，对阿馨说："还是这小伙子会体贴人——怎么这段时间不见阿锟来呢？"

　　"他功课太多，还要考研究生呢。"

　　"考研究生好啊！这小子聪明，是块学习的料。不过他什么时候才能结婚？阿馨，你不能等的话就跟他说清楚。"

　　"他也没说不要我了啊！"

　　"说不定他在大学里已经交了别的女朋友，你还蒙在鼓里呢！"

　　"妈，阿锟不是那种人。"

　　阿馨爸附和女儿说："我从小看他长大，他不像那种人。"

　　阿馨妈说："省城的姑娘可不像农场姑娘那么朴实，娇滴滴的，又见过大世面，阿锟招架得住吗？"

　　阿馨爸说："我家的阿馨可不比省城的姑娘差！"

　　阿馨妈说："我看小彭就不错，人长得斯斯文文的，也会照顾人。看样子，他也中意阿馨。"

　　阿馨爸说："管接管送，当然是喜欢阿馨。"

　　阿馨说："妈、爸，你们不用担心，我的问题我自己解决。"

　　阿馨妈问："今天你到底跟什么人去吃饭了？刚才小彭在，不好问。"

阿馨爸说："不会是什么不三不四的人吧？"

阿馨说："是我过去在餐馆的两个工友，他们把那间餐馆承包下来了，现在装修得特别漂亮。我在下班路上遇见他们，因为下雨，就一起去吃饭兼避雨。那女工友离婚了，带着一个孩子，那男工友也离婚了，没有孩子，他俩凑成了一对，挺幸福的。"

阿馨妈说："那男的不吃亏吗？女的还拖着个孩子呢。"

阿馨说："牛不吃草，你强压它头就吃吗？"

阿馨妈说："你这孩子！"

阿馨爸说："他们自己愿意，谁也管不着。"

阿馨说："是啊！"

阿馨回到自己的房间，却没有睡意。她打开日记本，思绪随着日记飘飞……

　　大年初一，细雨蒙蒙，我哪里也没去，回想着昨晚那欢快的场面。我和阿锟哥七手八脚地点炮仗，真想不到我也敢点了！我们都很快乐！

1980 年大年初一

　　今天早上我有点感冒，阿锟很着急，给我煮姜汤喝。我说："我不要紧，你上工去吧！"他朝我笑了，这笑容把我带进了欢乐的世界。但愿我的世界不是一场梦。

×　月　×　日

　　下午妈妈在洗衣服，我在厨房洗碗。阿锟来找我，我让他坐着等，他却进了厨房，目光含笑地对我说："我帮你洗碗。"我心里甜甜的，洗碗都变成了一种享受。

×　月　×　日

今天怎么不见阿锟？他的笑、他的眼神总叫我无法忘怀。爱情！我现在才明白，有人因为你神魂颠倒，有人因为你满心幸福，有人因为你痛苦烦恼！你是苦，是甜，是酸，还是辣？我想你是四味俱全。

×月×日

我真希望找到一个志同道合的伴侣，我们可以一起学习，一起探索人生，一起追求理想。现在我找到了梦寐以求的意中人，就是阿锟。他是一个聪明开朗的小伙子，我爱他，他也爱我！

×月×日

爱情是如何产生的呢？是在两个异性青年经常接触时渐渐滋生的吧。假如风能传递爱情的信息，我愿天天对着风喊阿锟的名字。

下雨了，下吧，让雨水冲走那飞扬的尘土，让我的思绪跟着雨水悄悄流去阿锟家。

×月×日

我天天苦读、工作，可满脑子都是阿锟，他微笑的面容时刻出现在我眼前。在梦中我们的目光相接触，他的眼中有时满含惊奇，有时是渴望，有时是热烈。我对他的爱恋持续上升，阿锟是我爱上的第一个小伙子。

×月×日

如果他爱你，不管路途多遥远，他都会来到你身旁。夜深了，我默默地看着窗外，夜空繁星点点，我却无心欣赏。爱上一个人，就是一心一意地等着他，盼着他，再也不会看其他的人了。

× 月 × 日

今晚阿莉来玩，她说起话来像放连珠炮。她走后，我想了很多事。这段时间我要参加好几次考试，我还年轻，应该去拼搏。

× 月 × 日

下班后我去找阿锟，见到他的那一刻心弦颤动。我怀着希望，默默地等待那一天的到来，但愿他永远不变心。

× 月 × 日

星期天，我本想和阿锟一起去县城买东西，谁知有人请他给家畜治病。他答应了，我也跟着去帮忙。他每天都这么辛苦，但这是他的追求，这是他的品格。我爱他，就要尊重他的意志。

× 月 × 日

今天我去县城买书，因为是星期天，人非常多。原本我见阿锟忙，就没喊他，可是我们像约好似的，在书店相遇了。他问我为什么不找他一起来，我说："你太忙了，有陪我的时间，不如好好休息。"

× 月 × 日

在总场我认识了另一个青年——小彭，他是技术员，长得很清秀，人也很斯文。他是从外地来我们这里建设家园的，父母都不在身边。他经常来找我聊天，见多识广的他说话很有趣。

× 月 × 日

　　我们全家就要调去省城了，那天我想告诉阿锟，可是妈妈说：如果他爱你，无论天涯海角，他都会来找你的。我真想留下来陪阿锟，可阿锟需要我的陪伴吗？他是个前途无量的人，一定会考上大学，有广阔的天地，还会回来农场吗？我还是跟随父母一同去省城吧，在那里等待他的到来。我知道你会来的，阿锟！

×月×日

　　看到你追着火车跑的那一刻，我真想跳下火车，留在你身边。我太爱你了，一起长大的同伴！你的面容占据了我整个大脑。还有小彭，他热情、大胆、直率，他在火车站说的那句话，令我很受感动。可是你比他先到，我只能对他说声对不起。在没有你的日子里，我悄悄地哭泣，整天无精打采，只想睡觉，因为在梦的世界里可以寻找到你。让我回到那绿色的天地吧，我们曾经一起走在小路上，一起坐在田埂上啃甘蔗，一起捡花生，一起掰玉米，我们有着太多的共同回忆。

×月×日

　　知道你靠自己的努力考上了省城大学，我很高兴，又有些悲伤。你是大学生了，有人生的方向，我却是个无业游民。你很少来找我，我也不找你，让你安心读书。你是天之骄子，我是临时工，我们的爱情也许注定是一段苦恋。

×月×日

　　我给你去了信，你也没回。我想可能是你学习太紧张了，不应该打扰你。小彭调到了这座城市，阿莉也嫁了来，我们又聚在一起了。不过阿莉结婚了，不能常来玩。小彭很关心和照顾我，我很感激他，但我让他快点去找别的姑娘，轰轰烈烈地谈一场恋爱。他回答说，他的心里已经装不进第二个人了。

×月×日

夜色深沉，阿馨关灯入睡，耳边仍萦绕着爸爸妈妈的话语。

为爱出击

　　1985 年 4 月中旬，一个星期天，阿馨很久没见到阿锟，想去大学看他，就和爸爸妈妈说了一声。

　　阿馨爸说："去吧！"

　　阿馨妈说："家里还有面和肉，我赶紧做点饺子，你带过去。"

　　阿馨说："我和你一起做，这样快点。"

　　阿馨还做了阿锟爱吃的花生糖，是用家乡的花生做的。饺子出锅后，她用铝饭盒装了满满的一盒。

　　收拾好背包后，阿馨出发了，时针正好指向九点钟。她身穿一件绿底红花的衣服，脚步轻盈地走向公车站，可足足等了半个小时，也不见公车来。

　　阿馨探着脑袋、踮起脚尖望了好一会儿，终于等来了她要坐的 × 路车。车上的座位都满了，她只能站着。过了一会儿，有个座位空出来，她刚想坐，就见一位老婆婆冲了过来，阿馨说："老人家，你慢点！"那老婆婆理都不理。

　　公车停了一站又一站，阿馨看到有空座，刚想去坐，却被一个十一二岁的男孩抢先了。

　　公车到站，上来一位行动不方便的老人，走得很慢很慢。司机就叫：

"快点！快点！"嘴里还嘟嘟囔囔地发牢骚。老人站到阿馨身边，说："这司机好厉害。"

阿馨说："老人家，你站好了，有座位我就告诉你。"有个小伙子听到了，给老人让了座位。

公车仍然在行驶。阿馨站在过道上，右手拉着车上的扶手。这时一个贼眉鼠眼的男人渐渐靠近阿馨，开始还有一定距离，后来几乎贴在了阿馨的身上。阿馨感觉到一股热浪从身后传来，她回过头，那男人的小眼睛紧盯着她。阿馨走到远离他的位置，谁知男人一直跟着她，还想伸手摸她。车上的人都低着头，好像没看见似的，那男人见没人敢管，又进一步骚扰阿馨。阿馨忍无可忍，抬起右脚狠狠地向他的脚上踩去。阿馨穿了一双大头皮鞋，鞋跟有一寸高。那男人没料到阿馨敢反抗，这一脚正踩到他脚尖上，疼得他直叫娘。

男人被激怒了，咬牙切齿地说："臭娘儿们，敢跟老子过不去！"他掏出一把小刀，怒视着阿馨，"小妹，过来，让哥哥爱一下！"

阿馨说："你别乱来！"

"我就乱来了，你能怎么着？"男人持刀逼近阿馨，阿馨用背包一挡，小刀刺中了饭盒。男人正想刺第二刀，一个穿黑衣服的青年挡在了阿馨身前，目光像剑一样刺向男人。

男人冷笑着说："出来一个多管闲事的！你想找死啊？"

黑衣青年说："你才找死，再欺负我女朋友试试！"

黑衣青年浓眉大眼，一脸正气。男人不信有人敢跟自己斗，举刀冲了过去，被黑衣青年抓住持刀的手，狠狠反扭到背后，刀当啷一声掉到了地上。这时公车正好到站，车门一开，男人拼命挣脱了黑衣青年，跳下车溜走了。

黑衣青年出现的那一瞬，阿馨就认出了是小简，因为不想让他在打斗中分心，才没有叫他。

"小简，你怎么也在公车上？"

"我去办点事，你去哪里？"

"我去大学看阿锟。"

"我陪你一起去吧，路上也好有个照应。"

他们在大学门口下了公车，找到阿锟的宿舍。一位男同学告诉他们，阿锟去排练节目了，要参加表演。男同学带他们去找阿锟，走过好几栋教学楼，最后进了一栋五层楼房，在一楼的大教室前停下。男同学说："他们就在里面排练，我去叫他出来。你们是他什么人？"

阿馨说："老乡。"

男同学进去了，阿馨在门外看，教室里面有十几个男女青年排成一队，又唱又跳，阿锟拿着把吉他站在最前面，边弹边唱，一个穿黄衣服的女同学扶着他的肩，边唱边舞，后面的同学们也跟着乱舞。

带他们来的男同学在阿锟耳旁说了几句话，阿锟就跟着他走了出来。阿馨高兴地叫："阿锟哥。"

阿锟见是阿馨和小简，也很兴奋，问道："你们怎么来了？"

阿馨说："来看你啊，还带了我妈妈做的饺子、我做的家乡花生糖。"她把东西都掏出来给阿锟，小简站在一旁，羡慕地看着。

阿馨把刚才公车上的遭遇告诉了阿锟，阿锟对小简说："多谢你帮忙！"

小简说："有什么好谢的，都是朋友嘛。"

阿馨说："阿锟，快吃饺子吧，还有点热呢！"

小简说："这么老远来就是为了送饺子啊！还不如去饺子店买几碗，多省事。"

阿馨说："这是我妈妈包的饺子，可好吃了。对不对，阿锟？"

阿锟说："对！"他打开饭盒，好多饺子啊！

阿锟叫小简和阿馨也吃，小简摇头，阿馨更是舍不得吃。阿锟吃得正香时，那位穿黄衣服的女同学走出来喊："阿锟，你怎么出来这么久？"看见他在吃饺子，她也上前抓一个吃，边吃边说："真好吃！"

"田萃，你怎么上来就吃，也不问一声！"阿锟说。

"你的就是我的嘛。"

"你胡说什么！"阿锟说着看了阿馨一眼。

"我是你女朋友啊，吃你一点东西有什么关系！还有什么好吃的？让我也尝尝。"田萃说着又抢过阿馨做的花生糖，塞进嘴里嚼了几口，"太好吃了，你老乡拿来的？"她这时才正眼看小简，又去看阿馨，被阿馨的美貌和气质镇住了。

小简说："阿锟丈母娘亲手包的饺子你也敢抢？"

田萃问："阿锟，她是谁啊？你不是没有结婚吗？"

小简说："阿馨是阿锟的未婚妻。"

田萃气愤地追问："阿锟，是不是？"

阿锟注视着阿馨，阿馨眼含泪光，等待着他的回答。

阿锟犹犹豫豫地说："是……"

田萃愣住了："你这个感情的骗子！我让你吃！"她一把夺过饭盒砸在地上，阿锟站着一动不动，阿馨蹲下身，把地上的饺子一个一个捡进饭盒里。

小简上前训斥田萃："你向阿馨道歉，快向她道歉！你这个泼妇！"

田萃还在大吵大闹，教室里的同学们听见了，围上来看是怎么回事。得知事情的原委后，他们投向阿锟的目光都带了几分鄙视。

阿馨不发一语，看见教室门前有个垃圾桶，就把饺子连饭盒一块扔了进去，然后拉着小简说："我们走吧！"

小简对阿锟说："你会后悔的！"

阿锟说："你们听我解释，事情不是这样的！"但他越急越讲不清楚，只能对着阿馨的背影大声喊："阿馨，我爱你！"

阿馨只稍停一下，又继续走。阿锟连续不断地叫："阿馨，我爱你……"

阿馨的眼泪流个不停，小简默默地注视着她，等她回头去说原谅阿锟，但是阿馨头也不回地一直走。走出很远后，小简回头看去，阿锟的身影已成了一个小黑点，却还凝固在那里不动。

阿馨和小简走到了公车站，两个人谁也不说话，天地都一起沉默了。

公车来了，阿馨和小简都上了车。阿馨无意间望向车窗外，只见阿锟拼命地朝公车站跑来。她看着奔跑的阿锟，不禁想起了他送她上火车的那一幕情景。

公车开动了，阿锟被落在车后，越来越远，终于看不到了……

晚饭后，阿馨洗完澡，坐在了书桌旁。想起白天的事，她决定给阿锟写一封信。

阿锟：

今天的事，我并不感到震惊，而是早有预料。

我一直认为你是个稳重不轻浮的男子，你有一种潜在的力量深深地打动了我，我始终怀着一颗真诚的心和你交往，希望我们能成为终身伴侣。当然，我也看出了你的缺点，但我时常对自己说：人无完人。

记得吗？小时候，我们在荷花池旁玩，我头顶荷叶，说想做你的新娘，希望你盖一间绿色的房子做我们的家。你说，等我们长大后，你一定给我一个美丽的家。

有几次停电，我打着手电、点着蜡烛给你写信。每时每刻我都希望你在我身边，我有千言万语要对你说。我把你当成我奋斗的动力、精神的支柱，认为能在人海之中觅到你，是我的幸运。本打算等你毕业，我们就登记结婚，之后不论你到天涯海角，我都会永远等着你回来。

我爸爸妈妈特意买了四床新棉胎，我也为我们的未来买了两床漂亮的毛巾被。可惜两位老人的一片热心、我的一片痴心都成了空，结了冰，我的心好凉呀。我想忘掉你，可越想忘就越忘不了，除非我枯萎死去。

我做过一个梦，梦中有个女子问我收没收到你的信，我说收到了。她对我说，她爱你，你也爱她，不爱我！假如现实生活中的你也是如此，我就退出，强扭的瓜不甜，何必苦苦纠缠一个不爱我的男人呢。

说句心里话，阿锟，我到现在还爱着你。你知道我一直都是如此坦率。我不是个朝三暮四的女人，一直忠于你，尽管在我的周围也有真心诚意的男性朋友，他们才华横溢、青春年少，但我还是对你一心一意。我就是这么一个人，重视感情，对未来充满信心。

在年少时，我真诚地、痴情地爱上你！你的目光，你的笑容，你的话语，都是那么富有魅力。无论是清醒时，还是在梦中，你的身影时时刻刻占据着我的脑海。

人们说爱是自私的，是的，我无法接受和别的女子分享你。那一天，我看到了她，像万箭穿心，像遭到雷电轰击，像一颗炸弹在我脚下爆炸，让我惊恐、畏惧、崩溃。

我是那么崇拜你、爱你，却受到了致命一击。让我忘掉你吧，我人生中的太阳！岁月的伤痕践踏着我的青春，感情的裂变摧残着我的精神，苦闷的心啊，终有一日会爆裂！

从前，我的心思多么单纯，没有痛苦的侵扰，只有少女的遐想、青春的梦幻、理想的渴求。想不到这一切都不堪一击，我陷在爱情的苦海中不能自拔。

我看到你和她站在一起时，心中满是恨意。但是，就在你追出校门，向我飞奔而来的时候，我突然不恨了，领悟了有些人一辈子也无法明白的道理：爱就是给予。

为什么要让恨吞噬善良的心灵？为什么要让恨在人生中刻下累累伤痕？爱的深沉，爱的强大，足以化解恨的毒刃。阿锟，我已从狭隘天地中走了出来，我会慢慢舔复我的伤口，直到能抱着理解和友好的心情与你再见面。

你忙吧，打扰你了，下次再打扰你不知道是什么时候！

夜已深沉，祝你幸福，差一点成为我生命伴侣的老朋友！

愿你前途无量，幸福安康！

阿馨

×月×日

越陷越深

　　十天后，阿馨收到了阿锟的回信，她拆开厚厚的信封，如饥似渴地读着。

　　亲爱的阿馨：

　　我心中唯一的最爱，那天就是个天大的误会，一场荒诞的事件。田苹只是我班上的同学，平时喜欢找我聊天，遇事习惯找我帮忙。同学之间，又是出门在外，谁没有难处？我能帮就帮了。同学们起哄说我们是男女朋友，我只当是开玩笑，从来没承认过。

　　我对她从来没有过那种想法，只把她当同学、异性朋友。你不是也有异性朋友吗？小彭、小简是多么优秀的青年，但我从未起过猜疑，相反，有他们在你身边，我就放心了。

　　我没在班上提过我有未婚妻的事。面对这么多时髦的城市青年，整天听他们嘲笑农村早婚的陋习，我觉得不好意思。所以，那天在当众承认你是我的未婚妻时，我迟疑了一会儿，想不到，这个举动严重地伤害了你。

　　我怎么会忘记小时候在一起的日子？你还记得吗？你七岁时在我家吃饭，吃得很开心。我妈妈问你："阿馨长大后做我们家的媳妇好不好？"你说："好啊！我就想做阿锟哥的媳妇，让阿锟哥给我盖间大房子。"我妈妈说："盖不了大房子怎么办？"你说："那就盖小房子，只要家里有阿锟哥就行！"

我怎么会忘记你说过的话？每一句都深深地印在我心里。我爱读书，因为不读书哪能有房子，哪能给你一个家！我千辛万苦地考上大学，必须珍惜这个机会，绝对不能分心。但无论我离你多远，你永远都在我心里，永远是我的最爱！我们的爱情绝不会是悲剧！

我们还是来探讨一些文学问题吧，也许会让你的心情更快地平静下来。

你要把《迷离》改成小说，先得掌握小说的特点。它是一种以塑造人物形象、叙述故事为主的文学体裁。人物、情节、环境是小说的三大要素，是写小说不可缺少的东西。小说的重心是创造人物。小说的使命，就在于着力描写作品主人公的命运，写出他们在复杂的社会冲突中，在艰难的人生道路上所经历的喜怒哀乐、兴衰起伏、悲欢离合，以引起读者的关注，激起读者的同情，打动读者的心灵。一部小说的成败，就看它是否写活了一两个人物，让他们较久远地活在人们的心中。

小说的情节，是主人公性格的发展史。情节是在一定时间、空间发生的，由一定人物关系构成的生活画面。情节必须为表现一定人物性格而服务，要因人设事，而不能牵人就事，要紧扣人物性格发展来设计。

小说中的环境，一是指人物活动的社会历史背景，即一定历史时期的总形势和发展趋势，叫作"大环境"；二是指每个人物独特的、具体的生活环境，即具体的人与人之间的关系、物质条件和自然环境等，叫作"小环境"。小说中的环境描写是为人物性格的形成和发展，为人物命运和归宿提供依据，为表现主题服务。

小说在语言方面，要优美、带有哲理性，也可以带有散文色彩。这些论述希望对你有所帮助。

阿馨，你还是比较单纯、幼稚，考虑问题充满浪漫的色彩、美好的情调，一旦现实与理想发生冲突，就毫无心理承受能力。难道男人与女人之间，除了爱情，就没有友情了吗？

过去的一切，就让它过去吧。带着美好的回忆，等待我的归来。等待是令人痛苦的，但收获是令人喜悦的。等着我！我会给你一个惊喜，特大的惊喜！

我不在你身边时，你要保重身体，身体是革命的本钱，身体不好了，什么都不能做。遇事要冷静，要学会判断，不要自寻烦恼。要不断看书学习，不断进取，你就会觉得快乐了！不要忘记我们的理想：建一座书馆，让没钱买书的人也能看很多书！

这几天我都在生病，因为你的断然离去深深地刺伤了我的心。没有及时向你解释清楚，是我对不起你，请你原谅！千言万语说不完我对你的爱！原谅我，我心中的爱人！病好后我立刻去找你。

亓犁锟

× 月 × 日

阿馨反复把这封信看了好几遍，用信纸遮着脸，偷偷地笑了。

心情好起来的阿馨工作格外有干劲。这天午饭后，她带着小朋友们在草地上玩，看见几个小男孩正互相追逐打闹，就喊："别跑了，小心摔跤！"

这时，一个中年男人走到阿馨面前，说："文阿姨，我来接铁铁。"

阿馨瞥他一眼，一张甲字脸，眼神冷酷，他是谁啊？从没见过这人，可不能让他把孩子接走。

"你好，你是文阿姨吧？常听铁铁妈妈说起你。"那男人见阿馨不动，又说。

"你是铁铁什么人？"

"我是他爸爸，想接他回家。"

"不行，我没见过你。"

"让铁铁来认一认，不就清楚了吗？"

阿馨把铁铁叫到身边，四岁的铁铁睁大一双纯洁而又困惑的眼睛，拽着阿馨的衣襟不说话。

男人伸出双手想抱他，铁铁躲到阿馨的背后。男人没办法，蹲下来对铁铁说："我是你爸爸，怎么不认识了呢，是不是你妈妈教的？"

男人凑到这边，铁铁就缩到那边，两个人隔着阿馨转来转去。男人想把铁铁拉出来，铁铁就紧紧抱住阿馨的双腿不放。

阿馨说："你别这样，会吓着孩子的。"

男人说："我真的是他父亲。"

"铁铁妈妈已经交代过了，只有她一个人能接铁铁。对不起了，你要接铁铁，就和他妈妈一起来吧！"

"真的不能接？"

"不能接。"

男人无可奈何，从挎包里拿出一把玩具手枪和一包糖递给铁铁，铁铁把双手背在背后，就是不接。男人又想把玩具手枪和糖给阿馨，阿馨也不接。

男人问："铁铁，你真的这样恨爸爸吗？"

铁铁低着头，眼睛盯着地上。他想：妈妈说过，爸爸是坏蛋，不能拿坏蛋的东西。

男人很难过："铁铁，爸爸要走了，你不和爸爸说再见吗？现在你还小，不懂事，等你长大了就明白了。"

阿馨问："你和铁铁妈妈还有可能和好吗？"

"根本不可能！"

"那孩子怎么办？他还这么小，就失去了父亲，失去了父爱。"

"我可以常来看他。"

"夫妻俩闹矛盾，孩子总是最可怜！"

"文阿姨，怪不得铁铁总说喜欢你，原来你这么年轻漂亮。你还没有结婚吧？"

"没有。"

"所以你体会不到婚姻的苦涩。奉劝你一句，如果没有想好，千万不要结婚，不然就像套上了一个枷锁，逃又逃不走！记住，一定要慎重！"

"有人把婚姻看成天堂，有人把婚姻看作地狱。天堂与地狱，其实就在一念之间。它们之间的区分就在于是否有责任感。"

"责任？责任值多少钱一斤？"

"正因为有那么多不负责任的人，婚姻才有了那么多的苦涩。甜蜜的婚姻是天堂，人们都向往；苦涩的婚姻是地狱，让人不择手段地拼命逃走。"

男人若有所悟，看看阿馨说："把孩子交到你手上，真让人放心。"

阿馨继续劝说："为了孩子，你回头吧，挑起责任的重担，给孩子一个好的生活环境！既然生下了孩子，就不要抛弃他，他不是你的噩梦，他是你的亲人，身上流着你的血。你的快乐有他分享，你的烦恼有他分担，这不是很幸福吗？"

"你真善解人意，一定有很多男人喜欢你。"

"当初你爱上铁铁妈妈时，她身上一定有吸引你的地方，容貌？头脑？还是性格？每当你对婚姻感到厌烦的时候，就回头想一想过去。"

"她已经变了！"

"我们都在变！人无完人，女人只在爱她的人眼里才完美。"

男人重新审视阿馨，说："你为什么不去考大学？"

"为什么大家都问我这个问题？我也努力过，可就是挤不上这条独木桥。千千万万的人都往桥上挤，明明旁边有很多条路，却不愿意走，那我来走好了。除了大学，还有自学、夜大、电大、函授，哪一条路不能走？条条大路通罗马嘛。"

"文阿姨，你说得真好！你有男朋友吗？我们单位有个小伙子还不错，大学毕业，三十岁，你愿意认识他吗？"

"不用了，以前铁铁妈妈也给我介绍过男朋友。"

"她介绍什么人啊？"

"在餐馆工作的。"

"成了吗？"

"没有。其实我有男朋友了，也是大学生，我们是青梅竹马。"

"好啊！好啊！从小一起长大，互相了解。他在哪里高就啊？"

"还在上大学呢，快毕业了。"

"那可得小心，你们一个工作，一个上大学，太危险了！俗话说大学生一年苦，二年洋，三年不认爹和娘。连自己的娘都不认了，还能认女朋友？"

"我信任他，相信他的人品。"

"祝你幸福吧！文阿姨，我走了。铁铁，再见！"

铁铁低着头不看他。他转身出门，背影是那样孤独而失意，脚上仿佛套了一副沉重的铁镣，蹒跚着向远处缓缓走去……

机　遇

一天中午，阿馨和各班阿姨一起去厨房拿饭，排在她前面的是位新来的年轻阿姨，叫蓝橄芡，圆脸、小眼睛，很文静，不爱讲话。

阿馨说："你好！你来得真准时，前几天怎么不见你？"

小蓝说："我病了。"那一口纯正的普通话既柔和又甜美动听。

阿馨想听她多说几句，就接着闲聊："我是合同工，不能像正式工那样享受公费医疗，看一次病有好多道手续。你是正式工吗？"

"是。"

"你是北方人吗？"

"对。"

"怪不得上次我见你不会割草。"

小蓝望着阿馨，脸上露出了微笑，说："我从来没有割过草。"

"你平时很少说话？"

"因为我不了解这里的人，这里的人对我也没兴趣。"

"我们都很想认识你呀！只是你性格太内向了。过分的内向让人误解，对自己也没有好处，要主动跟同事、朋友多说说话。"

小蓝睁大眼睛，静静地听阿馨说话，她开始对阿馨感兴趣了："你在这里工作很久了吗？"

　　"也没几年，还是一摔就碎的'瓷饭碗'——从我们这批开始，已经没有'铁饭碗'了。我想参加自学考试，但要单位开证明。想请假一天甚至半天学习，领导却说：你学的是哲学，不能给你准假。我说：有几位老师也参加自学考试，她们为什么可以请假？领导说：她们是老师，学的是中文，对口。今年我想参加成人高考，去找领导开证明，先告诉她我考的是夜大，而且是自费的，绝不会影响工作。领导问我考什么专业，我说中文秘书。她又说：专业不对口，不能开证明。我说那几位老师学的也是中文，领导说：她们的课程里有心理学。我说：我也学过。领导说：你钻研了没有？"

　　"后来呢？"

　　"后来领导说：还是不要学了，以后有对口的专业，我们可以让你去。我说有对口的也轮不到我。最后领导说：你想去也可以，我们就解除你的合同。不就因为我是合同工吗？"

　　"我还想学英语，大概也是没用的。"

　　"只要学了都有用。这是你的爱好吗？"

　　"不是。你有爱好吗？"

　　"文学创作，这是我最大的爱好。"

　　"有爱好，就容易打发时间。我不上班时什么事都不想做，整天在家闷着，妈妈说我整天不出门，怎么找对象？"

　　"你要走出三尺天地，勇敢地接触社会、人生、爱情。人生的道路高低起伏，爱情酸、甜、苦、辣瞬息万变。"

　　"你有男朋友吗？"

　　"有的。"

　　"他一定风度翩翩、相貌堂堂，还有一张文凭。"

　　"眼下外貌和文凭在择偶时最占优势，不过选婚姻对象最重要的还是人品。"

　　"我不知道怎样找到男朋友。"

"人与人之间真诚相待，互相信任，这样才能做朋友。"

小蓝点点头，开始对阿馨这个新朋友发牢骚："我们幼儿园太苛刻了，生病请假都得要医院证明。"

"请病假真的很难。有天早上我的手腕很痛，等九点半下班时，就向领导说，我的手疼了一个星期，贴了风湿药膏不见好，擦了'云香精'也没用。领导说：你去医务室啊。我去了医务室，医生又给了我一瓶'云香精'，真烦人！"

"领导不给你病假吗？"

"领导说：你没有医院证明，怎么给你病假？"

"真没有人情味。"

"我就急匆匆去医院看病，外科医生说是腕腱炎，给我开了两天的病假单。"

"这下可好了。"

"可不好了。我看完病已经是十一点钟，拿着病假单回幼儿园请假。领导说：怎么了？我说：手疼。领导说：为什么会疼？我说：工作多了就疼。领导说：别人也工作，怎么不疼，就你疼？"

"太没有同情心了。"

"各人的身体素质不一样。我也不想请假的。"

"领导太过分了。"

"我对领导说：我想请假，这是我的病假单，是医院开的。领导看了说：为什么现在才拿来？我说：因为我刚看完病，才拿到医生证明。"

"有假条还要刁难。"

"我说：请领导批准，我的手实在是太疼了，都没力气提东西，怎么干活？领导说：现在都快十二点了，中午谁接班？我说：你是领导，得由你安排。谁好心帮我顶班，等我好了，可以加倍帮她顶班。"

"领导批准了吗？"

"没说批准，也没说不批准。园里就是这样，有人闲得东游西逛，有人忙得生了病都不给假。后来我留下病假单，头也不回地离开了领导办公室。"

"真是病不起啊！"

"这就是领导的权威吧！你还记得那次会上讨论 Y 阿姨的事吗？"

"记得，就在我刚来不久的时候。"

"最后争论的结果是，让 Y 阿姨走人。Y 阿姨说：我不走，这幼儿园不是你私人办的，是国家的。你当领导是人民给予你的权力，你不能滥用职权。需要我的时候，就让我来，得罪你的时候，就赶我走。你配当一个领导吗？"

"她的确不配当领导。"

"身为一个教育工作者，她是怎样教育职工的？作为一个学习过心理学的领导，她究竟了不了解职工的心理？人民给她的权力，不能让她作威作福。"

"唉，我可不敢跟她顶嘴。"

"Y 阿姨是元老级别的。"

"怪不得敢跟领导争辩。"

"自从那次请假事件之后，大家都很同情我，跟我讲了很多事。比如 L 阿姨在外面割草，太阳很大，她就休息了一会儿。领导说她娇气，怕太阳晒，又说：你不是从农村出来的吗？这点活都干不了，还穿得那么好！L 阿姨生气地说：难道从农村出来的就不能穿好衣服吗？"

"穿得好不好是人家自己的事，她连这都管啊？"

"我得到消息，我们幼儿园本来有一个公费考幼师的名额，不过已经给了一个刚调来的领导的女儿，还说她工作出色。"

"领导说你好，你才好。唉，在这里工作真没什么发展前途，又累又琐碎，还被人看不起。"

"不能靠着别人给前途，我们的生活是自己努力创造出来的，应该五彩缤纷，不能是一潭死水。"

"可我的生活没有色彩，比如，什么是爱情？"

"爱就是热爱，是深深的感动，是内心的依恋。人生充满了无限的爱，每个人都有爱的权利。真诚的爱，会带给你幸福。爱能使人变得聪明，也能让人变成笨蛋。"

"那么，情是什么？"

"情就是感情，每个人都有七情六欲。情就是情义，对人要重情重义，真心相待。情就是情怀，立足高远，胸怀坦荡。真情能感动铁石心肠的人，珍惜感情的人终会得到幸福。愿人人心中都有一片真情。"

"是啊，人与人相处的确应该真诚，今天我就真正感受到了与人坦诚交谈的乐趣，心里顺畅多了。"小蓝笑了，笑得那么甜，那么美！

"今晚有空吗？跟我们去跳舞吧。阿莉也去，她很爱跳舞的，不过现在她只能干看着，毕竟她可是结过婚的人了。暂时忘掉生活中的烦恼吧，快乐在召唤我们呢。"

小蓝高兴地答应了。

中午下班后，阿馨轻快地骑着自行车赶回家，不出所料遇到了小彭。

阿馨说："我正想找你呢，今晚有空吗？"

"你找我，肯定有空啊。"

"今晚去跳舞吧，你再带一个男性朋友一起去，我要带一位新来的女同事。"

他们约好集合的时间和地点，阿馨就兴冲冲地回家了。小彭看着她的背影，心想：她真像一阵风，吹乱了我的心律，牵走了我的心神。她的微笑已深深地烙在我的脑海里，我无时无刻不盼望她能给我回应。唉，不回应也没关系，爱情不能强迫，她不爱我，我又何必强人所难。现在这样也挺好的，每天都能看见她，和她说说话。我愿意默默等待，等到地老天荒……

晚上八点十分，阿馨、阿莉、小蓝、小彭和他的朋友小余，一行五人在春天舞厅门口会合。

　　阿馨说："小简怎么没来？我已经通知他了。"

　　小彭说："可能有事耽误了，我们先进去坐吧。"

　　他们进了舞厅，找一张靠墙的桌子坐下，小彭去买来六瓶可乐、几碟瓜子，还有一些小吃。阿馨把小蓝介绍给大家认识，小彭也介绍了他的朋友小余。

　　舞厅的灯光忽明忽暗，舞曲响起来了，青年男女在舞池中翩翩起舞，飘然若仙。音乐时而舒缓，时而激昂，随之旋转的舞步让人眼花缭乱。

　　小余请小蓝跳舞，小彭也带阿馨下了舞池。

　　小彭搂着阿馨的柳腰，不禁想起他们在农场的种种情景。他知道，在这个世界上，除了阿馨之外，他再也不会爱上别的女孩了。他对待感情是真诚的、专一的，容不得半点杂质。出差几天，他总是挂念她，想快点回来见她。明明知道她爱的是别人，自己应该忘掉她！忘掉她！但就是忘不掉！他的心是烦恼的，而且随着日子一天天流逝，这烦恼有增无减。阿馨美丽、善良、勤劳、稳重、知书达理、有事业心、懂生活，没有半点不好，可就是和他没有缘分，他只能默默地悲叹了。

　　阿馨捅捅小彭："看来你那朋友看中小蓝了。"

　　小彭如梦初醒："什么？是的，是的。"

　　"你也赶紧找个女朋友恋爱结婚吧，不要浪费青春了。"

　　"我还年轻呢，怎么能那么快结婚？你也没结婚啊！"

　　"我的生活中除了爱情，还有事业的计划，不会那么早结婚。"

　　"自从我的生活中出现了你，我的步调就乱了。"

　　"世上好女孩多着呢，为什么要为不属于你的那个伤感？"

　　"我愿意。"

　　在闪烁的灯光下，阿馨看不清他的表情，其实她的内心也在翻腾啊！这一夜，小彭讲了很多，很多，她却一直沉默，再沉默。

　　一曲终了，四人都回到座位上。又一首慢四舞曲响起，但谁都没有上场。

小余搭讪地问："你们的工作很辛苦吗？"

阿馨说："是的，我刚进幼儿园工作的第一天，早上听领导训话，下午被派去别的幼儿园挖树，一棵小枣树和一棵小梨树。"

小余说："真有意思。"

阿馨说："第二天，早上听领导训话，下午搬儿童床，然后去帮小朋友们穿衣服，再去洗衣房分衣服。"

阿莉说："我觉得很无聊。"

阿馨说："第三天，早上用钉子把布钉在门框上，不让风从缝隙里漏进来。"

阿莉说："我烦透了。"

阿馨说："回忆是痛苦的，也是美好的。现实是残酷的，也是令人留恋的。一个人能在本职工作中找到乐趣，才是幸福的。"

阿莉说："每天的工作就像做家务，又累又烦琐，还一点成就感都没有。"

小蓝说："我也挺不习惯的。"

小余说："将来你们不都得做家务吗？"

阿馨说："我们除了会做家务，还会带孩子。我值午班时，有个小女孩不愿睡午觉，哭得很厉害，我就讲故事给她听，听着听着，她的眼睛就眨啊眨的睁不开了，后来就睡着了，那模样特别可爱。"

小蓝说："孩子哭最烦人，我都不知道怎么办好。"

阿莉说："我也烦，真的烦死了！"

阿馨说："可我很喜欢幼儿园。每天早晨出门，清风袭人，当我踏进园门时，玫瑰和大丽花在风中摇曳，是那么令人喜爱。园里的玫瑰有金黄色的，有白里透红的，都很罕见。幼儿园里的花非常多，小朋友们也好像一朵朵花，我生活在花的海洋里，很陶醉，很满足。"

小余说："听上去你们幼儿园是个美丽的花园，你们就是花园里的园丁了。"

阿莉说："我这个园丁整天累得腰酸背痛。"

小彭说："你太懒了！阿馨就不累吗？她还坚持业余创作呢。"

阿馨说："我能忍！美好的生活要靠自己创造，现在就是生活的开端。我每天都看书写东西，把劳累都忘掉了。"

小蓝说："还有呢，小孩如果出事，要扣我们的钱。"

阿馨说："有一次才搞笑。老师带着小朋友去人工湖喂金鱼，谁知有个小女孩扑通一声跳进了湖里。我急忙把她捞出来，带她回班换洗。我问她：谁推你下水的？她说：没人推，我自己跳下去的，上次妈妈没带我去游泳，这次补上！"

小彭说："阿馨，幼儿园有这么多好玩的事，你可以写一本书了。对了，你的《迷离》还没改好啊？"

阿馨说："《迷离》也要改，关于幼儿园的书也要写。"

小余说："你要出书？真了不起。"

阿馨说："哪有这么容易就出！"

小彭说："只要你努力，没什么做不到的。"

阿莉瞥了一眼小彭，知道他什么都向着阿馨说话。小蓝看看阿莉，又瞧瞧阿馨，最后望望小彭，好奇地说：阿馨，小彭是你男朋友吗？"

小彭和阿馨还没来得及回答，阿莉就急忙说："不是，阿馨的男朋友比他英俊，还是大学生。"

小彭气得眼冒火花，瞪着阿莉说："她只能有一个男朋友吗？还可以有其他异性朋友的！"

阿莉说："你不能做她的男朋友。"

阿馨说："你们吵什么？大家都是兄弟姐妹，好不容易聚在一起，还有时间吵架？"

小彭不理阿莉，阿莉也不理他。小余请小蓝去跳舞。

阿馨坐在那里，心里巨浪滔天。她想阿锟了，要是阿锟现在就在她身边该多好啊！她回想着她和阿锟在一起的时光，思绪又回到了那片广阔的绿色天地。

一个男子走到阿馨面前请她跳舞，她也没看清邀请者的面容，就说："谢谢，我有舞伴了。"小彭见阿馨异常沉默，知道她在想阿锟了，也不敢请她跳舞，心里只怪阿莉多嘴，真是个烦人精！

隔了好一会儿，小彭鼓足勇气问："阿馨，跳舞吗？"

阿莉说："阿馨不想跳，想坐着说说话，工作了一天已经够累的了。"

阿馨说："保育工作其实也很有意思。比如有个很可爱的男孩，喜欢拿积木搭房子，却总是搭不起来。我问他：你喜欢盖房子？他说他长大要当工程师。我就帮他搭房子。和孩子们玩真是人生一大乐事，一切烦恼都烟消云散了。有个小女孩对我说：阿姨我喜欢和你说话，你不骂人！我爸爸就厉害了，我不听话，他就打我！还有一个小男孩说：我长大了要上大学。我说：你长大了，阿姨就老了。小男孩说：你老了，我养你！这些话语多么天真可爱呀，他们的内心世界是那么纯洁无瑕。"

阿莉说："我可不愿意跟他们说话，每天工作很累，我也不想说话。"

阿馨说："跟孩子们交谈也有收获的。"

阿莉说："我可没读过什么《幼儿心理学》《幼儿教育学》。"

小彭说："不学无术。"

阿莉说："就你爱学习！"

两人又吵上了，直到小余和小蓝跳完舞回来才罢休。

阿馨问："小蓝，今天玩得高兴吗？"

小蓝说："我从来没有像今天这样高兴过。"

阿馨问："小余，你对小蓝印象如何？"

小余看看小蓝，笑一笑说："还可以。"

阿馨问："有深交的可能吗？"

小余说："顺其自然。"

小彭附和："对，顺其自然。"他听得出小余的言外之意，后者不是很满意小蓝，只是出于礼貌请小蓝跳舞。

小余其实看上的是阿馨，她太美丽了，又活泼大方，不过小余也看得出小彭对她的感情。

舞厅要打烊了，意犹未尽的青年们纷纷退场。阿馨他们随着人流出了门口，小余和小蓝分头走了，阿馨、小彭和阿莉三人一起走。

到了岔路口，阿馨叫小彭送阿莉。小彭是想送阿馨的，立刻拒绝："她自己可以走。"

阿莉说："谁要你送？我可是结了婚的，你去送阿馨吧！"

阿馨坚决不让小彭送，自己骑着自行车走了。到上坡的地方她骑不上去，就下来推着自行车走。寂静的夜晚，只有昏暗的路灯闪闪烁烁，浓密的树叶在微风的吹动下沙沙作响。在这夜幕笼罩的大地上，每时每刻都在上演隐秘的人间戏剧。

一个骑着自行车的男人拦住阿馨的去路，阿馨吓了一跳，停下自行车问："你想干什么？"

那男人说："想干什么？想跟你交朋友。"

阿馨看看四周，已经十点钟了，一个行人也没有。

阿馨说："你别乱来啊！别靠近我，我有重武器的！"

那男人说："你有什么重武器？拿出来吧。"

阿馨说："我不会交你这样的朋友。"

那男人说："刚才请你跳舞，你不跳，敬酒不吃吃罚酒。"

阿馨说："这是我的自由。"

那男人问："你家住在哪里？"说着往前靠了一靠。

阿馨从挎包里掏出一把银色的梳子，举在手上说："你别过来！"

那男人一看是梳子，哈哈大笑起来，伸手就想抢，嘴里还说："这个就是重武器啊？"

阿馨推着自行车想跑，那男人拉住她的自行车后架，说："你不告诉我你是谁，家住哪里，就别想走。"

阿馨说："你放手！"

有个路人经过，看了一眼就匆匆跑开了。那男人死缠着阿馨不放，阿馨咬紧牙，心想只能拼个鱼死网破了。

一辆自行车突然疾冲过来，车上的人一个急刹车，一脚蹬在那男人的腿上，那男人回头扑了过去，两个人厮打在一起。

那男人大喊："你谁呀，敢打我？"

"打的就是你！"

阿馨已经认出来人是小简，真是及时雨啊！

那男人说："你什么来路？报上名来！"

小简说："我专打你这种欺负女孩子的人！"

那男人仔细端详小简："你不是谢娓莎的前男友吗？打我干什么？"

小简说："你欺负的是我的现女友。"

那男人自知打不过小简，嘴里嘟囔了几句就溜了。

阿馨说："你怎么现在才来？都散场了。"

小简说："我今晚临时有事，等赶过来时，正好遇上舞厅打烊。我沿着你回家的路追下来，谁知撞见这一幕。小彭呢，他怎么不送你回家？已经这么晚了，多危险呀！"

"那男人说你是某人的前男友？"

"哦，他是我前女友的现男友。"

"你和你的前女友还有联系吗？"

"没什么联系，只是她有事求我时，我还会帮。"

"你们藕断丝连？"

小简急忙说："绝对没有！"

"你这么紧张干什么？我又不会怪你。再说，我也没有权利怪你。"

"我和她相识一场，能帮就帮，也不算什么藕断丝连。你可千万别误会！"

夜，静悄悄的，他们谁也没骑车，而是推着自行车慢慢地走，彼此倾听心底的声音。

　　到了阿馨家的大院门口，小简也不止步，一直把阿馨送到她家楼下。阿馨问："你不上楼坐坐吗？"

　　小简说："不了，太晚了，你上楼吧。"

　　"今晚真是多亏了你，那人肯定是混社会的，会有一帮友仔，你要小心他报复。"

　　"我知道他那帮友仔，你别怕，他不敢惹我，我也会保护你的！"

　　"我欠你的，好像越来越多了！"

　　两人又在楼下聊了一会儿，小简见时间太晚，催着阿馨上楼了。

坚忍的心

　　星期一早上八点半，阿馨要下班了，小简才送雁雁来幼儿园。两人一起出来时，小简说要去医院看病，他的右腹部隐隐作痛，已经好几天了。

　　阿馨陪小简到医院挂了内科号。病人不多，很快就轮到了他。一位三十多岁的男医生问明情况后，让小简躺在门诊床上，压了压他的腹部，眉头突然皱了起来。

　　医生说，小简的腹部有一个拳头大的肿块，得去外科检查。小简喃喃道："不会吧！"医生同情地看了一眼小简，说："快去吧！"

　　外科医生看了内科转过来的病历，让小简躺在门诊床上，给他做了详尽的检查，然后在病历上刷刷地写了几行，对小简说："你必须去大医院做进一步检查，要尽快去。"

　　小简问："什么意思？"

　　医生摇摇头，只说让小简赶紧去大医院。阿馨安慰小简说："别担心，我明天请假，跟你一起去大医院检查。"

　　阿馨回到家，告诉父母小简的事，说明天自己要陪小简到省城最好的医院去看病。阿馨的爸爸妈妈宽慰她，说小简人这么好，一定会没事的。

　　一家人的心情都不好，情绪很低落。阿馨愁眉不展地说："爸、妈，如果小简的身体出了问题，我该怎么做？"

阿馨爸说："还没有确诊，不要那么悲观。"

阿馨妈说："是啊！阿馨，不要先自己乱了手脚！"

阿馨说："他身体这么好，一定不会有事的！"

阿馨想起和小简认识以来的点点滴滴。她对他已经有了一种无法形容的感觉，然而，她只能和他保持朋友的距离。原本她想，既然生活上不能体贴他，事业上不能支持他，那就默默地、悄悄地注视着他吧，不扰乱他前进的脚步，不做他的累赘、绊脚石！但是现在他病了，作为朋友，她也应该尽力地关心他，再也不能避嫌了！

阿馨早早地睡下了，等待着明天的挑战！

第二天早上七点半，阿馨来到小简宿舍的楼下，看见小简已经在等她了。小简又劝她不用陪，免得耽误工作。阿馨告诉他，她请了一个星期的事假，让他尽管放心。

大医院人很多，阿馨陪小简排队挂号，看医生。小简要检查很多项目，包括肝脏、胆囊、胰脏、肾脏，还要做肠镜，一天根本查不完，阿馨就连续几天早上陪小简去医院，做完检查再陪他回家。她不停地安慰小简，让他不要怕，医生说的都是最坏的情况，他一定会平安无事的。小简感动之下，几乎是盼着自己生病了，这样阿馨就会天天陪着他。

一连去了五天医院，这天早上阿馨陪小简去做最后一项肠镜检查。在检查室门口等待的时候，阿馨看到从里面出来的病人都哭丧着脸，不由得害怕起来，搞得小简反过来安慰她。

医生叫小简进去，他站起身，回头看阿馨，阿馨眼里充满泪光，却努力笑着朝他挥挥手。小简看着阿馨的泪眼很心疼，暗暗祈祷老天保佑自己平安。

阿馨目送着这个永远给予她力量的男人走进检查室。她在门外来回踱步，门一开就向里张望。时间过去很久了，小彭还没出来，阿馨额头直冒汗，心里不停地念叨：没事的，没事的。

又有两个病人出来，都是愁眉苦脸。阿馨的手心都出了汗，心想：小简千万不要有事啊！我还有许多话要和他说，还要写许多部作品让他帮我改啊！

这么久还不出来，真的有问题吗？阿馨想。

肿块怎么会像拳头般大？阿馨的眼眶湿润了。

小简的身体不是一向很好吗？阿馨默默地流着泪，脸色苍白。

小简，我的良师益友，你不能有事啊！阿馨盯着检查室的门，像要把门盯出一个洞来。

不可能的，一定是医生误诊。我们什么苦没吃过？要挺住啊，小简！阿馨几乎想冲进检查室。

从检查室里出来一位女医生，阿馨急忙上前问："医生，刚才进去的那个小伙子怎么样了？"

女医生说："那个长了肿块的小伙子？还在做检查。"

阿馨说："你们可千万仔细检查，别弄错了。"

女医生说："放心，我们很严谨的。你是他什么人？"

阿馨说："我是他的……朋友。拜托你们了。"

一声惨叫传了出来："啊……"

阿馨想：一定是太疼了！

等待，等待，除了默默地等待，阿馨别无选择。她祈祷这个对自己来说无比重要的男人健康归来！

阿馨紧张地搓着手，坐立不安，度秒如年。小简还没看到她修改的小说《迷离》，还没看到她写的幼儿教育书籍，他一定不能有事啊！

门突然开了，小简满头大汗地出现在阿馨面前。她扑上去拥抱他，他也紧紧地回拥她。她的眼泪滴在他的肩头，轻声地问："你没事吧？"

小简拥着阿馨，思绪还停留在刚才的情景中。和他一起做检查的病人里，有个五大三粗的中年男人喊得最大声，而他只是坚强地忍耐着，一声不吭。在等待最后的结果时，他还有闲情在心里默想：人发明了先进的检查机器，是为自己服务的，可机器反过来辖制了人类。机器啊，你可别判我死刑！别的病人被诊断肠里有肿瘤，小简听了，心跳加快，直冒冷汗。等到就剩他自己时，两个医生在对话："这是做什么的？""做肿瘤检查的。""要慎重，他这么年轻。"他听得简直麻木了。终于，医生告诉他：他的身体很健康，没问题！

阿馨放开小简，紧紧拉住他的手，说："小简，到底有没有事？"

小简大声说："没有事！有阿馨在，哪敢有事啊！"

"没事就好！我都快吓昏过去了！"

"阿馨，今晚我请你去阿壮的餐馆吃饭，叫上小彭、阿锟和阿莉。"

"好啊，心里一块大石落了地，是该好好庆祝一番。"

小简深情地看着阿馨："这几天多亏了你陪我跑上跑下，一秒钟也不歇息。你辛苦了，谢谢你！"他心爱的姑娘短短几天就瘦了一圈。

"不辛苦，大家朋友一场，应该的。"

阿馨真是善解人意。小简心里有欣慰，也有不安，七上八下地翻腾着。

下午六点钟，阿馨、阿锟、小彭、阿莉和小简来到壮大餐馆，阿壮和林苹湖早已等候多时，把他们带进了准备好的雅座。他听说小简有惊无险渡过一劫，坚持说今晚这桌饭菜他请客，作为对朋友的祝贺。

最先上桌的是餐馆的招牌菜——四花香炖鸡，四花是玫瑰花、茉莉花、菊花、桂花，女士吃了清补又美容。

小简举杯说："谢谢阿壮，让你辛苦了！也谢谢阿馨这几天的照顾。"

阿馨说："你没事就好。阿壮，你的厨艺见长啊，难怪林苹湖长胖了。"

林苹湖说："是啊，阿壮可勤快了，一天到晚都在看食品方面的书，还研究菜谱。"

小彭看见小简和阿馨的眼神交流，颇为嫉妒地说："我也要病一场，让阿馨照顾。"

阿莉说："你傻啊？生病是闹着玩的吗？"

阿馨说："小彭，你如果病了，有阿莉照顾。"

阿莉说："我才不照顾他呢。"

小彭说："谁要你照顾！"

服务员又端上香菇青椒炒鸡、麻辣烤鸭、红烧鱼、酸甜排骨、西红柿炒蛋、清蒸猪手、火爆猪肚、粉丝拌菠菜。林苹湖的儿子洪洪也在，吃得不亦乐乎。

大家都很高兴，只有阿馨的眉宇之间略带忧愁，小简暗暗地注视她，心情也有些低落。

阿馨问洪洪："你喜欢弟弟还是妹妹？"

洪洪说："喜欢妹妹。"

阿壮说："弟弟不好吗？"

洪洪说："我不喜欢小男孩，我喜欢小女孩。"

大家都笑。

洪洪说："妈妈，我要听故事！"

林苹湖说："吃饭呢，听什么故事！"

"我就要听故事。"

"不听话要挨打的，快吃饭！"

洪洪低头不说话，阿馨看到孩子失望的表情，就跟林苹湖商量，等洪洪吃完一碗饭，就讲个故事给他听。洪洪见妈妈答应了，高兴得直拍手。

阿馨看洪洪细嚼慢咽吃完了一碗饭，就给他讲了一个叫作《黄金山中的九缸金》的故事——

　　从前有一座山，叫黄金山。山下住着一个老伯伯，家里有老父、老母，还有妻子和三个小孩。老大是男孩，十岁；老二是女孩，八岁；老三是男孩，六岁。老伯伯每天上山砍柴，然后拿去卖。这一天，老伯伯和他的大儿子上山砍柴。山上树木茂盛，杂草丛生，老伯伯砍柴，大儿子就拾柴。砍啊！砍啊！终于砍得一担柴了，父子俩就坐在一块大石头上休息。

突然一只野兔跑到他们面前。大儿子大喊一声："爸爸，有一只野兔。"老伯伯拿起扁担就追。野兔跑得很快，老伯伯拼命地追，因为他家里正揭不开锅，老父、老母和妻儿等着他砍柴回去卖了换米呢，不如先打只野兔回家充饥。

追呀！追呀！野兔不见了，他找来找去，就是找不着，大儿子也帮他找。已经是中午了，他们的肚子饿得咕咕叫。

大儿子说："爸爸，我们去找野果吃吧！"

他们去找野果，老伯伯看见山腰上有野葡萄，就攀着藤爬上去摘，大儿子也跟着爬了上去。山腰上正好有一块突出的大石头，可以容几个人，父子俩站在大石头上摘野葡萄，边摘边吃。

老伯伯拨开浓密的葡萄藤，发现山崖上有一个洞口，刚好可以钻进一个人。老伯伯弯着腰先进洞，大儿子也跟着钻了进去。洞中光线微弱，老伯伯在前面走，大儿子在后面跟着。道路曲曲折折，洞中有洞，老伯伯听见有滴水的声音。他们继续走，前面突然宽敞明亮起来，他们看见有石桌、石凳，还有九个缸。老伯伯很奇怪，大儿子过去揭开缸的盖子，看见里面有金灿灿的东西，就问："爸爸，这是什么东西？"

老伯伯高兴地说："这是金子！有了这些金子，我们就有饭吃了，还可以买谷种。"

父子俩一人拿了两块金子，走出山洞，下山回家。老伯伯用金子买了米和谷种，从此他家男耕女织，日子过得越来越好。老伯伯还把自家吃不了的粮食分给穷苦老百姓。

村里的大财主眼红了。他家本来就有很多钱，但他想要更多的钱，可以买很多田地，过更舒服的日子。他跑去问老伯伯怎么发财的，诚实的老伯伯告诉了他。第二天，大财主就带了八个家丁，拿着火把上山。他们找到了老伯伯说的山洞，进去后七拐八拐，终于发现了九缸金。大财主抢先把金子装进一个大口袋里，装得满满的，心想自己发财了，几辈子都用不完，以后的日子会过得比神仙还快活。

八名家丁从来没见过这么多金子，互相争抢、殴斗，谁也不放过谁！有一名家丁扑到大财主身上抢金子，大财主拿起一块金砖敲家丁的脑袋，家丁晕了过去。最后，八个家丁只剩下一个了，满身是血地盯着大财主，想独吞这九缸金。大财主也睁大血红的眼睛，瞪着家丁。

大财主说："就剩下我俩了，不要争了，把金子抬出去，我们一人一半。"

家丁想：大财主这么贪心，哪会分给我金子，千万不要上他的当！只要弄死他，所有的金子就都是我的了。想着想着，他就哈哈大笑起来。

大财主看着家丁的笑，看着他满脸的血，不禁毛骨悚然。他想：九缸金一定不能落入别人的手中，更不能落入这个穷得丁当响的家丁手中，干掉他！他手里握着一块金砖，砸向家丁。家丁头一偏，金砖砸在了地上。大财主又拿起一块金砖砸过去，家丁的右肩被砸出了血。家丁也捡起地上的金砖砸向大财主，大财主身子一偏，没砸中。

大财主砸不动了，气喘吁吁地说："别打了，我们一起出去，金子你一半，我一半。"

家丁说："你这个贪财鬼，出去后会放过我吗？你有这么多钱，娶了这么多老婆，还贪心不足。我家住的是草房，还没有娶老婆，这些金子应该属于我。"

"你个穷鬼，这些金子是你的吗？你不配有金子，金子是我的，是我发现的。"

"不是你发现的，是老伯伯发现的，金子应该是他的。"

"他是个穷鬼，不配有金子，金子是老天爷赐给我的。"

"你是个恶霸，老天爷怎么会赏赐你呢？"

"我是老天爷派来收这九缸金的，别人谁也不许拿。"

"你就是个恶魔，老天爷会惩罚你的。"

大财主气得要死，说："你个穷鬼，我砸死你！"

大财主接连砸出好几块金砖，其中一块砸中了家丁的头部，家丁倒下了，手里还握着一块金砖。

大财主走到家丁身边，把他手里那块金砖也拿走，嘴里说："穷鬼，想要金子？等下辈子吧！"

大财主的大口袋装得满满的，他扛不动，抱不动，只能拖着走，一寸一寸地移动。肚子饿了，他就坐下吃带来的饼，吃完了接着拖口袋。

他歇了好几次，吃了好几顿饼，最后饼都吃没了，只能饿肚子。火把也点完了，山洞黑乎乎的，道路弯弯曲曲，他不知道怎么走出山洞，却拖着黄金袋子不松手。大财主太贪心了，命可以不要，黄金不能丢。他拖着沉重的黄金，开始还能寸步移动，后来就再也走不动了。最后，大财主倒下了，嘴里还不停地喊："我的黄金，我的黄金……"双手紧紧抓着黄金袋子。

大财主永远留在了山洞里，人们也渐渐忘记了山洞的存在，再也没人提起它。

故事讲完了，大家都忘记了吃饭，还沉醉在其中。

阿锟默默地注视着阿馨。多么美丽可爱的姑娘啊！她的一言一行都那么富有吸引力。在大学里他也遇到一些女孩，但和阿馨一比都黯然失色。不管走得多远，他都深深地爱着她，如果失去了阿馨，他的生命、前途都毫无意义，不值一提。他看向小简：这是一个强大的对手，比小彭成熟稳重，更懂得阿馨的心。

小彭也看着阿馨。她多有才华啊，讲的故事那么动听！这个性格开朗、无拘无束、活泼大方的女孩是他一生的至爱，除了阿馨，他想象不出自己还能娶谁。如果能天天听她讲故事，该有多好啊！

小简的目光就没有离开过阿馨。在认识的这么多女人当中，她是最令他心动，也是他最心爱的姑娘，他愿为她付出一切。这个在他生病时不离不弃陪伴左右的姑娘，已经占据了他整个灵魂。

阿莉说："阿馨，这故事是你编的，还是真的？黄金山真的有黄金吗？"

小彭说："你个财迷。"

阿莉说："我就是爱财啊，我穷啊！阿馨，你的故事是听谁讲的？"

阿馨说："是长辈说给我听的。"

阿莉说："阿锟讲过黄金山的优美传说，阿馨现在又讲黄金山中九缸金的故事，真是默契啊，不愧是天生一对！"

小彭气得直瞪眼，阿锟在一边笑，小简默不作声。

林苹湖仔细地观察着阿锟。真是个迷人的帅小伙子，那一头卷曲的乌发，那像大海般深邃的双目，女孩子一见就会被深深地吸引。阿馨成天守着一个这么漂亮的小伙子，也真是危险。他又是大学生，听说还要考研究生，女人等男人，更是危险！阿馨这么漂亮，完全可以有别的选择。比如旁边坐着的小彭，看得出来他很爱阿馨，又比如小简……唉，这说不清、理还乱的感情啊，希望阿馨能有个好归宿。

阿壮听阿馨绘声绘色地讲故事，就像看电影一样，他问："阿馨，真的有黄金山吗？"

阿馨说："有啊！"

阿莉说："黄金山是有，不知道有没有黄金。"

阿锟说："还真的有黄金。"

小简问："真的？"

小彭说："你们怎么都成了财迷？"

洪洪问："妈妈，黄金好吃吗？"

阿莉说："好吃，太好吃了，叫你妈妈买给你，就容易娶媳妇了！"

大家都笑。

阿壮说："为了黄金山，我们干一杯！"

大家正嘻嘻哈哈时，林苹湖问："阿馨，什么时候吃你的喜糖啊？"

阿馨环顾四周，小简和小彭都屏息等着她的回答，阿锟也盯着她。

阿馨说："阿锟要考研究生，我们还年轻，不急着结婚。"

阿锟说："对，等我读完书吧！"

小彭说："对什么对！你不结婚，就不要让人家等了，白白浪费人家的青春，真害人！"

小简和阿馨默默对视。

阿莉讽刺小彭："关你什么事？"

小彭说："怎么不关我事？我觉得阿馨可怜，我心疼！阿锟个没心没肺的，阿馨偏偏只钟情他一个，可悲啊！"

阿馨说："只能说是缘分吧。"

小彭说："什么缘分！你说有才有，你说没有就是没有。小简你说对不对？"

小简说："对！"喝了一口酒。

阿莉说："阿馨跟阿锟从小一起玩到大的，你说有没有缘分？没缘分的是你和我，我那么喜欢你，你有没有爱过我一丁点？"

小彭瞪着阿莉说不出话，他拿起一杯酒，一口气喝完，又接着给自己倒满。阿馨想阿莉喝过头了，开始乱说话。阿莉见小彭喝个没完，动手抢他的酒杯，小彭就是不给她。

阿壮的脑子乱得像一团麻。小彭深爱着阿馨，阿馨深爱着阿锟，阿莉又深爱着小彭，为什么谁都不肯放手，偏偏要自寻烦恼？比如他，曾经也深爱阿馨，但看到她身边有这么多出色的男性，就尽快退出了。现在可好，小彭和阿莉都在发酒疯，好好的一顿饭被搅和了。

林苹湖觉得小彭和阿馨在一起更靠谱，但阿馨这么死心眼，怎么劝呢？小彭喝了很多酒，可别在这儿和阿锟打起来。两个小伙子都很优秀，不能让他们伤了和气啊！

阿锟见小彭一杯接一杯地喝酒，忍不住劝他，说喝多了伤身体。谁知他越劝小彭喝得越多，最后小彭指着阿锟的鼻子骂起来："混蛋，占着茅坑不拉屎……"一连串难听的话蹦了出来。

阿馨心中翻江倒海，终于走到小彭身旁，说："别喝了！"

小彭眼睛定定地看着她，说："你是阿馨啊！来陪我喝一杯。"

他把酒杯递给阿馨，阿馨接过来，把酒泼在他的脸上，说："我让你喝！"

小彭愣住了，突然趴倒在桌上，嘴里还不停地说："阿馨，陪我喝一杯。"

阿壮说："扶他去办公室的长沙发上躺一下吧，等他酒醒了我送他回家。你们先回去，我在这里看着他。"

阿馨看着阿锟和小简把小彭扶到沙发上，说："不要紧，我就在这里等他酒醒。阿锟哥，你先回学校吧。"

阿锟听了小彭的话后心里很难过。其实他也很想结婚，但是一想自己还要继续求学，留下阿馨独守空房，实在是太委屈她了！但让他放手，他又舍不得。

阿锟先回学校去了，阿馨、阿莉和小简留在店里照顾小彭，给他灌醒酒茶，用冷水毛巾敷他的额头。

阿莉用毛巾轻轻擦拭小彭的脸和手，醉酒后的他在她眼中更可爱了。虽然阿莉已经为人妻子，但心里还是对小彭恋恋不舍。她看着小彭，想起在农场时的岁月，又是甜蜜又是酸楚。

阿莉一直守在小彭身边，给他换毛巾敷额头，他突然抓住她的手，喊了一声："阿馨。"阿莉生气地甩开他的手，说："我不是阿馨，我是阿莉！"

阿馨和小简坐在一旁看得很清楚。阿莉是自己提出照顾小彭的，他们也不好打扰，只能跟阿壮和林苹湖聊天。

林苹湖说："阿馨，你男朋友真的好帅，你看得住吗？"

阿壮说："看不住就不看呗。小彭也不错，再说还有别人呢！"他看看小简。

小简微微一笑，不说话。

阿馨说："别说这些了，小彭怎么到现在还不醒？天太晚了。"

阿壮说："你们先回去，让他在这儿睡一夜再回家，很方便的。"

阿馨说："只能这样了，就是给你添麻烦了。"

阿壮说："我巴不得你们多来麻烦呢！"

阿馨、阿莉和小简骑着自行车走了，阿壮和林苹湖站在餐馆门口目送他们。

阿馨和阿莉一边骑一边聊天，小简跟在她们后面。

阿莉说："阿馨，小彭喝得烂醉，还一直喊着你的名字，我真的可怜他了。你说这情为何物，让人生死难忘？"

阿馨沉默着，无法回答，她又怎么能说得清呢！

阿莉见阿馨不答，又说："小简跟你也不清不楚的。你说句实话，到底爱哪一个？"

小简在后面默默地听着她们的对话。

阿馨说："我也说不清，干脆就不说了，顺其自然吧！"

阿莉说："再这样下去你就老了，女人越老越难看，到时候没一个人要你，怎么办？"

"凉拌！我还有一个最忠实的恋人，它会永远陪伴我，绝不会抛弃我！我也永远爱它！"

"怎么又有一个，是谁啊？"

小简也非常紧张地等待阿馨回答。

阿馨说："创作啊！"说完就笑了。

小简松了一口气，也微微笑起来。

阿莉说："创作能当饭吃吗？能当衣服穿吗？能让你永远年轻漂亮吗？"

阿馨说："最后一句话说对了。美丽的外表无法永存，但是内心的美是时间无法吞噬的。"

小简默默地咀嚼着这句话。

阿莉说："你就这样写到老吗？我们的工作又累又麻烦，你也能写吗？"

阿馨说："为什么不可以？还没有人写过保育这个行业，它完全可以从幼儿教育里分离出来，成为单独的一门学科。人再聪明，再富有，再有权有势，都得会做人。做人很难的，要从幼儿时期就开始学习。"

小简觉得阿馨讲得很有道理。

阿莉说："我怎么一看书就头疼？拿着一本书，不知道是我看书，还是书看我。"

阿馨说："想要小彭爱你，你就得多看书，这样才能和他深入地交流，让他欣赏你。"

"我认识的字就不多呢。"

"那更要看书了，能多认字。优秀的男人都认为妻子易找，知音难寻。一个理解丈夫的妻子才是好妻子，能让丈夫奋发上进、勇往直前，反之则会使丈夫身败名裂、一无所有。"

小简真是越来越爱阿馨了，这样明慧的女孩世上能有几个？

阿莉说："家里的钱总是不够用，还怎么做个好妻子？"

阿馨说："建立在金钱上的婚姻，像基础不牢的房屋，经不起风吹雨打。当然了，一个家庭也必须能保证基本的温饱。"

"唉，我那婚姻也不知道还能撑多久。"

"能撑多久就看你们自己了，谁也帮不了你们。"

"我整天都不高兴，心很烦，还是单身时快乐。"

"人生不满百，常怀千岁忧。何必自寻烦恼，自怨自艾。"

"谁像你呀？快乐的单身女，自由自在，还有那么多蓝颜知己，我真后悔结婚！"

"不结婚的人都有他的道理，愿我们都不要创造这些道理。"

小简望着眼前婀娜的背影，他真喜欢阿馨温柔的声音。

阿莉说："这句话是《迷离》里的。"

阿馨说："你还记得？"

"小彭这么爱看，我就跟着看了。你还挺会编故事的，把个小彭迷得废寝忘食。你为什么不拿去出版呢？"

"哪有那么容易！我是平民，又不是名人。"

"是啊，平民要做成一件事真的很难，你找小简啊！"

"自己能解决的事，最好自己解决。我只是一棵小草，绿色大地上的一棵小草，谁也注意不到，但我会顽强地接受风吹雨打，努力成长。"

阿馨知道小简一直在后面听着，她知道他会尊重她的选择。

阿莉说："烦！一天到晚就是烦，回到家更烦！"

"能把痛苦化作快乐，就是最幸福的人，最理智的人。"

"阿馨，你就没有烦恼吗？"

"有啊！可我要坚强地在人生的道路上前行，无论遇上多么猛烈的狂风暴雨，我都决不胆怯。阿莉，爱情是伤害人又给人力量的调皮鬼，不要为它过分烦恼，用博大的胸怀拥抱它吧！"

到了岔路口，阿馨向阿莉道别。再见，阿莉，我的好姐妹，愿你幸福！

小简和阿馨并排骑着车。阿馨天南地北地问了很多问题，小简仔细倾听，认真回答。

高远深沉的夜空中，美丽的星星可望而不可即。沉睡的大地上，小草还不知疲倦地随风摇曳。星星和小草之间的距离是那么遥远，可是它们每天都能见面，互致问候。阿馨想着今晚的情景，想着走掉的阿锟、醉倒的小彭，心情久久不能平静。

小简送她到她家楼下，阿馨刚想上楼，小简喊："阿馨。"

阿馨转身问："什么事？"

小简说："没事……"

　　阿馨再抬脚上楼，小简又喊："阿馨。"

　　阿馨转身，小简的目光火辣辣的，似有千言万语要喷涌而出。对这个令人惊叹的姑娘，他有千不舍、万不舍，真想把她带回家密密珍藏。

　　"小简，你还有话说吗？"

　　"我只是想再看看你！"

　　阿馨上楼了，她不敢回头，她知道他还站在那里！

泪如雨

盛夏的一天，一列火车向南方疾驶，车上坐着阿锟和阿馨。他们要去阿锟的外婆家——大舅舅已经病体垂危了，只等着见他们最后一面。

这次车站外没人接他们了，阿锟和阿馨为了节省几块钱，顶着烈日步行去外婆家的村子，一路上汗流浃背，气喘吁吁。长长的公路上行人稀少，只见他们两人疲乏的身影。偶尔有货车经过，他们想拦车，却没一次成功。

最后他们搭上了一辆牛车，赶车的农民很好心，一直把他们送到了村口。他们道过谢后下车，疾走一会儿，终于看见了那排孤独的白色平房。

阿锟和阿馨在门外就叫外婆，老外婆出门一看是他们，立刻痛哭起来。阿锟妈早就来了，此刻陪着老外婆一块哭。阿锟带着阿馨去看望躺在床上的大舅舅，他整个人已经被病魔折磨得变了形，整天昏昏沉沉，阿锟和阿馨看后都心情沉重。

外婆家还是那么破旧，还躺着一个垂死的病人，屋里屋外都是一片凄凉。

第二天一大早，天边飘来了朵朵乌云，不久就下起了雨。地上满是积水，外婆家到处都在漏雨，滴滴答答个不停。

一双干枯无力的手，从那补丁摞补丁的焦黄蚊帐里伸出来，颤颤巍巍地去够床边四方土台上的一碗粥，那碗边上落满了苍蝇，手一碰都飞了起来。然而那双手太乏力了，粥碗还没凑到嘴边就掉到了地上，碗成了碎片，那稀稀的、浊浊的粥很快和泥土混在一起。

嗡！一大群苍蝇明目张胆地扑上泥粥，尽情地吸吮着，好像要把地面吸空。

阿馨捡起碎碗片，阿锟的妈妈和二姨在一旁抱头痛哭——她们的大哥就要永远离开她们了。

门外的雨噼里啪啦，屋内哭声不断，那凄凉的哭声在雨中回荡，传得很远很远。

"哭，哭，你以为好听啊？这房子有邪气！"一个干瘦的中年妇女，穿着一身土布衣服，倚着门框对阿锟妈和二姨破口大骂。

骂完了喊，喊完了骂，她一天到晚都在喊，都在骂，好像不喊不骂就活不下去了，这是阿锟的舅娘。

舅娘说："屋里有邪气！"

二姨说："邪气就是你！害得我大哥病成这样，人不人鬼不鬼的！"

二姨怒视着舅娘，两个女人拉开了架势，骂啊，吵啊，骂得鸡飞狗跳，吵得天花乱坠。

二姨说："房子都拆了两次，哪里来的邪气？"

舅娘说："什么牛不好买？买了头有三个旋的牛回家。"

二姨说："你怎么说话的？"

舅娘说："我就这样说话！小妹你是泼出去的水了，哪有你多嘴的份儿！"

阿馨说："舅娘你太迷信了。再说大舅舅是二姨的哥哥啊，她关心哥哥有什么不对？"

舅娘说："你个毛丫头懂什么！"

阿锟妈说："你平时是怎样待大哥的？怎样理家的？大哥病了，你又是怎样照顾的？"

舅娘说："我们哪有钱治病啊！"

阿锟说："大舅舅去省城住院时还蛮精神的。"

舅娘说："没钱买药吃，还能精神吗？"

阿锟妈说："你看大哥吃饭的碗那么脏，你也不洗洗，他想吃东西也没人理，就扔他在床上自己管自己。"

老外婆拄着一根破拐杖，上气不接下气地走来，说："菩萨保佑，莫要白头人送黑头人，等我儿病好了，再重新起房子。"那背似有千斤重担压着，驼得像座小山。阿馨扶着老外婆，让她坐下歇息。

"阿奇，你跑哪儿去了？去把牛牵过来。"舅娘喊着大表弟的名字。

中午时分，花生米大小的雨点仍连绵不绝。大表弟从屋里出来，径直去了牛棚。他是一个瘦瘦高高的小伙子，穿着一件又旧又脏的碎花衬衣，裤腿微喇，直拖到脚跟，因为下雨，下半截裤脚又脏又湿。

阿锟和阿馨本来坐在另一间屋里，从窗户看到他的行动后，有些不放心，跟着进了牛棚。

大表弟走到老牛身旁说："你这头该杀的牛，害我爸爸生病，家业不兴。"

阿馨说："大表弟你怎么也这么迷信？"

阿锟附和说："这都是无稽之谈！"

大表弟说："那我们家这些祸事都是哪儿来的？村头的张叔公说，这头牛的头上有三个旋，即是三颗灾星。怪不得我卖猪被骗去三十元钱，相亲不成又被骗去三百元。这该死的老牛，看我怎么整治你！"他手一抬，啪的一鞭狠狠抽在老牛的屁股上。

阿馨惊呼："大表弟，你怎么能这样伤害它？"

阿锟上前夺下了大表弟手中的鞭子。

这头曾为主人勤勤恳恳工作的耕牛，可怜巴巴地看着它的小主人。谁又能理解它内心的悲哀？

"阿财，你野到哪里去了？稻谷都湿透了。"舅娘大声喊着二儿子。

倾泻的雨水，奔走的中年妇女，挑谷子的小伙子，构成一幅阴沉压抑的农村生活画面。

屋里，阿锟妈、二姨、阿锟和阿馨轻轻拉开那破旧的蚊帐，一股难闻的气味扑鼻而来。床上躺着的大舅舅面色苍白，骨瘦如柴，一脸嘴歪眼凸的麻木模样。阿锟妈和二姨看着脱了相的大哥，不禁泪如泉涌。

大舅舅说："莫哭了……定局了……"他已无力再多说了，声音微弱嘶哑。

阿锟和阿馨也在哭。大舅舅曾经是那么健壮而勤劳，却得了绝症，亲戚朋友为他花了大笔钱，也没能把病治好。而且，他不知吃错了什么药，嗓子哑了，耳朵也聋了，整个人都变形了，只能一天到晚躺在床上。不过他的头脑还清醒，知道自己已病入膏肓了，陆续和几个远嫁的妹妹、在外工作的弟弟见了最后一面。他们为治他的病都尽心尽力，不但给钱，还买来很多补品，能享受到这份手足情意，他已经心满意足了。

阿锟妈说："阿奇去烧水，帮你爸爸洗澡。"

大表弟说："妈说不能帮爸爸洗澡，命会跟着水一块流走的。"

二姨说："邋里邋遢的，病人怎么能舒服！阿财，去煮碗肉粥来。"

小表弟说："他不吃，妈说浪费。"

阿锟妈说："不吃你就喂啊！"

阿馨说："小表弟，你爸爸哪有力气拿碗啊，只能靠你们照顾了。"

小表弟低着头不说话。

二姨说："你们这些人都干什么吃的？大哥不能吃，你们不会喂啊？"

二姨骂骂咧咧，火气冲天，但大舅舅已经听不见了——他进入了弥留状态！

两个妇人的对骂声传来，一听就都是吵架的老手，互不相让，刻薄的话如一串串点燃的鞭炮，炸得人焦头烂额。

小表弟说："妈又跟奶奶吵架了。"

老外婆揪着舅娘进来，说："来，来，我们到他爸面前讲，让他评评理！"她的拐杖咚咚地敲着泥地，小表弟如惊弓之鸟般站在一旁，唯恐那拐杖横空飞来，落到他身上。

大舅舅眼皮翻了翻，又合上了，脸上毫无表情。吵闹声离他很近，又似乎很遥远。自从娶了那婆娘，他的日子从来没平静过。那婆娘没文化，骂起人来却刻薄，一张嘴就是一大串，劈头盖脸向你砸来。

他的那些仔们，也没一个靠得住。在他病重住院期间，大儿子阿奇忙着相亲，却被骗了钱。出院回家，二儿子阿财又闹着外出打工。

这个家除了老母亲，谁都不愿意靠近他，怕他的病传染。老母亲也是一天到晚唠唠叨叨，求神佛保佑，听得人心烦。想到这些，泪水从大舅舅紧闭的眼角缓缓流出。

阿锟看到大舅舅流着眼泪。男儿有泪不轻弹，只因未到伤心处啊！阿锟也忍不住哭出声来。

女人们的眼泪更是如雨点般落下来，止不住，流不尽，个个哭得两眼像核桃。

雨一直下到夜里。稻田里的青蛙，房子里的蚊虫，屋梁上的老鼠，咯咯，嗡嗡，吱吱……奏出了一支夜之挽歌，为这辛苦一辈子的老农民送行。

大舅舅就在这悲歌中静静地告别了人世。临终时，他仍然睁着眼，张着嘴，他还有许多话要说呀。弟妹们为他治病花的钱，他一直心怀愧疚。他的儿子还没娶妻，他八十岁的老母亲由谁奉养？

雨点噼里啪啦地敲打着屋顶的瓦片，顺着瓦垄滚落到地上，消逝在泥土中……大舅舅，一路走好啊！

阿馨想：人的生命是多么脆弱、多么短暂啊，要珍爱这宝贵的生命！做自己最想做的事吧，愿幸福、快乐永远伴随着我们！

阿锟和阿馨告别亲人，回到了家。

下　篇

默默等待，等待生命中的至爱

无根浮萍

1990 年 7 月 17 日的早上，阿馨和小彭带着许多水果、营养品去阿莉家探望。阿莉快生孩子了。她结婚这么多年，直到二十七岁才决定要孩子。

天空蔚蓝，灿烂的阳光照耀着万物，连水泥楼板都披着金光。阿馨和小彭绕过绿茵茵的草地，来到阿莉家楼下。

阿莉家在五楼，她听到敲门声，拖着臃肿的身子过来开门，一看是阿馨和小彭，高兴极了。她现在走动非常不方便，没法出门，心情于是十分压抑，每天都感到孤独寂寞，特别盼望有朋友来看她。

至于她的丈夫，他不喜欢孩子，有没有都无所谓。她怀孕期间，那个所谓的丈夫对她不理不睬，全靠她自己照顾自己。幸好，她还有阿馨和小彭这两个好朋友，有空就来看她，照顾她。

阿馨帮阿莉削了一个苹果。阿莉说："你们每次都带这么多水果，这花费可大了。"

阿馨说："你是我的姐妹啊，几个水果算什么！"

小彭说："我们是一起从农场出来的，还说什么客气话。你丈夫今天又不在家？"

阿莉说："他出差了。就是不出差，他也只当我是空气。"她眼神幽怨地看了看小彭。

阿馨说："有什么困难就说出来，我们帮你！"

阿莉说："阿馨，你真是比我的亲姐妹还亲。我的命不好，那些兄弟姐妹没一个亲近的。"

阿馨说："抱怨这么多有什么用！人活着就有希望，活着就是幸福！"

小彭说："是啊，要善待自己，还有快出世的孩子。"

阿莉想到孩子，心情也愉悦起来。她喜欢男孩，认定自己这一胎一定是个男孩。刚知道怀孕时，她看着幼儿园里那些小男孩，觉得都比不上自己肚子里这个。她说，等孩子出生了就认小彭做干爹，认阿馨做干妈。小彭和阿馨都一口答应了。

阿莉看着他俩，非常同情小彭到现在还没成功追上阿馨。她说："阿馨，别再死心眼了，阿锟出国读博士，不知道什么时候才能回来，也不知道还回不回来。跟小彭结婚吧，他对你多好啊！"

小彭说："我是世界上最痛苦的人，因为阿馨不愿意嫁我。但我又是世界上最快乐的人，因为阿馨还有可能嫁我。我愿意等。"在小彭的眼中，阿馨就是一个谜，难解的谜、无解的谜，谁也不知道她为什么一直等着阿锟。

阿馨说："小彭确实是个很优秀的青年，我牵绊了他这么多年，心里一直很内疚。这些年我还给他介绍过女朋友呢！"

小彭看着阿馨为难的神情，很是心疼，说："阿莉，你不要给阿馨增添心理负担，管好你自己就行了。"他不想逼迫阿馨，她有自由选择的权利。

阿莉说："阿馨，你放着眼前这么好的人不要，却去追那远在天边摸不着的人。阿锟不会回来了，就算回来，也是带个洋妞，外加一个小洋鬼子！"

小彭大声说："阿莉，你越说越离谱了！"

阿莉盯着小彭说："要是有个男人这样等我，我不知道有多感动呢，这辈子就跟定他了！"

阿馨心想：我们几个人纠缠不清了这么多年，这叫什么呢？是缘分吗，还是有缘没有分？

小彭说："阿莉，你都结婚了，连孩子也快生了，还一天到晚'男人''男人'的，成什么样子！"

阿莉气愤地说："狗咬吕洞宾，我还不是为了你吗？整天跟着阿馨转，她又不爱你！"

阿莉说话越来越难听，小彭跟她吵起来。刚吵了几句，阿莉突然觉得肚子疼，阿馨和小彭急忙把她送进了医院。

阿莉躺在产科病房里，空旷的房间阴沉沉、冷冰冰，空气里弥漫着一股血腥味，阿莉的心被恐惧笼罩着，产生无数可怕的幻象。

阿莉对阿馨说："我真害怕！"

阿馨说："别怕，我和小彭陪着你。"

病床上的阿莉看向玻璃窗外，想起出差在外的老公，不知他见了孩子会不会高兴。他一天到晚沉迷于练武功，对她根本不感兴趣，幸好还有阿馨和小彭像亲人一样照顾她。她看看头顶上的药水袋，觉得它像炸药包一样可怕。小护士把尖细的针头扎进她的血管里，她立刻陷入一种愤怒的痛苦中，恨不得拔掉那令人生厌的胶管，把它扔进垃圾桶。

阿莉叫阿馨调节胶管上的滚轮，让药液的滴落速度加快。阿馨说："那可不行。我们在这儿守着你，你睡一觉吧。"

阿莉说："住院就像坐牢，让人困惑，让人心寒，让人头昏脑涨。我真的无法忍受困在病床上的感觉，这滋味永生难忘。"她抚摸着腹部，小小的胎儿在肚子里跳动，手舞足蹈。她希望这是个可爱的男孩，把家里搞得天翻地覆。当然，女孩也很可爱，自己会把她打扮得美美的。

一阵铃声伴随着音乐响起，小宝宝踢醒了阿莉，好像在说：妈妈，药滴完了。坐在病床旁的阿馨把提醒输液时间的闹铃按停，又去叫小护士拔针。

阿莉说:"我没事了,你们回去吧,别太辛苦了,明天还要上班呢。"

小彭说:"我们不累,在这儿也是坐着。"

阿馨说:"你安心地等待小生命的来临吧!"

阿莉摸摸肚子,感到小生命正在体内翻腾,迫不及待地想出来。她低声说:"快来吧!妈妈等着你!"在坎坷的命运之路上,终于有一个人将亲密无间地陪伴她了。

又一阵剧痛袭来,阿莉抓住阿馨的手:"阿馨,我疼!我害怕!"

阿馨说:"别怕,我会一直陪着你!"

小彭说:"阿莉,坚强点!"

阿莉感觉咽喉里像有无数条虫在撕咬,她说:"我想吐!"小宝宝猛烈地踢打她柔软的腹壁,好像在呼唤:"妈妈,快让我出来!"

阿莉的脸像纸一样苍白,说:"阿馨,我要生了!"

护士赶来把阿莉搬到平车上,推进产房,阿馨在产房门口用力地握了一下她的手,说:"去吧!"

小彭说:"勇敢些,阿莉!"

产房外的长廊是那么肃静,让人感觉阴森森的,寒气袭人。空气像凝固了一样,令人窒息。阿馨和小彭急切地等在产房门外,阿馨紧锁双眉,脸上的神情焦虑不安。

阿莉本来还有一个月才到预产期,现在却提前发动了。阿馨在走廊里徘徊,心想:孕妇生孩子就像上赌场,运气好赢了,大小平安,如果输了,说不定会一尸两命,血本无归。

小彭想让阿馨放松些:"你说是男孩,还是女孩?"

阿馨说:"男孩女孩都一样,只要大小平安就好。"

小彭说:"不知道阿莉现在怎么样,是不是疼得直骂人?"

阿莉躺在手术台上,满心想的都是小宝宝:他(她)就要来了,他(她)会喜欢他(她)生活的家庭、他(她)生存的世界吗?一针麻药打进阿莉的脊背,钻心的痛,顷刻间,她的身体变得像铅块一样沉重,瘫在手术台上动弹不得，只有头脑是清醒的。医生使用器械的声音在耳边萦绕，不知道过了多久，她听到"哇"的一声哭喊。

"是女孩！"

阿莉的泪水滚了下来，她头晕目眩，身体仍然无法动弹。明明是 7 月天气，她却冷得直打哆嗦。

阿莉和女儿一起躺在平车上，被推出了产房。阿馨和小彭立刻凑过来，阿莉得意洋洋地向他们宣布："我生了一个女孩！"

小彭说："女孩好啊，听话！"

阿馨说："女孩好啊，会心疼妈妈！"

他们看着这娇弱的小女孩，心中充满无限的爱怜。

几天后，当小女孩睁开眼，静静向阿莉一瞥时，阿莉突然感到一阵母爱的狂喜，充溢了她的整个胸膛。她抱着女儿，几乎舍不得放下，心里充满了爱和骄傲，充满了难以言喻的震撼和感动。她暗自发誓，要全心全意地爱护这个小生命，不论将来还要迎接多少风浪，她都会站在女儿的身前，努力让女儿一辈子幸福快乐。

阿莉妈来帮忙带孩子，母女俩每天忙得团团转。阿莉妈的头发很快就花白了，额上多了几条深深浅浅的皱纹。

见阿莉生了个女孩，她丈夫更加冷漠了。小小的女儿夏果也不亲近他，只要妈妈和外婆。转眼间，夏果已经快一岁了，牙牙学语，可爱极了。然而当她用甜甜的童音，口齿不清地叫着"爸爸"时，阿莉的丈夫抱也不抱她。

阿莉常常抱着夏果说："乖女儿快长大吧！外婆带你很辛苦的，长大了要感恩啊！还有小彭叔叔、阿馨阿姨，他们经常来看你，还帮妈妈解决困难，他们比亲人还要亲啊！"每当阿莉跟夏果说这些话时，夏果就天真地笑，笑得那么甜美可爱。

1991 年 7 月 17 日，早上阿馨正在家写稿，小彭来找她，约她一起去阿莉家给小夏果庆贺生日，他已经准备好礼物了。阿馨看小彭这样喜爱孩子，又高兴又难过——小彭到现在还没有结婚，阿馨觉得都是自己的错。

他们正要走，没想到阿莉来了，她正是请他们去给小夏果过生日的，三人又坐下聊了一会儿天。阿莉说，她丈夫在练一种功，已经痴迷了，一下班就关门闭户地练。自己梦寐以求的、恬静温馨的家庭生活看来永远无法得到了，今后只剩下沉默、冷酷的日子。婚姻是爱情的坟墓，她对此深有体会。

阿馨为阿莉难过，她本来是个非常活泼的姑娘，结婚后却变得死气沉沉，没一点精神。

阿莉结婚时十九岁，二十五岁的丈夫内向孤僻，结婚没多久就对她说："我后悔结婚，我怀念单身时的日子，自由自在、独来独往，不用扛起一个家。"

阿莉看不起逃避责任的他："懦夫！"

他变得越来越沉默，和阿莉越来越疏远。两年前，他对阿莉说："我想自己一个人安静地待着，今后我的事你别管，你的事我也不管。"阿莉无奈之下，求他给她一个孩子，他答应了，觉得阿莉有了孩子后就不会再来吵他了，但是，他要求阿莉自己管孩子，他是不会帮忙的。

阿莉叹一口气，说："我都不知道，当初他对我究竟有没有爱情。"

阿馨说："世上难找永恒的爱情，但是有永恒的事业，它能带给你幸福与欢乐，追求事业上的成功才是明智的。"

小彭皱眉说："你怎么摊上这种丈夫的？"

阿莉说："这就是命吧。现在他每月给我一点钱，就不理我了，自顾自过他的生活。他还说，我可以离婚，他也同意。"她还没想好，要不要继续这段错误的婚姻。

阿馨说："小夏果一天天大了，你打算怎么办？"

阿莉说："我也不知道，现在孩子有我妈带着，挺好的。"

小彭说："我们走吧，孩子一定等急了。"

　　阿莉说："小夏果很喜欢你们，看见你们就像看见亲人一样。"

　　三个人高高兴兴地拎着礼物去了阿莉家，刚爬到五楼，就看见阿莉家的大门敞开着，里面传来小夏果的哭声。阿莉的心怦怦直跳，有一种不祥的预感。她出门时小夏果还在睡觉，这才多一会儿呀，会闹出什么事呢？

　　阿馨和小彭听到屋里有大人的争吵声，赶紧进屋。这是套两室一厅的房子，有一间屋门紧闭，客厅里坐着阿莉妈和小夏果，小夏果正在哭，阿莉的继婆婆和小叔子站在她们对面，唾沫横飞地指责着什么，阿莉妈也不还嘴，只是哄小夏果。

　　婆婆见阿莉回来了，上前就是几耳光，嘴里还骂着："你死到哪里去了？害人精！你还我儿子！"

　　她说着又想打，小彭上前抓住她的手，说："你凭什么打人？"

　　婆婆看见小彭，更气愤了："把野男人都勾引到家了，你这狐狸精，我打死你！"她要扑向阿莉，小彭抓着她的手不放。

　　小叔子对小彭吼道："放开我妈！你是什么人？"

　　小彭放开婆婆，说："我们是阿莉的老乡，来看望她不可以吗？"

　　小叔子说："妈，这小孩肯定不是哥的，是个野种！这男人是来看女儿的！"

　　小彭上去就扇了小叔子一耳光："这种话也乱说，你是人吗？你们一家子都不是好东西，就欠人教训！"

　　阿莉捂着被打的脸，愤怒地说："你们滚！快滚出去！"

　　阿莉握紧拳头准备战斗，被阿馨拉开，小叔子也拉开了婆婆。

　　小叔子告诉他们，上午收到他哥哥的信，说要离家出走，永远不回来了，让家人不要找他，还说要和阿莉离婚。

　　"我们来找你，就是要问清楚这是怎么回事。"小叔子说。

　　阿莉妈也抽泣起来，小夏果哭得更凶，阿馨抱着她一直哄。

　　阿莉觉得天昏地暗，差一点倒下，小彭扶住了她。阿莉回想起前一阵丈夫说过，自己脑子里有两条龙，只有练功练得深奥的人才会这样，他就要成为大师了，再也不受人欺负，不久之后，他就可以像龙一样腾空而起了。

阿莉当时说他是无药可救，走火入魔了。丈夫说："你不信，就等着瞧。"想不到他真的抛下一切走了。

婆婆要打开那扇紧闭的屋门，看看继子还留下什么东西。阿莉在抽屉里翻找，拿出那把她很久很久没有用过的钥匙，颤抖着手递给婆婆。

门打开了，屋里有一张桌子、一铺小床，还有一个书柜，里面的东西放得乱七八糟。

小叔子拉开桌子抽屉，高兴地大喊："妈，这里有一沓钱。"他数了数，足足五千元！婆婆像头猛虎般扑过去，抢在手里。

阿莉也走过去，看见抽屉里还有一封信，打开一看，只见上面写道——

阿莉吾妻：

    从结婚到现在，我都没有好好待过你，你也就不会挂念我了。我不想受人欺负，所以勤奋练功，现在已经功德圆满了，就此离婚吧！我存有五千元钱给你和孩子急用，房子等一切也留给你们，离婚协议书附在信后。照顾好自己和孩子。我走了，不用找我……

"放下！这是阿根留给我和孩子的急用钱！"阿莉大声叫道。

婆婆把钱握在手里，不肯给阿莉。小叔子抢过信来看，垂头丧气地对他妈妈说："妈，还真是啊！哥一点钱都不留给我们，就跑了。"

婆婆说："当妈的拿儿子的钱，谁也管不着！"

小彭说："这是留给她们母女的救命钱，你也好意思拿？"

婆婆说："用你这个外人来管？"

阿莉大声说："他不是外人，他是我哥，我亲哥！"她又指了指阿馨，

"她是我亲妹，我的事，他们都能管！"

小彭说："听见没有？快把钱放下，不然有你们好看的！"

阿馨气愤地说："你们真没有人性！人家丈夫留下来给妻女的一点钱，你们都要抢，还算是人吗？快放下钱走人！"

小彭喝道："快滚！"

婆婆突然坐在地上捶胸顿足，大哭大闹："我辛辛苦苦养的仔呀，自己仔的钱也不能要？大仔跑了，小仔还没结婚，这日子怎么过呀！"

阿莉看着婆婆那张变形的、布满皱纹的脸，那一头银发。眼前哭得像风中的柳条一样颤抖的老妇人，让她感到窒息和压抑。

"把钱拿走吧！以后别来烦我，我们没有任何关系了。"阿莉恨极了，她的婚姻既没有得到金钱，也没有得到爱情。

婆婆愣了一下，立刻爬起来，拿着钱、拉着小叔子就要出门，小叔子甩开她的手，把桌子上的录音机也抱在怀里，涎着脸说自己还没结婚，正好需要。他又四下张望，看还有什么好拿的。

"全都拿走吧！你们家没一个好人！全拿走吧！哈哈……"阿莉突然爆发出一阵大笑，笑声在房间里回荡。

婆婆和小叔子看到阿莉恐怖的样子，害怕起来，立刻想溜走。阿馨大喊一声："站住，把录音机留下！"

小叔子看看阿馨，她那美丽的眼睛射出寒光，让人不由得胆怯。阿馨大声说："快放下，强盗！"

小彭一把抢过录音机："你们不是人！"

婆婆见他们人多，觉得自己捞不到什么好处，拉着小叔子慌慌张张地走了。

阿莉哭得停不下来，对阿馨说："怎么会这样？"

阿馨说："走错了一次，就从头再来吧！坚强起来，相信自己，没有什么迈不过去的门槛！"

"阿馨，我还会有幸福吗？"

"会的，只要你努力！"

阿莉妈也在一旁哭，原以为女儿找了个城里丈夫，终身有靠，谁知道丈夫既没钱，对她又不好，现在还丢下她们母女俩，怎么办？幸好阿莉还有一份工作，得好好感谢阿馨她们母女啊！

阿馨不仅要安慰阿莉，还得安慰阿莉妈。她说，都是一个农场出来的，以后有什么困难，自己一家人都愿意帮忙。

小彭也说："是啊，老场长一家都是好人。再说，还有我呢。"

阿莉妈叹气。小彭多好啊！阿莉追他这么多年，他都不理，一心只爱阿馨。说起阿馨，真是个好姑娘啊，比阿莉懂事多了，却为等阿锟迟迟结不了婚。阿锟这仔也是块读书的料，在中国读完了，又跑到外国去读，不知道什么时候才回来，等他回来，阿馨都成老姑娘了。其实先结了婚再去读书又有什么不好？真搞不清现在年轻人脑子里都在想什么！

阿莉妈说："阿馨啊，小彭这么好，快跟他结婚吧，不要像阿莉一样挑错人。小彭可是个好小伙子，当年要是阿莉能跟他，就不会搞成今天这个样子了。"

阿莉说："妈，提当年做什么？都过去了。"

阿馨说："是啊，过去的就让它过去吧。"

小彭不好说话，只能逗小夏果玩，小夏果还真喜欢他，咯咯地笑个不停。阿莉看见，心里非常难过：小彭要是小夏果的爸爸该有多好，他那么喜欢小孩！阿馨啊，赶快答应他吧，两人再生个孩子，多完美啊！

小彭见阿莉已经平静下来了，说："阿馨，我们回去吧，让阿莉她们静一静。"

阿馨和小彭离开阿莉家，一路上阿馨都在感叹："怎么会搞成这样？"

小彭说："其实早就有预兆。"

"阿莉家就剩下三个女人，将来怎么办？"

"肯定会有办法过下去的，我们能帮就帮。"

"还好，阿莉有一份工作，可以养家糊口。"

小彭心想：阿莉的故事有了个大转折，可我呢？这满心的愁情何时才能散去？我和阿馨之间有一串串的回忆，一串串的痛苦，一串串的迷惘……数不清的一串串，唯独没有一串幸福，不知道她究竟要我等多少年。爸爸妈妈不断催我带女朋友回家，女方提出的任何条件他们都答应，而我只等着阿馨点头。爸妈啊，你们不知道，儿子实在无能为力，无法打动她的心。都怪我当初望进她那深邃的眼睛，那一瞥让我深深陷落，不能自拔。唉，问世间情为何物，我是落花有意，她却是流水无情。我只能每时每刻用痴情的目光追寻她。

阿馨见小彭一直都不说话，就问："你在想什么？"

"想你呀！"

"别开玩笑，阿莉正在痛苦呢。唉，错误的婚姻真是害死人！"

"自己摘的苦果自己吃，自己的路还得自己走，外人又有什么办法！别说阿莉了，你自己的事情还一团乱呢。"

阿馨明白他的意思。阿锟出国了，连信也很少写，但她还是等待着他的归来，等待童年的天真，等待少年的真诚，等待青年的挚爱。算了，她不需要向谁解释，也不渴求谁理解。

阿馨说："你不觉得阿莉可怜吗？"

"我也很可怜啊！她已经离婚了，我还没结过婚呢！"

"你为什么不结婚呢？那么多姑娘喜欢你。"

"明知故问！我过几天又要出差，这次我们成功研究出新品种，得了奖金，你想让我带什么回来？"

"我什么都不缺，你最好也什么都别买，留着娶媳妇吧！"

"我爸妈早给我准备好结婚的钱了，要不然你帮我花？"

"越说越不正经了。去出你的差，研究你的种子学吧，不用整天陪着我，我又不是小孩子，也有很多事做的，比如找出版社出书。"

"找小简啊！"

"自己能解决的事，就不用麻烦人家。"

夜惊魂

　　1991 年 12 月的一天，夜姑娘迈着轻盈的步伐走来了，无声无息，大地被无情地染成了黑色，随着夜姑娘的到来，万物都自觉地、有次序地静下来，静下来……

　　风亲吻着大地，枝叶互相搂抱着，窃窃私语。一群群、一队队的年轻人，打破夜的寂静，去追寻渴望已久的快乐。

　　晚上八点十五分，阿馨和阿莉来到大众舞厅门口，进进出出的人很多，都是年轻人。

　　阿莉的心情一直很苦闷，又没有别的消遣，就把女儿交给妈妈，拉着阿馨来舞厅散心。阿莉从十几岁时就迷上了跳舞，经常出入舞厅。

　　几个男人看见她们两个单身女子站在舞厅门口，就凑了过来。其中一个穿着黑色猎装，皮肤白净，眉眼细小，身高一米七五左右。阿馨心想，这人有点眼熟。另一个男人身穿草绿色制服式上衣，眼睛好像猫头鹰般又圆又大，黑黄皮肤，高鼻梁，薄嘴唇，平头，大概三十出头，一脸油滑相。

　　绿衣男人说："你们是不是经济学院的？我们是教育学院的。"

　　猎装男人说："他是教育学院的讲师。"

　　绿衣男人问："你们住在哪里？"

阿馨说："住东岭。"

绿衣男人说："那儿有山鸡吗？"

阿馨想，这哪像知识分子，倒像一头狼。

绿衣男人见阿馨不答话，又说："我们去西贵园跳，那才是高级的舞厅。"

阿莉说："好啊！"心想：我一个结过婚又离婚的女人，还怕你不成？她早听说过这家高档舞厅，但票价实在太贵了，她还没去过，既然今天有人请客，就去开开眼吧。

阿馨觉得这些人怪怪的，但受好奇心驱使，还是点头答应了。

阿馨和阿莉搭了他们的摩托车，阿莉坐在绿衣男人摩托车后座，猎装男人就搭上阿馨。几辆摩托车开到天苍商店，突然拐进竹家园那条平时无人走的小巷。小巷里黑漆漆的，阿馨想：惨了！碰到坏人了！她完全可以跳下摩托车逃跑，可是阿莉怎么办？她不能丢下朋友不管啊！摩托车在飞驰，阿馨拼命地想着对策。

阿馨凑到猎装男人耳边叫："这条路不是去西贵园的，是去三中方向，那边有山啊！我们去那里干什么？停车！"

猎装男人把摩托车开得更快，风呼呼地从阿馨耳边刮过。路上的行人不多，即使阿馨大声呼救也没什么用。

阿馨突然想起，猎装男人是新搬进她家大院的住户，叫……赞飙掣！最喜欢飙车，常跟一帮人呼呼喝喝地赛摩托车，大家都叫他们"呼啦帮"。

阿馨大声叫："停车！"她已经把钥匙攥在手里，犹豫着扎不扎下去，毕竟摔了摩托车可不是好玩的。

猎装男人假装没听见，继续飞车。阿馨想：敲他脑袋？拉他手臂？都会导致摔车，自己也免不了受伤。对，揪他耳朵！她大声喊："你再不停车，我可不客气了！"

猎装男人把车开得风驰电掣，阿馨突然伸出右手，揪住猎装男人的耳朵，叫道："你是赞飙掣吗？"

猎装男人"啊！"的一声，猛地刹车，车停下了。阿馨急忙跳下车，退开几步说："你们要带我们去哪里？"

猎装男人揉了揉耳朵，仔细打量阿馨：一双美丽的大杏仁眼，高高的锥形鼻，不厚不薄的嘴唇，梳得高高的马尾。就是那次拒绝和他跳舞，后来又害他挨了一顿打的姑娘呀，她是谁？怎么知道他叫赞飙掣？

赞飙掣说："是你啊，小简从那以后见了我就横眉立目。你根本不愿意和人跳舞，还上舞厅干吗？"

阿馨也想起了他，说："我愿不愿意跳舞，你管得着吗？我可是小简的女朋友，你敢动我，我让他揍你！"

赞飙掣问："你知道你是简艺根的第几任女朋友吗？"

阿馨说："我不用知道！快叫你的友仔停车，不要为难我们了。我了解你的底细，我们井水不犯河水，谁也不挡谁的道。"

赞飙掣的同伴们看到他停在路边，以为出了什么事，兜回来停车问道："怎么了？"

阿馨急忙喊："阿莉下车！"

阿莉跳下车，阿馨拉着她的手快步走上人行道，有稀稀拉拉的行人从她们身边经过。阿馨听见赞飙掣的同伴抱怨他："你干吗停车啊！到手的山鸡都给你放跑了……"

"那女的知道我是赞飙掣！"

"她什么来路？"

"不知道，看来不是一般女子。"

"我们不会捅到马蜂窝了吧？你看清她的长相了吗？"

"记不太清了，现在是晚上，等白天大概就认不出来了。"

"你这笨蛋……"

阿馨和阿莉快步走到警察岗亭，在那儿等了一会儿，见没人追来，终于放心地往回家的路走。

阿馨说："我们遇上坏人了，幸好我叫出了他的名字。"

阿莉说："我也觉得不对劲，就是不知道该怎么办。还好你机警，我们才能平安脱身。真的好可怕啊,不知道他们想带我们去哪里!"

"肯定是郊外有山的地方。"

阿莉哆嗦了一下,说:"阿馨,你怕吗?"她频频回头,生怕那些人不死心地追上来。

"马路上有那么多人,怕什么!不过以后我们可不能这么冒险了。"

走到岔路口,两人分手了,阿馨独自往家走。眼看还有一段路就到大院,一辆摩托车突然飞驰而来,挡在她面前。

"小妹上车吧,我送你回家。"

阿馨一看,又是赞飙掣。他怎么又追上来了?这也难怪,他们同住一个大院,只是平时没打过照面。赞飙掣要回家,就得走这条路。

"谁敢上你的贼船?不知道被你卖去哪里!"阿馨绕开摩托车继续走。

晚上人少,赞飙掣把摩托车开上人行道,在阿馨身旁蹭着走。阿馨说:"你走你的,挡着我的道做什么?"

赞飙掣说:"我们已经认识了,谈谈心怎么样?"

"有什么好谈的?"

"你怎么知道我的名字?"

"大院的人都知道呀。"

"你也是住大院的吗?我怎么没见过你?"

"我早出晚归,你作息混乱,能见到我吗?"

"我们也算不打不相识,交个朋友吧!"

"你不怕简艺根了?"

"你真的是他女朋友?他到底有几个女朋友?今晚他怎么没来?"

"谁说没来!你又想找打啊?"从前面的树荫里突然传来一个声音。

阿馨一看,小简就在大院门口的树下站着。她立刻迎上去,说:"小简,你怎么来了?"

小简说:"听到有人讲我坏话,能不来吗?你怎么这么晚才回家?"

阿馨说:"我和阿莉差一点上了这个坏蛋的当,被骗进山里去。"

小简上前打了赞飙掣一拳，接着又是一拳。赞飙掣还手，两人扭打在一起。小简一边打一边说："叫你欺负我的女朋友！"

赞飙掣说："你也不是好东西，老换女朋友！"

"这是我的事，你管得着吗？"

赞飙掣打不过小简，叫道："我没骗她们，我是保护她们！你先停手，听我说！"

小简真的停了手，说："我听听你还能怎么狡辩。"

赞飙掣说："其实我一眼就认出了她，那双美丽的眼睛只要见过一次就忘不了。我怕我那帮友仔把她带走，就想找机会帮她逃跑。"

阿馨说："你胡说！我拼命叫你停车，你为什么不停？"

赞飙掣说："你还说呢，差点把我的耳朵都揪脱了。我想带你甩开那帮人，他们可不是什么善类！你那友女是不是很爱去舞厅？"

阿馨说："是，怎么了？"

"舞厅里环境复杂，什么人都有，让她小心。"

阿馨沉默了一会儿，问："你为什么要交这些朋友？"

"多个朋友多条路，好办事。"

"我自己逃走了，我的友女怎么办？"

"那得看她自己的命了。"

"你心真够黑的！"

赞飙掣冷笑一声："没办法，我只能保全一个。"

"谁要你保全？整天跟一帮人吃喝玩乐，你做过正经事吗？"

"你还挺了解我的嘛。"

"若要人不知，除非己莫为。你的名声已经在大院里传遍了，当然，不是什么好名声！"

小简看他们一问一答的，真像是朋友了，反倒把他这真朋友晾在一边，就说："阿馨，别跟他胡扯，回家吧。"

赞飙掣说："阿馨，别跟这简艺根在一起，他有很多女朋友的。"

小简说:"你再胡说八道,小心挨揍。"

赞飙掣说:"阿馨,别怪我没提醒你,他跟那前女友还不清不楚的呢。"说完就开着摩托车溜了。

小简急忙向阿馨解释,赞飙掣的爸爸是小简爸爸的下属,小简的前女友就是赞飙掣的第二任女友。

阿馨想:这么复杂的关系网!不过每个人都有自己的秘密、自己的空间,别人不说,你也不用问,就让每个人心里都留有一个小角落,给自己慢慢地品味。

阿馨严肃地对小简说:"你不用向我解释,交朋友是你的自由。哪个朋友好,哪个朋友坏,你自己分得清。认识这么久了,我知道你的为人,也希望你早日建立一个幸福美满的家庭。"

小简说:"你还在等阿锟吗?他已经这么多年没音信了。"

"我相信他一定是遇到难处了。出门在外,会有许多意想不到的事发生。"

小简心想:阿馨还是这么痴情,这么多年苦苦等待她的初恋情人,也不放弃!阿锟,你要是能听见的话,给个回音吧,别让阿馨继续等下去了,要知道我也在等啊!

小简说:"等吧!等到白头,莫后悔!"

阿馨想,他是讲给自己听,还是讲给她听的呢?

小简把阿馨送到她家楼下,还没有告辞的意思。阿馨狠下心说:"再见!"

阿馨走上楼,她知道他还没走,就在背后痴痴地望着她,但她想让他断了念想。这么多年过去,雁雁都上小学了,他还没有结婚。她知道他爱她,但是她心里一直挂念阿锟,思念阿锟!阿锟,你在哪里?为什么要离开故乡?为什么要离开爱你的姑娘?为什么连一封信也不写来?你过得好吗?结婚了吗?

小简的内心无比痛苦和悲哀,被煎熬得无法形容。他看着阿馨的背影，喊道："阿馨，爱不需要理解，爱就是爱。"

阿馨刚踏上一级台阶，听见小简的话就停住了脚步。她的眼泪像断线的珍珠般掉下来，真想跑回去扑到他的怀中……但是她咬咬牙，还是跑上了楼。

阿馨进了家门，看到坐在客厅等她回来的爸爸妈妈。阿馨妈说："阿馨，你回来了，玩得愉快吗？"

阿馨说："差一点就被拐走了。"

阿馨妈急忙问："怎么回事？"

阿馨爸更是焦急："出什么事了？快告诉爸爸！"

阿馨说："爸，你知道赞飙掣吗，住在这个大院的？"

阿馨爸说："知道，别人还给你们做过媒呢！"

阿馨说："他今晚跟他的友仔把我和阿莉骗上摩托车，想带到山上去。后来我叫出了他的名字，警告他别乱来，我清楚他的底细，小心我让他好看。"

阿馨妈拍拍胸口说："还好，我们女儿没真的跟这种人谈朋友。"

阿馨爸说："阿馨身边又不是没有优秀的小伙子，怎么会跟这种人！"

阿馨妈叹气说："已经跑了一个了，剩下的不知几时跑，阿馨你要抓紧啊！在省城交友一定得慎重，不要交错人。"

阿馨说："好，你放心。"

阿馨爸说："阿锟真是块读书的料啊！读完大学读研究生，读完硕士读博士，还跑到国外读。现在音信全无，不知是死是活。阿馨，我的好女儿，你仔细想想，还要不要苦等下去？结不结婚是你的事，爸妈不逼你，你自己看着办吧！"

阿馨静静伏在自己房间的窗台上，微风拂来，把阿馨的思绪带去寂静的夜空。她望着亘古以来就挂在天幕上的星星，心想：青春的脚步已悄悄远去了，但对事业的追求却是永远年轻的。夜色深浓，大多数人已进入梦乡，阿馨也要入睡了，就让时间飞转吧！

插　曲

　　一个星期天早上，阿馨去找小彭。小彭有两个星期没来见她了，阿馨担心他是不是生了病。如果是出差，往常他总会告诉阿馨一声的。

　　阿馨骑着自行车，风吹动她美丽乌黑的长发。她观察街上的行人，个个来去匆匆，吃饭、买东西、谈恋爱，一切都在匆匆忙忙之中完成。自己不也是匆匆忙忙地去看朋友吗？她还惦记着自己的小说稿呢，如果小彭平安无事，她就回家接着改小说了。

　　穿过几条街就是小彭的单位。她走进小彭住的宿舍楼，一楼的一间房门敞开着，里面热闹非凡，歌声、说话声、笑声连成一片。

　　她好奇地往里张望，一张大桌子上摆满点心糖果、可乐啤酒，男男女女围坐在桌旁，小彭赫然也在其中。那些女子服饰新颖时髦，令人眼花缭乱，那些男子血气方刚、风流倜傥。他们畅谈着过去、现在、将来，不时举杯共饮。

　　几个人说笑着，非让小彭把女朋友带来给他们认识。有个短鬈发、浓妆艳抹的姑娘还特意走到小彭面前，一手搭在小彭的肩上，问道："听说你的女朋友非常漂亮，让我们也见识见识嘛。你说，她有我漂亮吗？"说完媚眼一瞥，向小彭送去一道迷人的秋波。

　　周围的人也跟着起哄。这姑娘是小彭单位新来的大学生，长相漂亮，装扮新潮，个性却泼辣刁蛮。有人给她写过求爱信，她不喜欢那人，当着他的面把信撕成碎片。她是父母的掌上明珠，家庭条件很好，从小要什么有什么，现在她看上了小彭，自信一追之下就能到手。

小彭对她没半点兴趣，觉得她根本无法和阿馨相提并论。现在听到大家起哄，干脆借这个机会明确地拒绝她。

小彭笑着说："我的女朋友是一朵小花，不像牡丹那样富贵华丽，也不像玫瑰那样妩媚娇艳，她素雅大方，生气勃勃，有着顽强的生命力……"

阿馨看见小彭，本来想进去，但犹豫片刻，还是打消了这个念头。她听到小彭关于"女朋友"的那番说辞，脸上不禁泛起红晕。想了想，她走出宿舍楼，绕到一楼的窗口朝里面望去，希望小彭的视线正巧能扫过来，好出来和她相见。

时间一分一秒地过去，她在窗外徘徊，始终等不到小彭。阿馨的心里一团乱：真的要进去面对小彭的那些同事吗？

有个脑袋在窗口一探，是小彭！阿馨不禁对他嫣然一笑。本来想呼吸口新鲜空气的小彭看到阿馨站在窗外，忍不住揉了揉眼睛：他不是在做梦吧？

阿馨推着车向大院门口走去，小彭抛下满屋的歌声酒气，飞奔出宿舍楼，追上了她："阿馨，你来了，怎么不进去跟大伙一起热闹热闹？"

阿馨说："我两个星期没见你，有点担心，现在看到你没事，就放心了。你回去吧，有空时咱们再聊。"

"既然来了，就进去坐坐吧，也认识认识我的同事们。"

有人出来喊小彭，小彭毫不理会，只是深情地望着阿馨，希望她留下，那眼神里全是满满的爱和温柔。

小彭坚持说："进去坐坐吧，跟大家聊聊天。"

阿馨说："真的不用了。你们在一起是那么快乐融洽，我不应该去打断这种气氛。我走了！"

阿馨骑上自行车，心里有点隐隐约约的不悦。

小彭在后面喊："阿馨，我去取车送你回家，马上就来。你等我，别骑那么快。"

阿馨故意快蹬了几下，心想：小彭这么久没露面，还以为他生病了，原来是忙着和人勾肩搭背。那女孩很年轻，也就二十出头，看起来和小彭很般配。唉，小彭有女朋友了，她应该替他高兴啊，为什么心底会有点苦涩呢？

刚才还是晴空万里，突然间刮起了大风，路边的树木哗哗作响，一场大雨就要来临了。

雨先是淅淅沥沥，后来越下越大。阿馨没有带雨衣，眼看身上淋得半湿，她急忙找了个最近的屋檐避雨，自行车只好扔在露天，接受大雨的洗礼。唉，它随主人不辞劳苦地奔波，到头来却无片瓦遮头，也是够悲哀的。

粗大的雨点被风吹进檐下，鞭打着她窈窕的身躯，她的衣服几乎湿透了，紧紧裹在她的身上，冷冰冰的，被风一吹，冻得她直打哆嗦。她无计可施，只能站在屋檐下等雨停。

"阿馨。"一声亲切的呼唤传入她的耳中，她瞬间睁大了眼。

"小简！我的天啊，你简直是雪中送炭！"

穿着雨衣的小简走到阿馨身边，递给她另一件雨衣。小简告诉阿馨，他上午去了她家，她妈妈说她去找小彭了，眼看要下雨，就让他带件雨衣给她。

小简满怀歉意地说："我来晚了，你都湿透了，可千万别生病！"

追赶而来的小彭远远看见了这一幕，不由得满肚子的气：阿馨是来找他的嘛，小简凑什么热闹！

雨哗啦啦地下，铺天盖地，整个世界都朦朦胧胧。马路上的汽车一路狂飙，把积水溅到路边脚步匆匆的行人身上，惹来一顿大骂。

阿馨骑车走在前头，小简紧跟其后，还不断提醒她注意看路，小心汽车，别摔倒！阿馨在前面漫不经心地答应着。小彭飞快地蹬了几下自行车，越过小简，和阿馨并排骑行，大声叫："阿馨！"

阿馨扭头，正对上镜片后那深沉复杂的目光，一下子愣住了，不由自主地停了车。小彭和小简跟着停下来，三人在大雨中默默伫立，相顾无言。

阿馨对小彭说："这么大的雨，你跟来做什么？"

"我来给你送雨衣。"小彭说着，从车篮里拿出一件红色的雨衣。

"可是我已经有雨衣了。"

"别人送不送我不管，我一定要送！"

"我不需要两件雨衣！"

小彭不知道阿馨为什么发火，她一向是个温柔又大度的女孩呀。

小彭说："阿馨，别生气，以后一下雨我就给你准备雨衣，保证比别人先送到！"

阿馨的心又酸又痛，对小彭的愧疚一股脑儿涌了出来："你不要理我了！我不能给你爱情，也不能给你幸福！"

小彭愣了一下，说："我现在很幸福啊，只要能每天看见你，听见你的声音，我就心满意足了。"

"你难道要孤独终老吗？"

"我可以领养一个孩子。"

"我什么也给不了你！"

"没有爱情，友情也可以。没有友情，友谊也可以。"

阿馨的心里翻江倒海，不知怎么办好。她环顾四周，天地都是灰蒙蒙的一片，车疏人稀，小简已经不见踪影。他又走了？每次有事他都从天而降，等她平安了他又飘然而去，这绝不是偶然。是的，爱情里没有偶然，因为爱，才能制造出那么多的偶然。

"阿馨，阿锟已经出国了，换我来好好照顾你。"

"不必了，我自己会照顾自己。"

"你毕竟是个女孩子，不要逞强。我心甘情愿照顾你，并不企求什么回报。当然，阿锟回来以后如果自惭形秽，主动弃权，我会更加高兴。"

"无论阿锟走了多久、多远，我都放不下他。"

"我明白，那就顺其自然吧。"

"你说，阿锟还会回来吗？"

"如果他还记得《迷离》，就会回来。"

阿馨兴奋地问："真的吗？"

"唉，你还是对他抱有幻想。阿馨，你太天真了，面对现实吧，在你身边有比他好得多的人。"

"我感激你和小简的关心爱护，可我也天天挂念他！"

"他离你这么远，哪能感受到你的爱。"

"爱的距离可以遥远，心的距离不会远，只要他心中有我，我心中有他，天涯也是咫尺。"

"你真是个痴情的女孩，但愿上天能回报你。"

雨越下越大，他们加快速度骑向阿馨家。看着那昏暗的天空，阿馨的思绪像一叶小舟，在茫茫的大雨中漂泊，一阵风带着雨水向她袭来，带走了她的思绪……

小彭则是想起了他们在总场相遇的种种。岁月践踏过青春，在感情上他似乎是一无所获。他和阿馨，什么时候才能有一个真正的结局……

他们到了家，阿馨妈出来迎接他们，看到阿馨浑身湿漉漉的，像只落汤鸡，再看小彭，也快湿透了。

阿馨妈说："不是穿着雨衣吗？还淋得这么湿！"

阿馨说："外面雨太大。"

小彭看见阿馨爸出来，跟他打招呼。阿馨爸问："小彭最近很忙吧，怎么不见你来玩？"

小彭说："是有点忙。"

阿馨妈让小彭把湿外套脱下晾晾，让阿馨换上干衣服，她去煮两碗面条给他们吃。

小彭说："我不饿，谢谢阿姨了！"

阿馨说："我可饿了，陪我一起吃吧。"

阿馨妈很快煮好两碗鸡蛋面条，端给阿馨和小彭。小彭狼吞虎咽地吃完，说："谢谢阿姨，你的手艺比我亲妈还好。"

阿馨妈说："那你认我做妈吧！"

小彭说："阿姨、老场长，我早已经把你们当作我的爸爸妈妈了。我的父母远在天边，根本照顾不了我，你们关心我比我的父母还多，我真不知道怎么感谢你们！"

阿馨说："小彭，不用谢。我们都是从农场出来的，就像亲人一样，大家互相照顾吧。"

阿馨妈说："小彭别客气，这儿就是你的家啊！"

阿馨爸说："阿馨这些年也多得你的照顾，我们也该谢谢你！"

吃过面条，阿馨让小彭进她的房间聊天。小彭坐下后环顾周围，绿色的窗帘，绿色的被子，绿色的枕巾，一片绿色。

小彭说："你的东西怎么都是绿色的？"

阿馨说："我喜欢绿色，一见到绿色就想起家乡那一片广阔的原野，想起阿锟。"

小彭沉默了，转眼看见书桌上乱七八糟的稿子，随便抽出一页来看，是一首诗：

秋的时候……

秋的时候，
我迎来了一个沉甸甸的黎明，
我孤寂的影子，
痴恋着飘逝的落叶，

我深情的目光，

淹没着雨丝的欢悦。

秋的时候，

我迎来了一个沉甸甸的黄昏，

我颤怵的双唇，

咀嚼着愁情的苦果，

我纤弱的双臂，

摇曳着年轮的苍白。

秋的时候，

我迎来了一个沉甸甸的夜晚，

我孤燕独飞来去匆匆，

我一无所有两袖清风，

我扛着一串串记忆，

悠悠荡荡寻觅纯真的自我。

小彭看完诗叹了口气，说："阿馨，你写这首诗时在想阿锟？"

"是的。"

"你放着眼前人不想，想那么遥远的人，有什么好处？做人要放宽胸怀，当断则断，不要画地为牢，作茧自缚。"

"今天聚会上，那个短头发的姑娘是不是在追你？"

小彭想，阿馨一定看见了那女同事轻浮的行为，便坦率地说："是，但我没有接受，你放心。"

"其实我真的希望你接受她。"

"她认为自家有钱有权，我一定会动心。可我看重的从来不是金钱和权势，我追求的，是善良的品性、真挚的感情。"

"是啊，人品是最重要的，美貌、金钱和权势都要退居其后。"

"阿馨，别说这些了，雨停了，一起去逛街好吗？"

阿馨答应了。两人和阿馨的爸爸妈妈打过招呼，出门去了最繁华的新百路，一家家商店逛过来，只看不买。

今天是星期天，又逢雨后初晴，商店里的顾客很多。阿馨走到皮鞋柜台，被一双漂亮精致的红皮鞋吸引住了目光。女售货员看她感兴趣，就介绍说："这双皮鞋是上海产的，做工很精细，很多姑娘都喜欢。"

小彭说："买吧，你穿上一定很漂亮！"

阿馨说："这红色太艳了。"

女售货员说："这么漂亮的姑娘，正配穿大红色，这双鞋像是为你定做的一样，不买可惜了。"

小彭说："你先穿上试试。"

阿馨又看了一眼鞋子，犹豫片刻，还是决定不买。她拉着小彭说："走吧，到别处看看。"

女售货员见他们转身离开，对着他们的背影撇撇嘴，说："没钱还来逛商店！"

阿馨听见了，说："这人真势利，不买她的东西就骂你穷。"

小彭说："那双鞋子真的很漂亮，你喜欢吗？我买给你！"

"我不喜欢！你闲钱很多吗？留着自己用吧！"

"那好吧，我们再去别的地方逛逛。"

"我们去逛个体衣摊吧，那儿的衣服花样多，还可以讨价还价。"

阿馨和小彭走进个体衣摊一条街，阿馨看看这摊，又看看那摊，终于在一个摊位前停下了，摊主是个中年男人。

阿馨看中一件淡绿色的毛衣，上面绣的那朵粉红色荷花很讨人喜欢。摊主要价五十元，她开始讨价还价："四十元。"

摊主说："四十八元。"

阿馨拉着小彭就走，后面传来摊主的声音："四十五元，亏本卖给你了。买啦，就多几元钱，你男朋友那么小气吗？"

小彭被这么一激，停住了脚步，真的掏出钱来要回去给摊主。

一个穿着时髦的男青年走过来，对摊主说："姐夫，她喜欢，你就送给她吧，还要什么钱！"

摊主说："你个败家仔，她又不是你的女朋友，我干吗要送她？"

男青年说："我说送就送吧，大不了我给你钱，你个守财奴！"

小彭愣住了，他是谁？和阿馨是什么关系？男青年注视阿馨的眼神充满痴迷，小彭看得心里酸溜溜的，不是滋味。

阿馨仔细一看，叫起来："赞飙掣，怎么是你呀？"

赞飙掣打量着小彭，问："这是谁？你的男朋友不是小简吗？你到底有几个男朋友？"

阿馨说："这是小彭，我们是老乡。小彭，这是赞飙掣，就住在我们大院。"

赞飙掣走到小彭面前，说："你好！我们好像见过面。"

阿馨说："那次你请我跳舞时，他就在我旁边，可能因为灯光太暗，你没看清他的面孔。"

赞飙掣说："怪不得有点眼熟。阿馨，你喜欢哪些衣服？尽管拿，全免费！"

摊主说："你个败家仔，被你爸爸妈妈宠坏了！我做生意不用钱啊？"

赞飙掣说："我给你钱！"

阿馨见赞飙掣跟他姐夫争吵，径自拿起刚才那件淡绿色毛衣，又放在摊位上五十元钱，拉着小彭快步离开。

摊主愣住了，赞飙掣骂道："你个守财奴，谁让你要她的钱了？当心我让我姐跟你离婚，你个小气鬼！"他一把夺过那五十元钱，跑去追阿馨。

赞飙掣在街口追上了阿馨他们，说："阿馨，我们不打不相识，这点钱还给你，算是我的赔礼，别跟我客气啊！"边说边往阿馨的口袋里塞钱。

阿馨反应灵敏，身子一闪就把他塞钱的手让过去了，拉着小彭就跑，留下赞飙掣拿着钱发呆：还真有不贪钱的女孩啊！自己为什么没早点认识她？

跑远之后，小彭问阿馨是怎么认识赞飙掣的，阿馨原原本本告诉了他，还说他们虽然住同一个大院，但作息时间不同，平时根本见不着面。

小彭评价说："他还挺仗义的。"

他们又去逛了书店，买了两本书，之后小彭把阿馨送到她家楼下，就告辞了。

阿馨望着他远去的背影，心想：我期盼的人儿已远在天边，也许这辈子再也不会重逢。但初恋这块红纱巾仍然裹着我的脸，带着我在风中飞舞，在水中飘摇。它让我看见朦胧的世界，折磨我纯洁的心灵，挥霍我美妙的青春年华，让我无暇他顾，而我却不忍揭下它。阿锟，我的心原本像白云一样自由自在，你却把它变成了干渴的沙漠，让我懂得了忧愁和痛苦。

阿馨沉思着走回家。她不能再沉迷于虚幻的空中楼阁了，必须面对现实，走向火热的生活、广阔的世界。

无价之宝

　　1992 年 7 月下旬的一天，晚上八点钟。三楼的窗口灯光莹然，映出一个姑娘的倩影，正是阿馨。她还在不知疲倦地读书，眼睛累了，就趴在窗台往下张望。人行道上装饰着些花草，开得正盛，阿馨不禁诗兴大起，写下了一首《窗前》：

> 独坐窗前心中愁，
> 绿叶鲜花春光情。
> 问君何时知吾心，
> 月下花前吾自赏。

　　"阿馨，阿馨。"楼下传来一个男子的呼唤。阿馨看见人行道上有个人影，坐在支好的自行车后座上，向她挥手。阿馨仔细一看，是小简，于是喊他上来。

　　阿馨的爸爸妈妈出去散步了，小简直接进了阿馨的房间，说要送她一样东西。阿馨看着小简打开纸箱，拿出一尊形神兼备、气韵生动的蟠龙根雕，龙身上下云蒸霞蔚，构思极其巧妙。

　　小简说："这叫龙回头。"

阿馨一见到这尊根雕，精神大振，它雕刻得栩栩如生，给人以力和勇的启迪。

阿馨说："送给我做什么？这能卖大价钱啊！"

"有人出一千元买它，我都不卖。"

"为什么不卖？"

"根雕有价，友情无价，我早就想好了要把它送给你。"

"这么贵重的东西，我受不起！"

"天底下只有一个受得起的人，就是你！"

"你已经给过我不少根雕了，这个还是留着卖吧！"

"你不喜欢它吗？"

"当然喜欢，只是这么杰出的艺术品，应该拿去扬名或谋利，就这样轻易地送给我，真的不值。"

"你是我的知音，只有你才配拥有它。阿馨，你留着它做个纪念吧，我……我要去省外的一家根雕公司工作了。"

阿馨吃了一惊："你要去省外工作？"

"是啊。阿馨，你愿不愿意和我一起去？"

"我还有自己的工作，怎么能陪你去呢？"

小简的眼中流露出失望，说："我一个月后就要走了，今晚你能不能陪我去舞厅跳舞？"

阿馨努力让自己平静下来，说："好，你等我换件衣服。"

阿馨去换了一条淡绿色的连衣裙，裙子下摆印着几只蝴蝶，衣领上系着蝴蝶飘带，把她整个人衬托得格外婀娜多姿，小简都看傻了。

小简带阿馨去了他们常去的舞厅，在靠墙的位置坐下，小简去买了两瓶饮料、几碟零食。

舞厅里的灯光闪烁不定，尽管他们并肩而坐，却仍然看不清对方脸上的神情。小简听到一首柔美的慢四步舞曲响起，便做了一个潇洒的邀请手势，挽着阿馨滑入了舞池。

小简的目光火热，轻声问阿馨："我走那天，你可以去送送我吗？"

"当然。你还回来吗？"

"你希望我回来吗？"小简的眼睛像星星般闪亮，期待着她的回答。

阿馨转开了话题："你为什么要去那么远？"

"我想脱离父母荫庇，闯出自己的一片天。"

"到了省外后，你会给我写信吗？"

小简郑重地说："无论我在天涯海角，我的心里永远有你，不信的话，你听听。"他把她拉得更近，几乎贴上了自己的身躯，他已经能感觉到美丽姑娘的那颗心在急促地跳动。小简真希望时间就此停止，自己永远这样抱着阿馨，直到地老天荒！唉，追了这么多年，爱了这么多年，最终他还是要走，不知什么时候才能再见她一面！

阿馨不想再说话，只想栖息在这强壮有力的臂膀中。他们拥抱在一起，静静地聆听彼此心跳的声音。

阿馨想：他不会像阿锟那样一去不复返吧？忍不住又问："你真的不回来了吗？"

"你的书还没有出版，我怎么会不回来？我还要帮你看稿、改稿呢。"

阿馨笑了："我等你。"

"如果阿锟不回来，你可以考虑一下小彭。"

阿馨心里泛出一丝苦涩，稍稍离开小简的怀抱，说："婚姻大事，岂能儿戏。"

小简发现了阿馨微妙的变化：她心中有他的位置！他欣喜不已，却故意说："在茫茫人海里能找到一个知音很难。"

"小简，你为什么还不结婚？"

小简心想：明知故问。我的心里只有你，此次远行也全都为了你。我要挣足够的钱，好实现那个梦想。

小简说："在我实现梦想以前，我不会结婚的。"

"你的梦想是什么？"

"现在不能告诉你，只能说，我去省外工作也是为了实现这个梦想。"

"神神秘秘的，我也不想知道了。"

"阿馨，我不在的日子里，你要保重自己，不要让自己累倒了，不要生病。等我回来后，会送你一件大礼，这礼物我现在还没有能力送，要用很长的时间才能准备好。"

"什么礼物，根雕吗？"

"除了根雕你就想不出别的了吗？"

"衣服？"

"你缺衣服吗？我可以送你几柜子。"

"好吃的？"

"你馋了？我送几箩筐给你。"

"给一点提示嘛！"

"不行，还没有准备好。"

阿馨赌气说："不猜了，你爱送什么就送什么！"

"我不在的日子里，你可不可以去看望我妈和雁雁？"

"你不说我也会去的。"

"那我就放心了。"

"小简，你都三十三岁了，你妈妈不催你结婚吗？"

"我妈很开放的，结不结婚、要不要孩子，都由我自己决定。她说，我怎么活无关紧要，只要快乐就行。我想趁这几年靠自己的双手去闯天下，阿馨，将来你不会嫌我老吧？"

阿馨打了他一下，说："我的爸爸妈妈也很好，虽然为我的个人问题操心，但从来不逼迫我。我姐姐远嫁，几年都不回来一次，他们对我就难免溺爱些。"

小简把阿馨搂得更紧。一首舞曲终了，又响起轻快的快三步，他们接着跳下去。

小简附在阿馨耳边说："今晚之后，也不知道什么时候才能再跟你一起跳舞。今晚我要尽情地跳，尽情享受和你独处的时光。阿馨，陪着我，好吗？"

阿馨对快三步不熟，这一曲下来，她几乎是踩着小简的脚跳完的。他们回到座位，阿馨想到小简即将离她远去，心情十分低落。小简见阿馨无精打采，心想：怎么说才能让她振作起来呢？

两人都在沉思。一个男子走到阿馨面前，很有礼貌地问："小妹，可以请你跳舞吗？"

阿馨看看舞池里，只有几对人在跳——现在放的是探戈舞曲，有一定难度。

阿馨又看向那个男子，竟是赞飙掣！小简也愣住了：这小子真是阴魂不散啊！他霍地站起来，挡在赞飙掣和阿馨之间。

赞飙掣说："简哥，你别乱来，这可是舞厅啊。"

小简说："你还敢打阿馨的主意？"

赞飙掣说："我就想请阿馨跳个舞，没别的意思。"

一个穿鲜红色长裙的女子走过来，手搭上小简的肩膀，说："我请你跳个舞。"

小简一看，也是老熟人——谢娓莎！他更生气了，甩开她的手："你怎么来了？"

谢娓莎娇媚地笑了起来："我为什么不能来？这舞厅是你家开的吗？"

"请你不要在这儿捣乱！"

"我就想请你跳支舞，不可以吗？"

"我不愿意！"

"可我想和你跳。"谢娓莎说着又去拉小简的手。

小简掰开谢娓莎的手，说："别逼我动粗！"

"重色轻友的家伙，来跳舞也不叫上我，我们好歹也算朋友吧。"

"我说过没事就不要来往了！"

阿馨见赞飙掣还等着自己的答复，就说："对不起，我去方便一下。"

赞飙掣耸耸肩，去请别的女人跳舞了。小简和谢娓莎吵了半天，突然想起阿馨去卫生间这么久，怎么还不出来？他抛下谢娓莎，跑到女士卫生间门前，见有一个女人出来，就请她回去看阿馨还在不在。女人说卫生间里已经没有人了。小简慌了手脚，急忙跑出舞厅，站在门口四下张望，终于发现前方一个小小的婀娜身影。他拼命地追过去：目标，前方，跑啊……

离着几米远的时候，他大声叫："阿馨……"声音在夜色中传出很远。

阿馨听出是小简，她心里有气，也不停下脚步，直到小简跑过来拉住她的手。

小简说："你真狠心，扔下我一个人就跑了。"

阿馨说："你不是还有前女友陪着吗？"她讨厌这种纠缠不清的感情。

"你吃醋了？"

"没有！我为什么要吃醋？"

小简偷偷地笑，但还是郑重地向阿馨解释："我们已经断了，真的断了，我也没想到今晚会遇见她。"

"不用解释了，你欠的债你自己还。谢娓莎也是可怜，这么多年还和你纠缠不清。"

"是啊，我欠了债，却不是欠她的。有一笔债，我一辈子也还不清！"

"你欠了一辈子的债，所以要去省外躲起来，对吗？"

小简脉脉含情地看着阿馨："情是债，也是缘！阿馨，我总会回到你身边的。"

阿馨心里又苦又甜，一时说不出话来。小简转开话题，说："过几天，我们叫上小彭和阿莉，一起去黄金山玩玩，怎么样？"

阿馨来了兴致，说："真好！我们可以回 B 县看看，还可以叫阿木来接我们，他现在是司机了。"

"那里是我们的故乡啊。"

"可惜阿锟不能跟我们一起回去！"

"如果他还想念最心爱的姑娘，总有一天会回去的。"

阿馨摇摇头："不知道这辈子我们能否再见面。出门在外的人，谁能预测他的命运？"她看着小简，心里更加难过：这个胸怀像天空一样高远豁达的男子，最终也要离开了！

小简明白阿馨的心情：自己的远行会带走她的心、她的微笑。他说："阿馨，我走后，你要保重自己。如果有什么困难，就找我妈妈，我家的关系网还在，肯定能帮上忙的。你想我的时候，就写信给我，我马上回来看你。"

阿馨勉强一笑，说："谁有空想你呀！在外面好好做你的事吧，我也有很多事做的。"

漆黑的夜空突然降下千万条雨线，大地瞬间就被淋湿了。小简和阿馨都没带雨具，只能躲在街边的屋檐下，看路上的行人飞快奔走，越来越少，最后这一方天地中似乎只剩下了他俩。

雨点飘进檐下，沾湿了阿馨的漂亮裙子，溅上她的脸。小简怕她冷，站到了她的左前方，用高大的身躯帮她挡住裹着雨的风。阿馨紧挨着小简，看向那朦胧的雨夜，轻声说："雨越下越大了！"

"是啊！"

"雨要是下个不停怎么办？"

"我就一直陪你等到雨停。"

阿馨歉疚地说："今晚我本来想好好陪你跳舞的，中途却自己跑了，真对不起！"

"你能来我已经非常高兴了，还说什么对不起！"

一辆摩托车拐上人行道，直直向他们冲来。小简警惕地挡在阿馨身前。摩托车在他们面前停下，男骑手下了车，从尾箱里拿东西。小简和阿馨都紧张地注视着他，防备他有所举动。

那人把取出的东西递给小简，说："简哥，拿着！"他一出声就听出来了，是赞飙掣。

　　小简接过一看,是把折叠黑伞,于是说:"谢了!"阿馨也向他道谢。

　　赞飙掣说:"不用谢。路过时看见你们俩在这儿躲雨,怪可怜的,正好尾箱里还有一把伞,可以借给你们用。"

　　赞飙掣骑着摩托车走了。阿馨和小简共打一把伞回家。小简撑着伞,怕阿馨淋湿,就把伞往她那边倾斜。阿馨紧紧地挽着小简的手臂,几乎是靠在他身上。小小的伞下一对青年男女互相依偎,静听着雨点叮叮咚咚地敲打伞面。

　　阿馨说:"今天赞飙掣怎么这么好心?"

　　小简说:"他本质不坏,只是外表太不正经。"

　　阿馨看着眼前长长的人行道,她的黑色中跟皮鞋已经灌满了水,走起路来很不舒服。

　　阿馨停下来倒皮鞋里的水,小简左手撑着伞,右手扶着她,心想待会儿鞋里还会进水,就说:"我背你吧,你撑伞。"说着把伞递给阿馨,微微弯下腰。

　　阿馨说:"反正鞋已经湿了,就这样走吧。"她忽然想起还是小孩子的时候,在总场和阿锟一起玩耍,阿锟背着她,嘴里喊着"猪八戒背媳妇了",她直捶他的背,他就喊:"媳妇打猪八戒了!"

　　阿馨想着想着,咯咯地笑起来,那笑声伴随着雨声在夜色中回荡。小简问:"这三更半夜的,你自己笑什么?"

　　阿馨讲给小简听,他听了也哈哈大笑,说:"原来你把我当猪八戒了。"说着作势要打阿馨。阿馨打着伞跑,小简冒着雨追,不几步就搂住了她的肩,把伞抢过来自己撑着,两人笑个不停。

　　阿馨说:"你的衣服都湿了,快点回我家,先换上我爸爸的衣服吧。"

　　小简说:"还不是因为你不给我打伞挡雨,这下麻烦了吧?"

　　"是你先要打我的……"

　　雨伞下的两个人越靠越近。路灯昏昏暗暗,夜蒙蒙,雨蒙蒙,人蒙蒙。

一辆白色的小轿车风驰电掣地驶过他们身边，也不减速，激起一摊积水，水花四射，溅了阿馨一脸，裙子也湿了。小简大声骂："缺德！"

小简用手去擦阿馨脸上的水，越擦越湿漉漉的，原来是一颗颗晶莹的泪珠从阿馨的眼中滚落下来。他急忙问："阿馨，你怎么哭了？"

阿馨擦干了眼泪，说："我没哭！是雨点，雨太大了。"她真是舍不得小简啊！

小简明白阿馨的心事。自己这些年来的默默付出终于有了回报，他不介意再多等几天。雨渐渐停了，不用打伞了，但他仍然搂着阿馨的肩不放，阿馨也没有挣脱。

他们并肩走到阿馨家楼下，阿馨让小简上楼换件干衣服。小简说："不用了，已经快被体温烘干了。你快上楼吧。"

阿馨要看着小简先走，两人争执了几个回合，还是阿馨先上楼了。小简看着阿馨的背影消失在楼梯转角处，才心满意足地离开了。

阿馨其实只是躲在楼梯转角的地方，看到小简往外走，她又跑下楼，一直目送着小简的背影消失在夜色中……

重踏黄金山

上 阕

1992 年 8 月上旬，一个星期天早上，阿馨、小简、小彭和阿莉坐着阿木开的车去黄金山游玩。他们把车停在一所农舍旁，又一次踏上黄金山。这次他们每个人都背着个大背包，小简的背包是最大的，装着小铁铲、短锯等，要用来刨树根。

他们走上一条蜿蜒的小路，古树参天，灌木丛生，树缠藤，藤缠树，齐膝的绿草中盛开着五彩缤纷的野花。

天空像大海一样蓝，鸟儿自由自在地飞来飞去。站在山顶上远望山峦起伏，山下一大片绿色的田野。淙淙的流水声萦绕在耳边。七彩的大蝴蝶停在路边的叶片上，扇动着翅膀。

阿馨说："大自然真是美呀！"

大家在林间空地坐下休息。小简喝了几口水，就去找树根，阿馨他们也好奇地跟去看。

山腰上有一棵矮树，粗壮的枝条弯弯曲曲，是做根雕的好材料。小简见坡度不大，还有许多手腕粗的山藤可供攀缘，就小心翼翼地爬了下去。矮树旁有一块突出的大石块，几个人可以稳稳地站在上面。

山藤就像绳梯，阿馨也跟着爬下来。小简说："你下来做什么？我要刨这棵小树，花的时间会很长。"

阿馨说："我帮你一起挖。"

"这活很累的。"

"我觉得有意思。小时候，我也用树杈做弹弓玩。"

"哪有这么淘气的女孩！"

这棵小矮树根深叶茂，枝条散开，树冠能有一米，它的高度也只有一米左右。

阿馨说："小简，这棵小树长得这么好，就让它在这里静静生活吧，不要挖了，好吗？"

阿馨的善良和天真感染了小简，他收起工具，说："好吧，今天你救了这棵小树的命。"

小简摸了摸树干，发现小矮树后面的崖壁上有个洞口，里面黑咕隆咚的，就用电筒往里照。

小彭在头顶喊："阿馨，你在下面干什么？快上来。"

阿馨喊回去："你们快下来，这里有个山洞，能钻进去。"

阿莉叫道："里面有黄金吗？"

阿馨回答："不知道，快下来吧，一起进去看看。"

小简把挡在山洞外的树枝砍掉，洞口全部露了出来，能容一个成年人弯腰钻进去。

小彭、阿莉和阿木都下来了，站在大石头上。阿莉说："阿馨，你说里面会有黄金吗？"

小彭说："你个财迷。"

阿木说："阿馨姐，里面真的有黄金吗？"

阿馨说："你们都把童话故事当真了。有没有黄金，进去看看不就清楚了吗？"

小彭说："两个财迷。"

阿莉说："你不财迷，就在外面等着，有黄金我也能多拿一份。"

小彭说："我要进去保护阿馨。"

阿莉说："你书生一个，谁要你保护？人家有小简呢。"

阿馨说："阿莉、小彭，你们少吵几句行吗？"

小彭说："我一看到头脑简单的人就心烦。"

阿莉说："你才又痴又傻。"

阿馨摇摇头，见小简打着手电带头钻进去了，就紧跟着他。接着是小彭、阿莉，阿木断后。小简叫大家小心，一个紧跟一个，不要掉队。他们弯着腰走了大概十多米，终于可以站直了，小心地踩着脚下的乱石向前走。走着走着，阿莉踢中什么东西，大喊："哎哟！"

小彭问："阿莉，你捡到金子了？"

阿莉说："是啊，就是不分给你！"

他们又走了一阵，山洞变得宽敞起来，但是除了地上的乱石之外，空空如也。洞壁上渗着水，寒气逼人。小简用手电筒四下照照，看到乱石中有块巴掌大小的石头，上面有土黄色和深蓝色相间的花纹，就捡起来拿在手上。阿莉看见了，问："你不是把它当成黄金了吧？"

小简说："不是，我觉得它很漂亮，带回去雕一雕、磨一磨，就是一件艺术品了。"

阿馨说："我也喜欢石雕。有些石头有天然的石纹，也是很有趣味的。"

阿莉失望地叹气："山洞里哪有什么九缸金啊，故事都是骗人的。"

小彭说："只有幼儿园的孩子才会相信故事是真的！"

阿木说："这里真冷，快出去吧！"他一马当先，走在最前面，阿莉紧跟着，其次是小彭、阿馨，小简走在最后。小彭不断地提醒阿馨小心别踢到石头，阿莉听见了就骂他啰嗦。

他们出了洞口，拉着山藤攀回山顶，找到一块开阔的草地铺上塑料布，摆好饮料和面包、水果。阿木还带了一大袋炒花生，大家都剥来吃。

小简看着从山洞里捡来的石头出神。他走到清澈见底的山涧旁，把石头清洗得干干净净，石纹更清晰了。阿莉凑到他身边，说："小简，你翻来覆去拿着这破石头看，里面藏着黄金啊？"

小彭说："你整天黄金、黄金的，小心人为财死，鸟为食亡。"

阿莉呸了他一声，说："别乱说话。"

阿馨拿过石头看看，说："这块石头的黄色和蓝色配得好漂亮啊！你们看，这些细小的石纹像什么？"

阿莉看了半天也没看出个子丑寅卯，说："我看就是一块破石头。"

小彭把石头翻过来掉过去，也没看出什么名堂，说："嗯，像流水……石头不都是这样吗？"

阿木抛了抛它，说："拿来练准头还是可以的。"

阿馨拿回石头，指着一条较粗的纹路说："这条石纹是不是个小圆圈？"

大家说："是。"

"那这条细石纹是不是一个大圆圈？"

"对。"

"这个大圆圈像不像大肚皮？这个小圆圈像不像眼睛？还有这里，像不像一个人的鼻子？……"阿馨指着石纹娓娓道来，大家问阿馨：这块石头到底像什么？

阿馨说："像弥勒佛。"

大家围上去看，越看越像。阿馨说："石头上的花纹完全是天然的，没被人为加工过，这非常难得。"

阿莉问："这石头值多少钱？"

阿馨说："也许分文不值，也许是无价之宝。"

阿莉把石头抢过来掂掂，挺沉的，可别费劲巴力地拿回家，才发现是件垃圾，那可就惨了！

阿馨："有些东西在你手里分文不值，可拿给别人就是无价之宝。"

小彭："阿莉你要这块石头来干吗，用来砸人啊？"

阿莉作势要拿石头砸小彭，阿馨说："还给我吧，别拿来开玩笑，真砸出去就不好找回来了。"

阿馨把石头放进小简的背包。小简填饱了肚子，继续去挖树根。他找到一棵只有几片叶子的矮树，把它整棵挖出来，又拿出短锯锯掉多余的枝条。

小简做这些时，阿馨一直坐在旁边默默地注视他，两人的目光一旦接触，就同时微微一笑。

小彭看在眼里，心里很不是滋味。原以为阿锟离开后，自己稳操胜券，谁知小简也不简单，比阿锟更难应付。他走过去递给阿馨一瓶饮料，说："你还记得吗？我们第一次来黄金山，是跟阿锟一起来的，他还讲黄金山的传说给我们听。"

阿馨叹了一口气，说："是啊，可惜今天没有他。已经很长时间没有他的音信了，我每天都在思念他！"

小彭一眼都不眨地盯着阿馨，说："你真的很想他吗？"阿馨重重地点了下头。

阿木插嘴说："阿馨姐，小彭哥对你多好，你怎么就是不肯答应他呢？"

阿莉说："阿馨爱的不是小彭，是小简。"

阿馨说："阿莉你别乱说话。"

小简手脚不停，根本不理睬这几个人在说什么。

阿馨坐在树下，手持一支小小的笛子，吹起深沉凄婉的曲调。她微歪着头，纤细的手指在笛身上轻巧地一按一放，是那么灵活。小简放下手里的树根，痴迷地听着，笛声里有好多阿馨想说的话啊！

另外几个人也在倾听。阿木觉得曲子吹得的确好，不过听上去有些凄凉，阿馨姐肯定在想阿锟哥了。等阿馨吹完一曲，他问道："阿馨姐，你这笛子真漂亮，是在省城买的？"

阿馨说："不是，这是我家祖传的。小时候，我爸爸经常吹它，我觉得好听，就缠着他教我。它又小又轻，携带方便，我就经常带在身上，想吹时就拿出来。"

阿莉说:"阿馨,能不能吹一首欢快的曲子?"

阿馨说:"好啊。"笛声立刻变得活泼轻快,像翩翩起舞的蝴蝶,像声声啼啭的小鸟,像潺潺流淌的小溪。小彭根本无法把目光从阿馨身上移开。她真美啊!他有千言万语想对她说,可她愿意听吗?这些年他追得这样疲惫,几乎成了迷途羔羊,一颗心被痛苦折磨得粉碎,又被她的一个笑容聚拢,如此反反复复。他又看向小简,不得不望天长叹:自己能战胜这个强大的对手吗?

小简陶醉在优美的旋律中。这小小的竹管在阿馨手上竟然会发出这么美妙的声音,他怎么能不一天比一天更深爱这个女孩?

阿莉想:阿馨怎么会这么多花样?迷得男人团团转!

阿木想:阿馨姐真美啊!这么多年不见,她比以前更美,也更成熟了。阿锟哥怎么会抛下这样聪明漂亮的未婚妻不理呢?我要是有这样的老婆,即使只剩下一口饭,也要让给她吃,宁愿自己饿死。他想来想去,困惑地摇了摇头。

微风吹拂,小草飘飘摇摇,树叶在阳光下闪烁着金色的光芒。笛声在山峦间久久回荡,山谷和鸣。

阿馨吹完一曲,收好笛子,望着碧空和青山说:"这里太美了,真想就此留下来,不再回去喧嚣的城市。"

阿莉说:"住起来太不方便了,偶尔尽情地玩一天还行。"

小简说:"我和一帮朋友挖树根时,经常夜宿山上。"

阿莉说:"你们真浪漫!"

阿馨说:"人生在世,该潇洒时就潇洒!"

小彭说:"阿馨说得对,顾虑太多的人,哪能快乐得起来!"

阿莉说:"你就是阿馨的应声虫。"

阿木笑了,说:"阿莉姐,你的嘴巴还是这么厉害呀!"

阿莉说:"你个阿木,想找打啊?"

阿木说:"阿莉姐,你别打我,还是去打小彭哥吧!"

阿莉说："敢笑话我？看我怎么收拾你！"说着就追打阿木。两人绕树穿花，满山乱跑，洒下一串快活的笑声。

小彭摇摇头："这个阿莉啊，总是长不大，那么好斗！"

阿馨说："这才叫率真，不是很可爱吗？"

小彭说："我可受不了。我喜欢美丽、大方、温柔、善解人意、知书达理的女孩，我的父母也一样。阿馨，这些年我对你怎样，你心里都清楚！只要你点头，我明天就可以辞职，带你去国外生活。"他抓住阿馨的双手，"答应我吧，我对天发誓，这辈子只爱你一个人！"激动的他突然把阿馨拥进怀里，阿馨拼命挣脱，就是挣不开。

阿莉正好跑回来，一见小彭抱着阿馨不放，立刻冲过去捶了小彭一拳，叫道："你这流氓，放开阿馨！"她又打又扯，想把小彭拉开，小彭就是不放手。阿木愣愣地站在一旁，不知怎么办好。

小简上前用力扯开小彭，一巴掌打在他脸上。小彭被打醒，手足无措地呆立着。阿莉看到阿馨的神色惊恐万分，便对着小彭吼道："人家不爱你，你就动粗啊？真让我小瞧你！"

小彭冷静下来，看着阿馨被吓呆的样子很是心疼，说："阿馨，我错了，你狠狠打我几下出气吧！"

阿莉说："阿馨，别怕，有我呢，过去打他一巴掌！"

阿馨的心情很复杂，低垂着眼，没有说话。

小简想息事宁人，说："不早了，赶紧下山吧。"

上山容易下山难，阿木在前面走，阿莉跟着他，之后是小彭，最后是阿馨和小简。小简边走边嘱咐阿馨小心看路，阿馨说自己从小就爱爬山，让小简不用担心她。

小彭回头想看阿馨，一不小心脚底打滑，滚下了山。阿馨惊叫一声，小简的反应最快，立刻蹲低身子溜下山，去追小彭。

阿莉和阿木急忙回头，和阿馨互相牵扶着下了坡，看到小简已经扶小彭靠在一块大石头上。大家问小彭受没受伤，他说没有。阿馨眼尖，发现他的额头上有个碰伤的小口子，小简就从背包里拿出创可贴帮他贴上。

阿莉说："这么大的人了，走路还是不小心。"

阿馨说："下山时很容易滑倒的，没事就好。"

小彭试着站起来，差点又摔一跤，小简就在他身边，赶紧扶了他一把。

阿馨说："再休息一会儿吧，别急着起身。"

小彭看阿馨还愿意关心他，心里很高兴。

他们围坐在一起，阿莉抚摸着脚边的野花，说："刚才真的好险。小彭，万一你摔傻了、摔残了，我们可就倒霉了，要伺候你一辈子。"

小彭说："你真是个乌鸦嘴。"

阿馨说："你们俩见面就吵，上辈子究竟谁欠了谁的债？"

阿莉说："肯定是他欠了我！"

小彭说："那到现在也肯定还完了！"

阿木说："我看你们俩是互相欠债。"

休息得差不多了，小简扶着小彭慢慢下山，阿馨跟在他们后面。山坡很陡，乱石满地，杂草丛生，阿馨扶着一棵棵小树走，看到一棵小矮树上开满了粉红色的花朵，一只金黄色带斑点的大蝴蝶围着它轻盈飞舞，不由得看入了神，轻轻说："金黄蝴蝶你真美丽，为什么只有你自己飞，你的伙伴们呢？"蝴蝶扇动着翅膀，停在花朵上听阿馨讲话。

小简和小彭已经走出很长一段路了，小简一边走，一边头也不回地喊："阿馨你小心点，别踩空了。"

小彭说："你真够啰嗦的，这点山路难得倒阿馨吗？算了，你别扶我了，我一个男子汉用不着你，去照顾阿馨吧。"

他俩回头一看，阿馨不见了！阿莉和阿木就走在不远处，唯独不见了阿馨！

小简焦急地大声喊道："阿馨……阿馨……"四面的群山都跟着喊："阿馨……"

中　阕

　　小简又回头去找阿馨，草长，树多，石头多，藏一个人很容易的。他边找边喊，不停拨开那些一米多高的长草，心弦绷得紧紧的。刚刚阿馨还跟在他们后面，怎么一下子人就不见了呢？阿莉、阿木和小彭也在山坡上散开，各自搜寻呼唤。

　　小简绕过一丛灌木，眼前出现这样一幅美妙的画面：身穿淡绿色衣服的姑娘坐在岩石上，粉红色的花朵低低地垂到她的脸上、肩上，她正聚精会神地盯着一只落在花朵上的金黄色大蝴蝶。小简松了一口气，不忍破坏这静谧的气氛，便轻手轻脚走到阿馨身边，搂住她的肩。阿馨把手指放在嘴边，嘘了一声，让他别出声，小简于是就这么搂着她的肩，和她一起看蝴蝶。它怎么不飞啊？就像认识阿馨，在跟阿馨对话一样。

　　阿莉赶上来，看见小简搂着阿馨的肩，阿馨的头倚在小简身上，不由得愣住了。小彭看见这一幕，更是火冒三丈：小简你个伪君子，刚才还出手打我，现在居然自己在这儿揩油！

　　小彭对着小简就是一拳，嘴里还骂："你个坏种！"

　　小简莫名其妙挨了一拳，立刻反手抓住小彭，让他动弹不得。

　　蝴蝶被这一阵喧闹惊得飞走了，阿馨追着它，喊道："美丽的金蝴蝶，你要去哪里？"她忘记了满地的乱石，突然脚下一崴，"哎哟"一声摔倒了。

　　小简放开小彭，跑到阿馨身边。阿馨捂着膝盖，眼睛里泪光莹莹。小简轻轻卷起她的裤管，膝盖上碰伤了，还在流血。他从背包里拿出一小管药粉，把它倒在阿馨的膝盖上，再用绷带缠好，打了个结后用小剪刀剪断。阿馨含泪看着他。

　　这一连串的熟练动作把小彭看呆了，阿莉更是佩服得五体投地：小简是个真男人，靠得住！

最后赶到的阿木折了一棵小树给阿馨做拐杖，小简想扶阿馨，阿馨非要自己走。她因为膝盖疼痛，走得很慢，小简就在旁边陪着。小彭灰心丧气地跟在后面——他似乎已经在这场竞争中被淘汰出局了。

小简见阿馨走得太费力，就说："你走得太慢了，这样走到天黑也下不了山。"

阿馨说："我不怕天黑，晚上我也走过山路的。"

小简说："用不着，我背上你，大家都能快些。"

阿馨说："那我不是成了你的包袱吗？你身上还背着这么多东西呢。"

阿木听见他们的对话，就把小简和阿馨的背包都抢到自己手里。

小简微微弯下腰，说："快上来，这有什么好扭捏的。"他心想，就算要背阿馨一辈子，他也心甘情愿。

阿馨趴到小简宽厚的背上，想起了童年时阿锟背着她在田埂上奔跑的情景。他背着她边跑边喊："猪八戒背媳妇了！"也不看地上的石头，一不小心，两人都绊了一跤。阿馨想着想着，突然喊了一声："阿锟！"

小简愣了一下，停下脚步：阿馨分得清眼前是谁吗？

阿馨醒过神来，眼前的人不是阿锟，是小简，是给她力量和安全感的男人。她看见他脸上的汗直往下淌，就用手帮他擦。

阿馨说："我要下来走，看把你累的，汗流浃背的。"

小简拗不过阿馨，只能放下她，让她慢慢走，又把两个人的背包都从阿木那里拿回来，自己背着。

阿木说："阿馨姐，小简哥背着你走得快嘛！天黑了路可不好走。"

阿馨说："在山里长大的人，还怕晚上走山路？"

阿木说："你又不是在山里长大的，只不过是靠山而已。"

阿馨说："哎哟，几年不见，你还学会讲道理了！"

阿木说："对呀，你哪知道我这些年的变化！"

阿馨说："我知道你长大了，出息了。"

阿木说："阿馨姐，那你知不知道？小简哥曾是 B 县的风流才子呢。"

小简说："你胡说什么！"

阿馨说："阿木，过去的事就让它过去吧！我不管小简以前是什么人，只知道他现在是个绝顶的好人。"

小简说："对，看现在！"

阿莉在前面喊："阿馨，你们快一点。"

小彭坐在石头上等小简和阿馨。刚才他不想看小简背阿馨，所以一口气走到前面去了。眼下他既怪自己惊走了金色蝴蝶，害阿馨受伤，又觉得自己不如小简有男子气概，心情十分沮丧。

看到阿馨和小简走过来，小彭说："阿馨，我来扶你吧！"

阿馨说："现在膝盖不像刚才那么疼了，不用人扶。"

他们终于下了山，看到农舍旁边的汽车，阿莉欢呼一声。

小简说："阿莉，你去农舍问问，能不能让我们进去休息一下？我想再看看阿馨的伤口。"

阿莉说："我可不会和人打交道，小彭去问。"

小彭哼了一声，说："只会窝里横，见着外人就变鹌鹑。"说完就一马当先走了过去。

农舍是一排平房，用低矮的泥砖墙围住，院门敞开着。小彭径直走进院子里，喊道："有人在家吗？"

从屋里走出一位老伯，问他们有什么事。小彭说他们几个来山里玩，有个姑娘受了伤，想在这儿歇息一会儿。老伯觉得这个戴眼镜的男青年不像坏人，另外几个男男女女也很有礼貌，就同意了，还让妻子也出来招呼他们。

阿馨打量着这所农舍，一排五间平房，中间是正厅。院子里散落着许多稻草，三辆旧自行车东歪西倒地放着，院子四角分别是水井、牛棚、猪舍还有茅厕。

他们进到正厅，一张四方桌子周围有四条长凳，桌上摆着一大锅玉米稀饭。老伯殷勤地请他们吃稀饭，他们推辞不过，就一人吃了一碗。聊天时他们告诉老伯，他们是从省城来的，但都是 B 县人或在 B 县待过。老伯说难得碰上他们这帮从省城回来的小老乡，让他们多坐一会儿。小简又解开阿馨的绷带检查，已经不流血了。

阿馨东张西望，发现老伯家的米缸裂了一条大缝。老伯叹着气说："我的女儿远嫁，二儿子上山挖金又遇到意外死了，我们老两口日子都是凑合着过，哪有心情管米缸裂不裂缝。唉，我儿子他们在山上做工很辛苦的，都是为了子孙后代，想多挣点钱，为村里盖一间漂亮的小学，想不到啊，他最终没看到这一天！"

阿馨他们听了，都为老伯的儿子叹息，又说老伯和伯母真明事理。伯母拿出花生给他们吃，他们也不客气，就像在自己亲戚家做客一样，剥了满桌子花生皮。

正聊得热闹，一个中年男人走进正厅。他矮矮瘦瘦，皮肤黝黑，衣服脏兮兮的。老伯一见到他脸色就变了。

男人说："王老头，和人聊得这么开心啊？你儿子欠我的钱什么时候还？"他打量着这群年轻人，他们的穿着打扮明显跟这里的人不一样。最后他的视线停留在阿馨脸上——这么漂亮的女孩真是少见呢。

阿馨美丽的大眼睛里射出寒光，小简挡在阿馨前面，小彭怒视着男人，说："看什么看！"

男人说："王老头，你儿子居然认识这么靓的人，死了也值得啊！"

王老伯说："阿堂，你别乱来，这些可是省城来的客人，他们是来山里玩的。"

男人盯着阿馨说："小妹，你长得好靓，来跟哥过日子吧，保你穿金戴银。"

阿馨冷冷地瞪了他一眼，小彭怒视他："就你有钱啊？"

男人说："你有钱？你们是和王老头儿子一伙的吧，他儿子欠了我的钱，你来还吗？"他见小彭文文弱弱的，就上前推了他一把，小彭立刻还手，两个人扭在一起。小简上去助战，男人飞起脚踢他。阿木冲进战团中，三拳两脚就把几个人分开了。男人不由得心里发怵：这人可不一般，身上有功夫的。

男人看见屋角有一根木棒，拿过来就向小简扑去。阿馨离他最近，奋力扯住他的木棒，男人用力一推，阿馨就摔了一跤，撞到受伤的膝盖，伤口又流血了。

小简见阿馨摔倒，一脚踢掉男人手上的木棒，把他按在地上就是一顿拳脚，阿木也过来帮忙制住男人。

小简打够了，问男人："王老伯欠你多少钱？"

男人都快跪地求饶了，说："王老头儿子欠我一千块钱，他死了，子债总得父还吧。"

王老伯说："你胡说，我儿子从来没说过欠你的钱，你就是欺负我们老两口！"

阿莉说："人都死了，你还来欺负他的老父亲，你真坏！"

男人说："王老头儿子真的欠我的钱啊！"

小彭说："你有欠条吗？"

男人说："没有。"

小简说："没有欠条还敢来讨债！"

男人说："我信得过他，才没有要欠条。不还钱，这事就没完。"

小彭说："你真是个无赖！"

阿馨和小简商量："我们凑够一千元钱给他吧，免得他以后老来烦王老伯。"

小简说："只恨我们在省城，鞭长莫及，眼睁睁被这种无赖讹诈！"说着就掏钱。

小彭说："我俩一人出一半吧，其他人就别拿了。"

小简点点头，两人凑了一千元钱，让男人写了收条。

男人拿了钱正想走，两个年轻人扛着一口大缸进门，喊道："王老伯，我们帮你们买米缸来了。"

王老伯说："多谢你们，还惦记着我们老两口。"

两个年轻人见了那男人，就说："阿堂哥，你又来逼着王老伯还钱了？你摸着良心想一想，人家儿子在时对你有多好。人在做，天在看啊！"

小简说："王老伯，打扰你了，这是一百元，就算我们的饭钱吧！"

王老伯一个劲推辞，小简硬把钱塞在他手里，叫大家出门上车。

几个人刚走到车旁，那男人突然追出来，叫道："我想起来了，王老伯儿子没欠我的钱，你们把钱拿回去吧！"

小简回答："你替我们给王老伯吧。"

男人呆站在那儿，看着一行人上了车。汽车一阵轰鸣，扬起大团的灰尘，渐渐远去。

下　阕

一行五人离开了黄金山，向 B 县医院疾驶。到了县医院，他们挂了个急诊，等阿馨治疗完毕后，已是晚上九点，于是他们找了一家宾馆住下。阿馨和阿莉住一间，小简和小彭住一间。阿木回自己家。

阿馨和阿莉躺在床上聊天。阿莉说："阿馨，小简对你真好，你是不是也爱上小简了？"

阿馨说："我没有。"

阿莉说："我都看见了，在山上时，他搂着你的肩，你靠在他怀里，他还背你下山呢。"

阿馨说："如果是你受了伤，他也会背你的。别多说了，赶紧睡吧，明天一早还得回家呢。"

阿馨闭上眼睛，心里却在翻江倒海。等回到省城后，小简就要离开她，去省外生活工作了，他会像阿锟一样一去不复返吗？

小简和小彭也躺在床上，但谁都没有说话。

小简在心里默想，他不在省城这段时间，阿馨只能托付给小彭了，希望小彭不会再像今天这样发疯。他转头向旁边那张床看去，终于开口了："这段时间我要出趟长差，你照顾好阿馨。"因为不想大张旗鼓，他去省外发展的事只告诉了妈妈和阿馨，对其他人都保密。

小彭说："你出不出差，我都要照顾阿馨的。如果不是你介入，我们可能早就结婚了。"

"如果她愿意，我没有权利反对，一定会尊重她的选择。"

"我不会放弃的！"小彭心想：我爱了这么多年，等了这么多年，已经无法放弃了。

"小彭，你不觉得自己在浪费青春吗？这么多年过去了，她动摇过吗？她的心里只有阿锟。"小简很怕阿馨把他当作阿锟的替代品。在山上时，他背着她，她嘴里却叫着阿锟的名字。他想，自己不能操之过急，要耐心地等待阿馨在心里给他留出位置。

小彭哼了一声，翻过身去，没有回答小简。

第二天，他们回到了省城。

深深的爱

8 月下旬，阿馨还请假在家休息。从黄金山回来后，她的膝盖一直红肿发炎，每天都要去医院换药，小简就天天接送她。

早上七点半刚过，阿馨就准备好了，边看书边等待小简。

小简按时来接阿馨，和她的爸爸妈妈打过招呼后，又为她受伤而自责，说："都是我鼓动她去黄金山玩，害得她伤了膝盖，必须负责到底。"

阿馨爸说："哪能怪你，是她自己摔的。"

阿馨一瘸一拐地走出来，说："小简，我们走吧。"

小简扶着阿馨出门，走到楼梯口时，他说："阿馨，我背你！"

阿馨说："我可以自己走的。"

小简说："走到天黑吗？医院该下班了。"

两人都笑了。于是阿馨趴在小简的背上，小简小心翼翼地下了楼梯。

阿馨的爸爸妈妈一直站在门口看着他俩。阿馨妈说："小简这小伙子真不错，看来阿馨已经爱上他了。"

阿馨爸说："我看他也不错，阿馨还是很有眼光的，不愧是我的女儿！"

阿馨妈瞪了丈夫一眼，说："他为什么不向阿馨求婚呢？阿馨年龄都这么大了，看看阿莉，都有孩子了。"

"阿馨哪会轻易答应，毕竟都等了阿锟这么多年，说放下就能放下吗？"

"你个老头子还懂年轻人的心思？"

"阿锟和阿馨从小一块长大，两小无猜，这份感情是谁也不可能取代的。由着孩子们去吧，他们有他们的天地。"

"也对，我们只能做到不给他们添麻烦。"

"你能这么想就好。"

"只要阿馨能快乐，让我做什么都行。"

小简骑车带着阿馨，阿馨问："你不是说要去省外吗，怎么又没动静了？"

"你的伤还没好，我怎么能放心走呢？"

"你一定要去那么远的地方吗？"

"我要实现我的梦想啊！阿馨，你是舍不得我吗？那就和我一起去吧，我们携手闯荡天涯！"小简多么希望阿馨能陪在他身边，亲眼看到他成就一番事业。

"不行啊，我要留在家孝顺爸爸妈妈，他们只有我这个女儿在身边了，我要是也走了，他们怎么办？要是生病了，谁照顾他们？"

小简叹了口气，说："我不强求你，只是问问。"他心想：阿馨说得也对，她爸爸妈妈都老了，怎能离开女儿，我不能那么自私。唉，带不走阿馨的人，就带着她的一颗心走吧！

阿馨说："我在这里等你回来，此心不变，哪怕两鬓斑白。"

"是等阿锟还是等我？我还记得，有人在我背上喊阿锟！"

"你这人真小心眼，一直记到现在。那是我突然想起了小时候阿锟背我的情景。"

"明白，明白。阿馨，我一定尽早回来，不会让你等得望眼欲穿的。"

"我相信你。"

自行车轧到什么东西，颠簸了一下，阿馨下意识地抱住小简的腰，脸也顺势靠在小简的背上。小简心中一阵热潮滚过，怕惊扰阿馨，放慢了车速。

两人谁都不说话，沉浸在这心意相通的一刻。小简慢慢蹬着车，和阿馨相识以来的一幕幕场景从他脑海里掠过。他暗下决心，等他回来后，无论阿馨结没结婚，他都要为心爱的女人送上一份她意想不到的大礼。

一辆自行车突然撞了过来，阿馨反应很快，立刻跳下了车，膝盖都震痛了。小简扔下自行车去扶阿馨，发现她的膝盖又流血了，不由得大骂："你怎么骑车的？把人都撞飞了！"

那辆撞过来的自行车也摔在一边，骑车的人是个五十多岁的男子，坐在地上呻吟着。阿馨说："小简，我没事，你先把那位大叔扶起来吧。"

小简扶起那男子，说："你骑这么快做什么？我女朋友的腿都受伤了。"

男子大声喊道："是你撞我的！"

小简说："明明是你撞过来的，怎么睁眼说瞎话？"

有个围观的中年妇女对那男子说："你这人真无赖！明明是你撞上这对年轻人的。我亲眼看到，他俩的车骑得很慢，你骑飞车把人撞倒了。"

众人纷纷附和。

阿馨说："多谢大家。这位大叔也摔倒了，我们现在送他去医院拍片，没事就算了，如果有事，我们一定负责到底。大叔，这样可以吗？"

众人都说："这姑娘的膝盖还在流血呢，难为她还替别人着想。"

阿馨对小简说："你先送这位大叔去医院，我自己慢慢走过去。"

小简说："你还是在这儿等我吧，我很快就回来接你。"

一个三十多岁的男人走出围观的人群，对阿馨说："文阿姨，我开车送你去医院。"

阿馨一看，是自己班上男孩汉汉的爸爸，经常开车到幼儿园接送儿子的。阿馨谢了他，告诉小简自己先搭车去医院，让小简骑车带着男子过来。

阿馨下了车后，在医院门口等小简。小简到了后先扶阿馨去换药室，让她换好药就在这儿等着，然后他带那男子去拍片，做各种检查。医生说男子没什么大碍，开了些外用药。小简对男子说："今天的事算是告一段落，但如果我的女朋友有后遗症，我决不放过你！"

男子见高大威武的小简摆出这种架势，真有点后怕。他也知道是自己理亏，就说："小伙子，谢谢你出这么多钱给我做检查，你女朋友如果有事，咱们好商量，都好商量。"

小简去接阿馨，阿馨还在换药室门外坐着，今天病人太多，还没轮到她。小简陪着阿馨聊天，到她换药时，小简就扶她进去，自己在外面等着。

帮阿馨换药的女医生说："你丈夫真好，天天陪你来医院。我的丈夫可不管我这些事。"

阿馨说："因为你自己就是医生啊！"

女医生笑了，问："你的伤口明明都快愈合了，怎么又流血了？"

"刚才又摔了一跤。"

"要小心啊，膝盖受伤是很难治的。"

阿馨出了换药室，小简立刻上去搀扶。他见阿馨走得费力，就想背她，但阿馨觉得大庭广众之下太不好意思，小简只好陪着她慢慢走。

回到阿馨家楼下，小简说走来走去对伤口不好，硬要背阿馨上楼。阿馨见周围没人，就答应了。她趴在那坚实的脊背上，心想，小简要是不离开该有多好啊！

阿馨和小简开玩笑："你对我这么关心体贴，就是想让我的伤快点好，甩掉我这个大麻烦，好早点出去逍遥快活，对不对？"

小简笑着问："你现在不想阿锟了？"

"想啊！"

"那我当然得赶紧离开。"

"醋坛子！"阿馨说着就在他的背上打了几拳。

小简叫："再打两个人都得趴下。"

他越说，阿馨越打。等到阿馨停手了，他又说："怎么不打了？我正需要人捶背呢。"

阿馨说："才不上你的当。"脸不由自主地靠在他的背上。

到了阿馨家门口，正好阿馨的妈妈开门出来，招呼说："小简进屋坐坐吧。"

小简说自己还有事办，要先走，又叫阿馨多休息，少走动。阿馨站在门口看他下楼，阿馨妈在她身后说："这小伙子很懂礼数，下次要留他吃饭。"

阿馨进了屋，坐在厅里的阿馨爸说："小简这小伙子不错，阿馨，你不要错过啊！"

阿馨妈也说："是啊，阿馨，你们认识也很久了，没想过将来吗？"

阿馨说："我从小就认识阿锟，可是阿锟也走了啊！"她心里想：如果你们知道小简过一阵也要走了，又会说些什么？他们一个两个，都有自己的事业追求，我不能把他们拴在自己身边啊！

阿馨爸叹气："是啊，这都是说不准的。阿馨，你自己决定吧，爸妈不烦着你。"

阿馨说："你们是天下最好的爸爸妈妈，我怎么会嫌你们烦？感激还来不及呢。你们是我一辈子的好老师、好朋友。"

阿馨妈说："阿馨，你也是我的好女儿，爸妈相信你能处理好自己的感情。"

阿馨爸说："每个男人都有事业心，不会为了一个女人轻易放弃，女人只有紧紧跟随他，才不会被落在后面。"

阿馨说："如果一个女人要追求事业呢？"

阿馨妈说："她就会失去爱情。"

阿馨说："我是新时代的女青年，会有不一样的选择。"

阿馨爸说："那你就做新时代女青年该做的事，想追求事业，就去追求，这件事上不分男女！事业上的成就永远都不会辜负你！"

阿馨说："爸，谢谢你的理解和教导，我不会被感情打倒的。"

阿馨妈说："先吃饭吧，吃饱了饭才有力气追求，现在吃饭就是我们的事业。"

大家都哈哈大笑起来。

阿馨的膝盖已经痊愈了。一个星期天，早上十点钟，阿馨来到本市机场的候机室，送小简去 N 市。她站在明亮宽敞的候机室里，四处寻找那高大的身影。

怎么不见人？难道已经飞走了？阿馨的眼睛紧盯着过往的人，心想：莫非他不想跟我告别，就这么无声无息地离开了？找到一个志同道合的人多么不容易啊！我们本可以一同学习，一同探索人生，一同追求理想，现在却不得不分开。小简啊，你真的还会回到我身边吗？阿馨在候机室里徘徊，找不到那熟悉的人。她的心底翻起层层波澜，像失去了心爱的宝物一样痛苦。小简啊，快出现在我的视线中吧！

阿馨大声喊道："简艺根，你在哪里？"

旅客们都看阿馨，她毫不理会，又喊："简艺根，你在哪里？"

阿馨站在候机室最醒目的位置，好让小简看到她。今天出门时她还特意换上一件红色的衣服，让他容易发现。她心急地来回踱步，有时停下来，好擦掉眼泪。明明说好在这里见面的，小简为什么不守约？

小简其实早就到了候机室，他今天身穿枣红色的衬衣和黑色长裤，也是为了让阿馨能一眼看到他。可是，当阿馨穿着红衣服出现在他眼前时，他却胆怯了，一转身躲在柱子后面。他没有勇气见她，和她道别，她的眼神、她的微笑、她的泪水，足以拦阻住他出发的脚步。他真不该让她来送他！看见阿馨擦眼泪，他自己也在掉眼泪，真想跑过去拥抱她，告诉她他不走了。可是他不能，已经辞职的他没有退路了，只能向前闯。但是，他一定会回到她身边的！

看着阿馨眼眶中满溢的泪水，小简再也忍不住了。他必须再见她一面，和她正式道别，否则的话，他绝对熬不过今后日日夜夜的思念。

小简从柱子后冲了出去，一把抱住阿馨，阿馨哭得说不出话来。小简拥抱着她说："对不起！对不起！阿馨，我一定会回来的，你等着我！"

广播播出航班信息，催促小简他们这些乘客上飞机。阿馨和小简久久相拥，眼泪如同泉涌。小简吻着阿馨的脸，想吻干她的泪水，但泪水干了湿，湿了干，总是不断。

小简说："阿馨，你别哭了，我的心都裂开了！"

阿馨说："你去吧！我等你！你不会像阿锟那样一去不复返吧？"

"不会的，我一定尽快回来找你！"

"挣不到钱就算了，钱财是身外之物，只要人平安就好。"

小简吻别阿馨，走出几步又回头，大声喊："等我回来……"泪眼对着泪眼，两个人几乎抑制不住自己。小简脚步蹒跚地走向登机口，再也不敢回头。阿馨痴痴地站着，直到小简的身影彻底消失，才失魂落魄地往回走。她想，这一别，不知什么时候才能再见了！

阿馨走到候机室门口，突然听见有人叫她"文阿姨"，抬头一看，是汉汉爸爸，汉汉也在他身旁，乖乖地喊了一声："文阿姨好！"

阿馨说："汉汉好！汉汉爸爸，是来送朋友吗？"

汉汉爸爸说："对呀，朋友去北京玩，我来送他。文阿姨是送男朋友吧？我刚才看见你们了。你现在要回去吗？坐我们的车一起走吧。"

阿馨坐上汉汉爸爸的车，汉汉爸爸边开车边问："你男朋友是去出差吗？"

"是的。"

"什么时候办喜事啊？"

"我也不知道。"

汉汉爸爸转开话题，说："汉汉很喜欢你，说文阿姨可会讲故事了。有一天晚上十点钟了，他还说想找文阿姨讲故事，我说太晚了，爸爸讲给你听吧。"

"小孩子喜欢听故事，就多给他讲，让他从故事中收获知识。"

四岁的汉汉说："文阿姨，我看见那个叔叔在哭。"

"是吗？"

"我问他为什么哭，叔叔说，他想一个人，想得哭了。我说：你是想妈妈了吗？他说，他在想一个漂亮的大姐姐。"

"后来呢？"

"后来他就冲出去抱你了。"

汉汉爸爸说："你这臭小子，胡说什么！"

汉汉说："是真的！"

阿馨明白小简为什么不想见她，后来又跑出来。这世上没人比她更了解小简了。

汽车进了市区，开到一家餐馆前停下。汉汉爸爸说："文阿姨，和我们一起吃顿饭吧。"

阿馨说："不用了，我回家去吃。"

汉汉爸爸说："汉汉，你是不是肚子饿了？请文阿姨陪我们吃个饭吧。"

汉汉扯着阿馨的衣角，说："文阿姨，我们去吃饭吧，我一定听你的话，吃饭不捣乱。"

汉汉爸爸说："汉汉都求你了，请你吃一餐饭不会这么难吧？"

阿馨推辞不掉，只好答应了。她拉着汉汉的手进了餐馆，三人在一张圆桌旁坐下。汉汉爸爸问阿馨想点什么菜，阿馨说随便。汉汉爸爸于是点了一碟烧鸭、一碟炒牛肉、一碟炒猪肚、一锅鸡汤。他先盛一碗汤给阿馨，又盛给汉汉，最后才盛给自己。

阿馨说："不用点这么多菜的。"

汉汉爸爸说："好不容易请到文阿姨吃饭，当然要郑重些。汉汉，叫文阿姨吃菜。"

汉汉说："文阿姨吃菜。"还夹了一块鸡肉放到阿馨碗里。

阿馨说："汉汉真乖。"也夹给他一块牛肉。

汉汉爸爸看着这一幕，心里不禁微微波动：如果汉汉有一个这样的妈妈，该有多好啊！

汉汉爸爸说："你在幼儿园的工作是不是很忙？"

阿馨说:"我主要管保育这一块,就是带领小朋友们吃饭、午睡、如厕,培养幼儿的生活自理能力。"

"是不是很烦啊?我带一个小孩都心烦,更别说带这么多小孩了。"

"有烦恼,也有快乐。幼儿的世界特别单纯,复杂的是成人世界。"

"是啊,长大成人、工作、结婚成家、养育后代,烦恼就多了。"

"怎么没见过汉汉妈妈呢?"

"汉汉两岁时我们就离婚了,她跟一个男人跑了,汉汉是奶奶带大的。"

"没有妈妈的孩子真可怜!"

"这两年我又当爹又当娘,还好有我妈妈帮忙。"

"有没有想过给汉汉找个新妈妈?"

"得汉汉喜欢才行,要不就等汉汉长大了,我再考虑。"

"那就辛苦你了。养一个孩子非常不容易,管他吃,管他睡,还要负责教育他,如果教育不当,小孩子就容易走上岔路。"

"所以家里有个女人很重要。"

"父亲的角色也不可缺少啊。小孩子没有父亲,会变得自卑,没有自信。"

"我们小时候,哪有人在意这些,有的吃有的穿就不错了。小孩子都是散养,风一吹就长大了。"

"是啊,那时谁会花那么多时间培养孩子,质量上根本保证不了。"

"花了大力气教育又怎样?有些人学习好,学历也高,但人品差劲。我那老婆是大学本科毕业,却连自己的孩子都不要了。人都不会做,拿着张文凭有什么用?"

"所以要从幼儿开始就培养他们的品德啊。童年时不养成好习惯,长大了就难改了。比如有个小孩拿了幼儿园的玩具回家,他的爸爸妈妈不觉得孩子的行为不对,反而很高兴,夸他机灵。后来孩子上了小学,偷同学的笔、橡皮和本子,爸爸妈妈夸他知道给家里省钱。上到中学,他开始偷钱,被学校抓到开除了,爸爸妈妈这时才后悔,可是已经晚了。"

"所以不能轻易给汉汉找新妈妈，一定要找个爱孩子、能教育好孩子的。"

汉汉插嘴说："爸爸，我要有新妈妈了吗？"

汉汉爸爸说："你喜欢谁，就让谁做你的新妈妈，好不好？"

"我喜欢文阿姨。"

阿馨说："我也喜欢汉汉，因为我们是好朋友，对吗？"

汉汉说："对，我要和文阿姨做一辈子的好朋友。"

阿馨对汉汉爸爸说："好好培养汉汉，汉汉是个聪明的孩子。"

汉汉爸爸说："文阿姨，你的男朋友看起来很爱你。"

阿馨微笑着说："是的，我也希望能回报他同等的爱情。"

"他似乎要离开很长一段时间，或者是，他根本不打算回来了？"

"他要去省外工作，不知什么时候才能回来。我在这儿有爸爸妈妈，有工作，不能和他一起走。"

"那你还要等他吗？"

"他很爱护我、理解我，人生在世，难得遇见知音，我想我应该等他。我们都是文学爱好者，我从他那里学到很多，对我帮助很大。他现在去追求他的理想，我也要趁这段时间提高自己。"

"他那么年轻，耐得住孤身在外的寂寞吗？"

"那就得看他个人的修养和品性了。"

他们聊了很久才各自回家。

纠缠不清

1993 年 9 月上旬，一个星期天早上，阿馨去小彭宿舍找他。她轻轻敲门，听到里面传来一阵阵咳嗽声，就叫道："小彭开门，我是阿馨。"

门打开了，脸色苍白、头发乱七八糟的小彭出现在阿馨眼前，阿馨被吓了一跳，问："你怎么了？"

小彭有气无力地说："我生病了，感冒过后就咳嗽个不停。这几天我真正感到了孤独寂寞，又不能去找你，怕把病传染给你。我躺在床上想，你要是能来看我就好了，想不到你真的来了，我好高兴！阿馨，你要是再不来，说不定就看不到我了。"

阿馨说："胡说八道！亏得我把你当哥哥，以为能依靠你，结果一场小小的感冒就把你打倒了，比我这个妹妹还不如，可别让我看不起你！"

小彭说："我不是你的哥哥，我不在乎你看不看得起我，我在乎你爱不爱我！"说完又是一阵猛烈的咳嗽，脸上流露出悲伤的神色。

阿馨说："少说些话吧，都咳嗽成这样了。"她去冲了一杯蜜糖水给小彭，小彭握住她递杯子的手，她像触了电一样，立刻抽了回来，说："我出去买点瘦肉和青菜，熬粥给你喝。"

"我等你。"

"好，你等我。我就去附近买，很快回来。"

小彭躺回床上，一脸高兴的样子。阿馨想小彭真的很可怜，孤身在外，生了病也没人照顾。不像她，爸爸妈妈就在身边，真幸福啊！她又想起了阿锟，想起了小简，他们要是病了，身边有人照顾吗？

阿馨在菜市场买了一点瘦肉、一把青菜和几斤雪梨。回到小彭宿舍时，她发现房门是敞开的，心想刚才自己明明关了门的，难道又有人来探望小彭了？

阿馨走进客厅，喊道："小彭，我回来了！"卧室门也开着，只见一个背对她的短发女子正抱着小彭亲吻，小彭面朝阿馨这边，正好能看清他一脸惊愕不已的表情。阿馨拎着菜愣住了。

小彭想推开那女子，女子死死抱着他不放，嘴唇紧贴在他脸上，最后还一口把他的嘴唇咬出了血。小彭生气了，用力推开她，大声吼："你给我滚出去！"女子还是不走，小彭从床上跳起来，连推带搡地把她赶出大门，还砰的一声重重地关上了门。女子在门外喊："小彭，你会后悔的！"

小彭说："我后悔认识你，快滚吧！"

门外没有了声音。小彭见阿馨在厨房洗菜，就进去向她解释刚才那一幕，说那女子是他的同事，叫高日漫，平时两人常有工作上的往来，今天她借口来探他的病，谁知凑上来就亲。阿馨也不说话，默默地洗菜。小彭突然搂住她的腰，脸贴在她耳边，说："你吃醋了？"说着就想吻阿馨的脸颊，阿馨从水龙头下接了一捧水，泼在他的脸上，小彭急忙松手，阿馨咯咯笑了起来。

小彭说："你还笑？弄得我一脸水。"

阿馨说："快让开，我要煮稀饭。"转眼看见小彭流血的嘴唇，更是想笑。

小彭莫名其妙，问："有什么好笑的？"

阿馨让小彭坐在沙发上，自己去拿了一条毛巾，浸水后拧得半干，帮他敷嘴唇。阿馨边敷边笑，说："这是刚才那女的咬的吧？她想让你永远记住她，永远做你的噩梦。"

小彭生气地说："还笑！我又不爱她，如果跟她结婚，就是不道德的婚姻。"

"先婚后爱也是有的，过去都是包办婚姻，照样有很多美满幸福的夫妻。"

"那你先跟我结婚，再慢慢地爱上我。"

"你还是做我的哥哥吧，亲人之间的感情一样珍贵。"

"小简怎么这么长时间不见人，有出差这么久的吗？他还让我好好照顾你。阿馨，他去哪里了？"

"出差嘛，总是东跑西颠的，没个准地方。"

"都一年了，你不怕再等出第二个阿锟吗？我就不服气，我有什么比不上他们的，你说出来，我改还不行吗？阿锟读博士，我也能读。小简会写几篇文章、弄几个根雕，我也会写文章，至于根雕嘛，学学不就会了？"

阿馨笑着说："其实刚才那位高日漫跟你最合适了，两个人都喜欢强求。"

"阿馨，你爱过我吗，哪怕只有一瞬间？"

"小彭哥，不要那么幼稚了。还有，别在我身上浪费时间了，遇上好姑娘就赶紧结婚吧。"

小彭的心像泡在冰水里，又被寒风刮过，冻得缩成一团。

阿馨煮好肉稀饭，又用凉水镇着，好让它能快点入口。她把温度适宜的稀饭端给小彭，他却赌气不吃，阿馨盛起一勺送到他嘴边，他也不张口。

阿馨说："我这么辛苦做稀饭给你吃，你还生气，那我可要走了。"她见小彭被咬伤的嘴唇还有点肿，又流了点血，就去拿毛巾帮他擦，小彭顺势一把把她拉进怀里。

阿馨说："你再这样，我就真的走了！"

小彭放了手，缠着阿馨留下来陪他，又去帮阿馨盛了一碗稀饭。他只顾着看阿馨吃，自己却忘记吃，阿馨又催着他赶紧吃。

小彭让阿馨陪他一整天，因为他生病的时候很脆弱，特别害怕孤独。阿馨说："你吃完稀饭就去休息，别胡思乱想，休息好了病才好得快。你睡着了我就走，下午我还有事要办。"

小彭说："好吧，总比不陪强。说好了，我睡着了，做上梦了，你才能走。"

"你可不许耍心眼，设绊子。"

"我要是欺骗阿馨，天打雷劈，不得好死。"

"又在胡说八道了！"

两人正聊着天，一阵踢门声传来，有个女人喊："彭莱雄，你开门，我知道你屋里有个女人！"

小彭说："别理她，比阿莉还难缠。"

阿馨说："你桃花运很旺啊！"

"你一点都不吃醋吗？真让我伤心啊！"

"别挑花了眼，赶紧选一个定下来，我等着喝你的喜酒呢。"

"我的心里只有你一个。"

"我已经是个大龄女青年了，不要再考虑我。"

"大龄也好，老龄也罢，我不在乎那些。即使将来我跟别的姑娘结了婚，也只是安父母的心而已，绝不是爱情。"

门咚咚咚地响。

"开门，彭莱雄，你个胆小鬼，我这一辈子缠上你了！你开门，让我看看你的女人有多漂亮，能不能比得上我高日漫！你个懦夫，你开门，我知道你在里面！"

咚咚咚……

阿馨想去开门，小彭拉住她，说让高日漫随便喊，别去管她，喊够了她自然会走。

喊声和踢门声不断，邻居出来了，说："小高啊，小彭不在家，你别吵了，我们全家都不得安宁啊。"

高日漫说："他跟一个女人在里面鬼混！"

邻居说："小彭也没有结婚，他跟谁鬼混关你什么事！别闹了，大家都是一个单位的，闹起来多不好看。"

高日漫还在喊："彭莱雄，你给我出来，我跟你没完！"

阿馨说："你去开门吧，免得四邻都不得安宁。"

小彭说："开了门，她肯定死赖在这里不走，我俩就不得安宁了。"

"平时除了工作，你们俩还有交往吗？"

"我不理她，她经常来缠着我，走到哪儿跟到哪儿，比阿莉还麻烦。"

"怪不得你没有时间来找我了。"

"阿馨，你埋怨我不陪你？"

"我不是那意思！你快去寻找你的幸福吧，我举双手赞成。"

"她缠得我没办法脱身，我才没去找你。"

"不用盘算着脱身了，就选她吧，毕竟她是真爱你。趁着你还年轻，在男人最有魅力的时候赶紧结婚吧。"

"你还没结婚，我怎么能结婚！"

"你结了我就结。"

"你跟谁结婚？阿锟？他一去不复返！小简？人影都不见一个！只有我小彭在你身边，永远地守着你。阿馨，答应做我的妻子吧，别让那些女人再来烦我了。"

阿馨沉默着，小彭拉住她的手，说："阿馨，答应我吧！"伸手想去搂她，她身子一转，就躲过去了。

门外又喊了："彭莱雄，开门，你个混蛋！"

小彭说："你看，她还不走，真烦人。"

阿馨说："我去跟她谈。"

小彭说："别去，开了门更麻烦！"

　　门外终于安静了。阿馨想，女人的战争还是不要打起来的好，否则很难平息。她收拾碗筷，打扫卫生，一切搞利索后就说要走，小彭说："你还说等我睡着了才走，说话不算数！"

　　阿馨说："那你快睡觉，不然我真的走了。"

　　小彭洗漱完躺在床上，阿馨拉一张椅子坐在床边，拿着本杂志读。小彭还是不放心，喋喋不休地向她解释："阿馨，我跟高日漫真的没什么。你刚出去买菜，就有人敲门，我以为是你忘拿东西了，一开门却是她。她说我脸色太差，逼我回床上躺着，她就坐在我床边。开始我们只是聊天，后来她就扑过来抱我、亲我，还咬了我一口。"他说着摸了摸嘴唇。

　　阿馨一见小彭的嘴就想笑，这女人真是个狠角色，看来小彭是在劫难逃了。小彭看到阿馨笑，就坐起来把她往床上拉，阿馨一个劲挣脱，小彭却抱得更紧。

　　阿馨说："别让我恨你！"

　　小彭立刻松开手，阿馨站起来离开。等小彭反应过来追出门，阿馨已经骑着自行车走远了。他喊了一声："阿馨……"呆立在那里。

　　一阵清风拂过，小彭猛醒过来：他太对不起阿馨了！她带着柔情和关切来探望他，从语言到行动安慰他，为他足足忙了一上午，可他呢？只是忙着逼阿馨表态，不顾她的苦衷，太令她失望了！

　　阿馨骑车走出好远，心跳才渐渐慢下来。想起刚才小彭的表现，她心有余悸。小彭太激动了，太任性了，从总场一路走来到现在，她数不清原谅了他多少次。再这样来往下去，会不会很危险？他简直就是个大孩子，能成为她理想中成熟的伴侣吗？然而这个男人一直苦苦追求她，从未改变心意，在漫漫人生路上，自己还能遇到像他这样痴情的人吗？阿馨陷入了困惑，她的心不得安宁。

　　小简去省外已经有一年多了，他的来信积了一抽屉。在最近的来信里，他说他的目标还没有达到，让她继续等，爱是没有距离的，他一定会回到她的身边。还说他已经看到出版的《迷离》了，让她接着努力写第二本书，写完后寄来给他看。阿馨想，小简去省外打工的事还瞒着小彭，要不要告诉他呢？唉，还是别说了。

阿锟，她童年的朋友、初恋的情人，就这样一去不复返了，连一封信也不写回来，他是决意要忘记她了吗？等待不可怕，可怕的是无法沟通，不知道对方的心意，只在自己心底留下一片凄凉。阿锟英俊潇洒，富有个性和魅力，这样的小伙子，注定不可能只属于她一个人。这些年来，她真的想忘记他，却就是忘不掉！

不想了，让思绪随风而去吧！阿馨的身体和精神同样疲惫，慢悠悠地在马路上骑行。爱情如果能落地生根就好了，落到哪里都可以发芽，而眼下的她，只能待在原地接受爱之浪潮的洗礼，被灌了满口苦涩的滋味。

车轮撞上马路中间的一块砖头，阿馨躲闪不及，车头摇晃了几下，连人带车一起倒下了。

就在这时，小彭骑着自行车追来，一个急刹车停在阿馨身边，跳下车就去扶阿馨，一边焦急地问："伤着没有？"

阿馨愣住了，问道："你怎么来了？你应该在家好好休息呀。"

小彭说："我专程来向你道歉的，刚才太冲动了，对不起！对不起！请你原谅我！"他目不转睛地盯着阿馨，见她神情恍惚，非常心疼。

阿馨刚才摔跤时用右手撑了一下地，右手掌被磨破了皮。小彭握着她的手掌，连吹了好几口气，问："还痛不痛？痛不痛？"

阿馨觉得他的样子活像小孩，不由得笑了起来。小彭见她笑了，脸上露出喜悦的光芒。

阿馨说："不要紧的，我回去用冰敷敷就行。"

小彭说："我帮你敷。"

阿馨说："你还是回去休息吧，我自己能处理的。"

小彭正握着阿馨的右手说话，一辆红色的女式自行车突然停在他们身边，一个浓妆艳抹的女子冲过来，不由分说就给了阿馨狠狠的一耳光。

小彭二话没说，抬手就扇了那女子两耳光。女子捂着脸，指着小彭大骂："彭莱雄，你敢打我？就为这个女人？"

小彭说："别女人、女人的，阿馨是我的未婚妻，我心目中的女神，没有她我就活不下去。你算我什么人？你再动她一个手指头试试！"他说着，伸手去抚摸阿馨被打红的脸。女子气得直咬牙，抬手又想打阿馨，小彭死死抓住她的手腕，令她动弹不得。

小彭说："高日漫，你有没有羞耻之心？我就没见过你这么无赖的女人，还受过高等教育呢，简直像个泼妇！再不滚，别怪我不客气！"

阿馨摸着自己的脸，几乎想狠狠打回去，但看着高日漫状若疯癫的样子，又为她感到可悲。既然小彭已经帮自己打了这女子两耳光，看在同是女人的分上，就放她一马吧。

见小彭和高日漫还在纠缠不休，阿馨推上自行车就走，小彭急忙去追，走了几步，扭头恶狠狠地说："高日漫，你再追过来，别怪我动粗！"

高日漫站在原地，真的没敢再追上去。她没见过小彭为哪一个女人这么拼命，一副同归于尽的样子，可见他有多爱那女人。

小彭追上阿馨，内疚地说："阿馨，对不起，我也不知道她居然野蛮到这种程度，给你添麻烦了。"

阿馨说："不怪你，你的烦恼也不少。"

"阿馨，我们结婚吧，这样我可以更好地保护你，照顾你。"

阿馨沉默不语，小彭提心吊胆地等待着她的回答，过了一会儿，又说："我知道你现在等的是小简，可他究竟什么时候回来？不然你先和我结婚，等他回来，我就退出。"

小彭和阿馨并排骑着车，阿馨听到这句话就生气地打了小彭一拳，说："亏你想得出来！我是你们的礼品吗，送来送去的？"

小彭说："我不是这个意思。要不我们先领证，小简回来，我们就退证。"

阿馨差点被他逗笑了，说："你当这是小孩扮家家酒，说不玩就不玩了？结婚和离婚都是很郑重的事，不能拿来开玩笑。"

"那我们先在一起，不领证，想什么时候散伙就什么时候散伙，只要散伙前能天天跟你在一起就行。"

"你不是天天来找我吗？"

"我是说，我们天天住在一起。"

阿馨不说话了，小彭步步紧逼："答应我吧，阿馨。我们都不是小孩子了，这么多年来，我们彼此了解，互相帮助，共同进步。你放着眼前的人不要，去追求海市蜃楼，你觉得值得吗？"

阿馨仍然沉默着，小彭说："阿馨，回答我，别让我干着急。"

阿馨终于开口了，说："我回答不了你，因为不知道该怎么回答。"

小彭说："那就不用回答了，直接跟我回家，我爸爸妈妈给我置办了房子，里面什么都齐备，就缺一个女主人。"

阿馨不出声，小彭紧追不舍："我现在就去跟你爸爸妈妈说，我要娶你为妻。"

阿馨急忙说："谁同意你这样做了？让我考虑考虑。"

"你都考虑这么多年了，还没考虑清楚吗？要不这样，我再给你一年时间。如果小简一年内没回来，我们就结婚。如果小简回来了，我就主动退出，这样公平吗？"

"再说吧！"

"那就两年，两年足够了。可以吗？阿馨，答应我。"

见阿馨还是不点头，小彭说："再等五年？十年？算了，我服你了，就等一辈子吧！等到我们都是老太婆、老太公了，还领什么证，两个老人手牵手，互相扶持着在街头散步吧。"

阿馨咯咯地笑起来，小彭也哈哈大笑。

喜　宴

　　星期一下午，阿馨约好和小彭去看望小简的妈妈。她出了幼儿园，小彭已经在门口等她了，自行车篮里还放着一袋水果。

　　两人穿过宽阔的马路，马路两旁绿树成荫，下班的人成群结队，他们放慢了车速，直到骑进奶奶家的大院。

　　奶奶来开的门，见到他们非常高兴。阿馨一进客厅，就看见雁雁躺在长沙发上，额上敷着一块湿毛巾，脸蛋通红。奶奶给他们端上茶，解释说雁雁发高烧了，自己没精力带她去医院，只好用土办法降温了。雁雁迷迷糊糊地睁开眼，看到阿馨，立刻扑到她身上，喊道："文阿姨，我好想你呀！"说着就流出了眼泪。

　　阿馨安慰她："你已经是初中生了，不能动不动就掉眼泪。是人都会发烧，别害怕，没什么大不了。"又问奶奶："她爸爸妈妈不管吗？"

　　奶奶说："那两人啊，只顾自己，把个小孩丢给我老太婆管。好在就这一个，要是再多一个，我也管不过来了。"

　　小彭问："小简出差这么久，还不回来吗？"

　　奶奶一时嘴快，说："他已经辞职，去省外工作了。"

　　阿馨打岔说："奶奶，我们带雁雁去医院吧，请医生看看，开点药，病会好得快些。"

奶奶说："那太麻烦你们了。"

阿馨说："小简嘱咐过我照顾你们的。"

小彭说："是啊！小简什么时候能回来？"

奶奶说："这我可不知道了，得问阿馨。"

阿馨说："我也不知道他什么时候回来，他没告诉过我。别说那些了，我们先带雁雁去看病吧，雁雁吃过东西吗？"

奶奶说："吃过一碗面条。等你们回来，我再做饭。"

小彭搭着雁雁，和阿馨一起骑车到了医院。进了门诊大厅，阿馨扶雁雁，小彭去挂号交费。医生检查后开了药，又让雁雁留在医院输液，阿馨和小彭就陪着她。

晚上七点半钟，阿馨饿极了，小彭去附近的食品店买了蛋糕、面包和饮料，回到病房后，先递了一块蛋糕给雁雁，然后才给阿馨。阿馨接过蛋糕，大口大口地吃起来，小彭看得直心疼，叫她吃慢点，别噎着，心想：这个善良的姑娘啊，为了别人的事，自己连饭都顾不得吃。

阿馨吃完了蛋糕，又拿起一个面包，就着饮料狼吞虎咽。见小彭一直盯着，她不好意思地笑了笑。小彭怕她尴尬，就转开目光，去和雁雁搭话："雁雁，你小叔去哪里工作了？"

雁雁说她也不知道，小叔只是告诉她，自己要去很远的地方挣钱，挣很多的钱。

阿馨问："雁雁，你小叔说没说过挣了钱要做什么？"

小彭问："是挣了钱好跟文阿姨结婚吗？"

阿馨瞪他一眼："别跟孩子胡说。"

想不到雁雁毫不犹豫地回答："是，他要挣很多的钱，帮文阿姨开书馆。"

阿馨一惊，说："你听谁说的？小孩子可不能撒谎。"

雁雁说："我没骗人，是奶奶说的。她说小叔爱上了文阿姨，要出去挣大钱，给文阿姨办书馆，让文阿姨高兴。"

小彭问："你小叔说过要跟文阿姨结婚吗？"

雁雁想了想，说："我没听见，我只听见他跟奶奶说，他爱文阿姨。"

阿馨扯了扯小彭的手，说："小彭，别问小孩子这些问题！"

小彭不理她，接着问雁雁："那你奶奶说什么了？"

雁雁说："奶奶说，文阿姨那么漂亮，不会等小叔的。小叔说，文阿姨一定会等他回来。奶奶还说，文阿姨有小彭叔叔陪着，小叔不要插在中间，赶紧放手吧，傻儿子。"最后三个字雁雁是模仿奶奶的口吻，阿馨和小彭尽管满怀心事，也被她逗得笑了出来。

小彭忍住笑说："那你小叔愿意放手吗？"

雁雁说："小叔说：'妈，我爱阿馨，我决不放手。'"

雁雁把小简的腔调模仿得惟妙惟肖，小彭和阿馨忍不住笑。雁雁仍是一本正经，说："小叔就是这样回答的。"

小彭说："你奶奶不给你小叔钱吗？"

雁雁说："小叔说靠自己勤劳的双手挣钱才光荣。"

阿馨说："你小叔说得对。"

小彭说："你小叔说过什么时候回家吗？"

雁雁说："这我可不知道了。"

阿馨说："小彭，别再问了，小孩子说的你也信？"

雁雁说："我不骗人的。"

小彭笑着说："雁雁乖，我们相信你。"

雁雁很开心地笑了。小孩子生了病，却还是这么精神，阿馨真是佩服。

一个男人走过来，问："文阿姨，谁的孩子生病了？"

阿馨一看，是汉汉爸爸，就回答说："是我以前班上的孩子，爸爸妈妈太忙，没时间陪孩子看病，我正好有空，来陪陪她。你是为谁来的？"

汉汉爸爸说："我陪汉汉奶奶来打吊针。这位是你男朋友吗？"

阿馨说："是啊，这是小彭。小彭，这是我班上孩子汉汉的爸爸。"

两个男人打过招呼，阿馨说："汉汉爸爸，星期天有空吗？带上汉汉和我们一起去绿湖公园玩吧。"

汉汉爸爸说："好啊，好久没去过了。"

阿馨说："我和一个女同事去，她离婚了，带着一个三岁的女孩，你们可以认识认识。"

汉汉爸爸说："可以的，星期天上午十点钟，绿湖公园门口见。"

阿馨说："一言为定。"

汉汉爸爸走后，小彭问阿馨是什么意思。阿馨说，她想帮阿莉介绍对象，觉得汉汉爸爸人还不错。

小彭说："外表还可以，不知人品怎样。"

阿馨说："他妻子跟人跑了，他和他妈妈带孩子，对孩子很好。"

小彭说："我怎么觉得他在打你的主意，你们很聊得来嘛！"

阿馨说："别胡说，也就是他来接孩子的时候聊聊天。"

雁雁问："文阿姨，星期天我能跟你们去公园吗？"

阿馨说："好啊，我们去接你。"

雁雁很高兴，她告诉阿馨，自从小叔去省外后，就没人带她去公园玩了。

小彭说："我也很久没去过公园了，星期天我也要去。"

雁雁说："真是太好了，有这么多人和我一起玩！"

阿馨说："是啊，朋友们在一起总是格外快乐！"

雁雁输完液，已经是晚上八点多钟了。阿馨和小彭把雁雁送回家，跟奶奶说好星期天带雁雁去公园玩。奶奶要给他们做饭，阿馨和小彭说太晚了，他们回家去吃。

出了大院门口，小彭说："我们去阿壮的餐馆找点吃的。"阿馨欣然同意。一路上小彭总想把手搭到阿馨的肩上，阿馨就把自行车骑开点，小彭又凑过去。两辆自行车歪来歪去的，阿馨生怕撞车，一个劲叫小彭离她远点。

　　他们到了壮大餐馆，发现今天这里很热闹，张灯结彩的，好像有人在办喜事。

　　小彭和阿馨向餐馆里面张望，找不到阿壮。这时，从餐馆里走出一个六十多岁的男人，上下打量着阿馨，突然大叫一声："阿馨！"

　　阿馨也叫道："D主任！"

　　D主任说："这么巧，今天我儿子结婚，就是上次说要介绍给你的那个。快进来喝杯喜酒。"他又看看小彭，说："你男朋友？真不错。"

　　小彭说："D主任好，叫我小彭就行了。我听阿馨说起过你，谢谢你对阿馨的照顾。"他掏出一百元钱给D主任，算是份子钱。D主任稍稍推辞后就收下了。

　　D主任把阿馨和小彭介绍给新郎、新娘，说阿馨是当初店里最漂亮的姑娘。新郎仔细打量阿馨，女孩的眼睛又大又亮，睫毛又长又卷，她的红唇轻轻一翘，差点勾走人的魂，真是太漂亮了。爸爸说曾经想把这个姑娘介绍给他，怎么就没成功？

　　阿馨见新郎一眼都不眨地盯着她，很不好意思地垂下眼帘。D主任见他儿子定定地看着阿馨，赶紧叫阿馨和小彭入座。阿馨说他们要先去跟阿壮打声招呼，就拉着小彭去了厨房。

　　阿壮正在厨房里忙得热火朝天，看见他俩来了，赶紧把他俩让进雅座，又叫林苹湖一块陪着。

　　阿馨说："阿壮，想不到D主任把儿子的结婚喜宴摆在这里，他对你真不错。"

　　阿壮说："你快点和小彭结婚，也来照顾我的生意。"

　　小彭搂着阿馨的肩说："听见了吗？我们快点结婚，省得人家色眯眯地看着你。刚才我真想上去揍新郎一拳，但忍住了。如果小简在的话，新郎肯定挨揍。"

　　阿馨推他，说："还没喝酒呢，就开始说醉话，今晚你还想睡在这里吗？"

小彭把她往怀里拉，说："有你陪着，怕什么！阿壮，拿酒来！"

阿馨掰开他的手，说："你要是喝醉了，我真的扔你在这儿不管。"

小彭还是紧贴在阿馨身上，说："我保证少喝一点，夫人。"

阿馨说："你正经一点，大庭广众的。"

阿壮说："我们什么都没看见。"

小彭说："听见没有？"他吻一下阿馨的脸颊，阿馨赶紧躲开他。

林苹湖说："阿馨，赶紧结婚吧，小彭都等不及了。"

小彭说："是啊，我真的等不及了，看到这场喜宴，我的心火烧火燎的。阿馨，今天大家都高兴，和我喝杯交杯酒吧？"

林苹湖也撺掇："是啊，沾沾喜气。"

小彭说："阿馨，为了我们多年的友情，干杯！让我们记住这个快乐的夜晚！"

阿馨不想扫大家的兴，勉强和小彭喝了一杯交杯酒。小彭又要喝第二杯，阿馨拒绝了，他自己一口干掉。阿馨见他喝个不停，怕他酒后乱性，假装生气地说："你个酒鬼，再喝下去，我真的扔你在这儿，自己走了！"

小彭乖乖地放下酒杯，阿馨盛了一碗汤让他醒酒，他大口大口地喝着，一双眼就在阿馨身上打转。

阿壮劝说："阿馨，你就答应小彭吧，你们年龄都不小了。"

林苹湖也说："阿馨，遇到一个好男人不容易，小彭追你这么多年，对你这么痴情，你真幸运。"

小彭几次三番想亲阿馨，都被她躲开。他趁着她和阿壮、林苹湖聊天，没注意到他的时候，又连喝了几杯，终于醉倒了，嘴里不停地喊："阿馨，我们结婚吧！"

阿馨叹口气，说："又醉了。阿壮，今晚他又得在你这里睡沙发了。"

阿壮说："阿馨，你为什么就是不答应小彭？阿锟走了，小简也走了，只有小彭还守在你身边，你应该珍惜。要是连小彭都走了，你会更痛苦。"

　　小彭醉得像一摊泥，阿壮把他扶进办公室，让他睡在沙发上。晚上十点多钟，喜宴散了，小彭依然沉睡不醒。阿壮拿来一小瓶药，让阿馨给小彭闻一下，他自己去厨房做醒酒茶。

　　阿馨接过来打开盖子，一股刺鼻的味道扑面而来。她把药瓶放在小彭的鼻孔下，小彭打个喷嚏，睁开了眼睛。

　　小彭一醒来就想拉阿馨的手，阿馨推开他，给他喝阿壮端来的醒酒茶。小彭一口气喝完，过了一会儿，摇摇晃晃地去卫生间吐了个够，终于清醒了。

　　小彭问阿馨："我又喝醉了是吗？"

　　阿馨说："是，说了很多醉话。"

　　"我说什么了？"

　　阿馨不语。小彭说："我一定是说：阿馨，我们结婚吧！"

　　阿馨的脸红了，说："你到底是真醉还是假醉？"

　　"不管我是醉了还是清醒着，心里想的都是这一件事。阿馨，我们结婚吧！"

　　"真应该扔你在这儿不管。喜宴都散了，我们也走吧。"

　　阿壮插嘴说："阿馨，尽快结婚吧，记住，来我们餐馆请喜酒，我给你打五折。"

　　阿馨说："你先赚别人的钱吧，我的还早着呢。"

　　小彭说："明天吧，越快越好，免得夜长梦多。"

　　阿馨眨眨眼睛，说："明天你结婚？恭喜恭喜，新娘是谁啊？"

　　小彭说："明知故问。"

　　阿壮拿给小彭和阿馨不少水果，阿馨让小彭多吃点，可以醒酒。小彭还是反反复复说结婚的话题，阿馨听烦了，就说："我不嫁给酒鬼！"

　　小彭说："我改，保证以后不喝酒了。"

　　"你一喝酒就醉，以后肯定败在酒上。"

　　"你一直不答应我，我心里痛苦，才会喝酒的。"

"你喝醉了就乱说话，别的女人听到了答应你，看你怎么办！"

小彭坚持送阿馨到了她家大院。临分手时，他突然抱住她，道歉说："阿馨，今晚我乱说话了，对不起！"

阿馨看着小彭逐渐消失的背影，思绪万千……

绿湖相亲

1993 年 10 月 1 日，上午十点钟，阿馨、小彭和雁雁，阿莉和小夏果，汉汉和他爸爸，一行人在绿湖公园门口会合了。今天是节日，公园人特别多。

阿馨把阿莉介绍给汉汉爸爸。她已经对阿莉说过这件事，阿莉也答应试一试，如果合适就发展下去。阿莉说，自己带着一个孩子，也没有什么本钱挑了。

汉汉爸爸打量阿莉，相貌还不错，性格要等接触以后再发现。阿莉觉得汉汉爸爸长相一般，人倒还热情，但就是缺点什么，引不起她的兴趣。她想，先了解了解再说吧。

他们进了公园，雁雁在园里的路上又蹦又跳，高兴地唱着歌，两个小朋友跟着她闹，三个人玩得不亦乐乎。

雁雁突然跑过来拉住阿馨的手，说："文阿姨，我今天真高兴！"汉汉看见了，有样学样地拉住阿馨的另一只手。小夏果没有手可拉，就贴在阿馨的腿上要她抱。

小彭给阿馨解围，对小夏果说："过来，叔叔抱你。"阿莉也说："去跟彭叔叔玩。"小夏果乖乖地跑到小彭身边，小彭一把抱起了她。

阿莉的目光追随着小彭，这个她追求多年的男人，在她心里永远占据着一个位置。

小彭逗得小夏果咯咯地笑，心里想，这么可爱的孩子，如果他和阿馨也能生一个，该有多好啊！阿馨看在眼里，心里既高兴又难过：小彭真爱孩子啊，却在她身上浪费了这么多年，弄得膝下空空。

汉汉还拉着阿馨的手，说："文阿姨，小妹妹好可爱啊！"

阿馨问："你喜欢小妹妹吗？"

"喜欢！"

"要是她去你家，你会欺负她吗？"

"我是好孩子，不欺负别的小朋友！"

"真乖，去跟小妹妹玩吧。"

三个孩子聚在一起，小彭带着他们爬高蹦低，玩得十分开心，就像是幼儿园的大班孩子和小班孩子混在一起。阿馨见阿莉的眼睛一直在小彭身上打转，就知道她的心里还有他。

汉汉爸爸说："文阿姨，你的男朋友真喜欢孩子，是受你影响吧？"

阿莉投来不解的眼神，阿馨也不好解释，只能含糊地回答："是吧。"

汉汉爸爸说："找个爱小孩的男人是对的。"

阿馨说："是啊。"

阿莉忍不住了，说："小彭是个好男人，他追求阿馨很多年了。"

汉汉爸爸说："看得出来，他很爱文阿姨。"心里想，那次在机场遇见的男人又是谁？好像和阿馨的关系也不一般。嗨，这么漂亮温柔的女孩，肯定不止一个追求者。

大人们顺着孩子的意，一行人向欢乐园进军。小彭看见公园里有卖气球的，给三个孩子一人买了一个，汉汉和小夏果高兴得直拍手。在欢乐园，孩子们坐了电动火车，又坐了海盗船，玩了一项又一项，根本不肯停手。

阿馨坐在树下的长条石凳上歇息，小彭见汉汉爸爸和阿莉都去看孩子玩了，就坐到阿馨旁边，手搭在阿馨的肩上。他盯着阿馨侧脸的美妙轮廓，刚想亲下去，雁雁跑过来叫他："小彭叔叔跟我去玩！"把他拉走了。

阿馨说："去吧，好好玩，玩够了再回家，别急啊！"

小彭频频回头："阿馨，快点过来一起玩。"

阿馨说："我是文阿姨，要看着小朋友们做游戏，不能光顾自己玩。"

雁雁说："小彭叔叔，我们去坐大风车吧。"硬把他拖走了。

阿馨看过去，阿莉和小夏果在玩遥控汽车，汉汉爸爸带着儿子跟她们在一起。阿馨心想：阿莉似乎不怎么满意，汉汉爸爸还是积极的。唉，阿莉的心里还是忘不了小彭，大家本来是好朋友，却被感情的事搞得都不开心。这错综复杂的爱情之网啊，谁都没有放过，一网打尽。

阿锟的影子已经淡了，现在阿馨在等小简，却总也等不来，身边的小彭又紧催着她结婚，都快失控了。小简说过，即使阿馨跟小彭结婚，自己也不怪她，会继续爱她到老。可阿馨不想就这么放弃，她还想为小简坚持下去。

阿莉带着小夏果坐到阿馨身边，说："阿馨，我刚才看见你和小彭了，如果雁雁不过来，你们会做什么呢？阿锟走了，小简走了，现在只剩下小彭在你身边，阿馨，你就答应他吧。"

"我也看到你望着小彭时的眼神，你不吃醋吗？"

"我高兴还来不及呢。我们是好姐妹嘛，姐姐得不到，妹妹得到了，不也是一桩好事，难道等着让别人抢走吗？小彭是个优秀的男人，如果我没结婚、没孩子，一定下死劲追他，可是现在拖着小夏果，我自知已经没资格了。阿馨，小彭为什么就不爱我呢？他明知道你爱的是阿锟和小简，还不放手，拼命地追，他傻啊？"

"也许是因为得不到的才更有魅力，更吸引人，如果得到了，就黯然无光了。"

"这段时间小彭看你的眼神真可怕，好像要把你吃掉，你可要小心一点，想清楚了再答应他，别让自己后悔！"

"你胡说什么！"

"我可是过来人，听我的没错。"

雁雁玩累了，小彭让她歇一会儿，自己走过来问："阿莉，你又在讲我什么坏话？"

阿莉说："小彭，你可不许欺负阿馨，否则我不会放过你的。"

小彭说："我爱她还不够，哪敢欺负呢。"他趁阿馨不备，突然在她的脸颊上亲了一口，羞得她满脸通红。

阿莉追着小彭打，小夏果跟着妈妈跑，小彭怕小夏果摔倒，于是停下脚步，耐心向阿莉解释："我真的很爱阿馨的。现在阿锟和小简都走了，我想好好照顾她。"

阿莉说："你们没结婚前，你不许碰她！我们现在还是兄弟姐妹，不能做对不起姐妹的事！"

小彭举手发誓："我绝不会做对不起姐妹的事，你放心吧！"

小夏果跑来要小彭抱，小彭抱着她去买了点蛋卷之类的零食，分给三个孩子。雁雁又带着汉汉和小夏果在草地上抛飞碟，大人们就围坐在草地上聊天。

阿莉说："时间过得真快，我还记得雁雁在幼儿园时的情景，一晃她已经是初中生了。我的青春糊里糊涂的就过去了。"

阿馨说："青春宝贵，我希望自己没有虚度。"

小彭说："人们向往青春，希望青春常在，可惜快乐的时光总是走得飞快。"

汉汉爸爸说："有的青春会给人愉快温暖的回忆。"

阿馨说："有些人的青春是创造奇迹的基石，有些人的青春是成功之路的开端。"

汉汉爸爸说："也有的青春充满黑暗，甚至罪恶，给自己和别人带来了无穷的痛苦。"

阿莉说："我为自己流逝的青春叹息。当初，我怀着悲观和失望的心情到幼儿园当阿姨，看到将成为我同伴的拖把、扫把、毛巾，我迷惘了。

琐碎的事务让我头疼，忙碌的劳作让我疲累，我真想哭。"

汉汉爸爸说："你们的工作真辛苦。"

阿莉说："辛苦还不被理解，有时甚至被误会。"

阿馨说："每天上下班的路上，我都路过一片荷塘，在碧绿的荷叶丛中，有一朵洁白的荷花亭亭玉立，是那么迷人。我停下自行车，对着荷塘喊：美丽的荷花，你的青春就在荷塘里度过吗？荷花随风而摆，似乎在说：我出自淤泥，却能一尘不染。我们在这纷杂的人世间，要自己书写自己的青春，不要空叹，不要虚掷。"

汉汉爸爸说："文阿姨，你好有文采啊！我的青春在无聊中度过，没有什么抱负和理想，每天用最平庸的方式生活，也就是吃好、穿好、住好，所谓'三好'青春。"

阿馨说："平凡也是一种美。"

小彭说："是啊，大多数人的青春都是平凡的。"他看着阿馨，她就是那出淤泥而不染的荷花。

阿馨说："我们的青春都即将消逝，今后的日子里，我们要诚实地生活，不管是工作事业，还是感情家庭。"

汉汉爸爸说："是啊，我有个男同事，就因为他的女朋友不诚实，最终分手。"

阿莉问："怎么回事？"

汉汉爸爸说："有一次他们去公园，女朋友突然昏倒了。男同事问她病因，她说自己也不知道。后来女朋友时不时就发一次病晕倒，男同事一再追问，她闭口不言。最后他们就分手了，男同事说女朋友不诚实，欺骗他。"

小彭说："你是过来人，有经验了。"

汉汉爸爸说："是啊，遇上文阿姨这样的好姑娘很难，小彭你要珍惜呀！男人娶到好老婆会幸福一生，如果娶到一个恶婆娘，一辈子就毁了。"

小彭说："所以我一直追了这么多年，决不放手。"

阿馨说："光追没用，还得有责任心。有个孩子的妈妈告诉我，她丈夫原本就经常出差，自从她生了女儿，更是不想回家了。女儿一天到晚叫爸爸，那声音令人心酸，可惜她的爸爸听不到。她爸爸不爱她，因为她是女孩，他还给孩子妈妈写信，说家庭只会给人带来不幸。孩子妈妈伤心落泪，却仍然真诚地爱着他，希望他能回头。可他的这种心理根深蒂固，总是流露出结婚拖累别人也拖累自己的意思，说婚姻是个错误，家庭是种负担。总而言之，他缺乏男子汉应有的气概。

"每次她老公出差，她心里明明很难过，想拉着他让他别走，可是为了不影响他的情绪，她还是强忍住泪水，故作轻松地说：你走吧！八月十五中秋节那天，他也没回家，把妻子和女儿都抛在脑后，她非常伤心，但碰到这样一个没有责任心的丈夫，她也没有办法。她对我说，即使这段婚姻最终瓦解了，她也不会再婚，因为她已经是个母亲了，要为女儿考虑。

"女人能嫁给一个始终爱她的丈夫，是她生命中最幸运的事。丈夫应该是妻子心中的一盏灯，一盏明亮的灯，无论他在哪里，这盏灯都能照亮妻子的心。"

汉汉爸爸说："这个男人太没有责任心了，真想揍他一顿！"

阿莉说："还有一些男人只是把女人当成生育的工具，同样可恶。"

阿馨说："是啊，夫妻之间的爱应该是最深沉、最真挚的，却被缺乏责任感的男人破坏了，痛苦的是女人和孩子。"

雁雁跑过来说："文阿姨，我们饿了。"

汉汉爸爸说："附近有家餐馆还不错，我们一起去吃顿饭吧。"

三个孩子听说今天在外面吃饭，都欢呼起来。汉汉爸爸带路，七个人兴冲冲地进了餐馆，围着一张大圆桌坐下。汉汉爸爸点了这里的招牌菜炸排骨，还点了白切鸡、清蒸鱼、西红柿炒蛋、全肉饼、菠菜豆腐、蘑菇炒肉片、卤猪蹄，外加一锅老鸭汤，三个孩子高兴得直拍手。

雁雁说："我今天玩得特别开心，有这么多人陪我，现在又吃到这么好吃的菜，多谢各位叔叔和阿姨。"

汉汉爸爸说："不用谢，今天我多了几位好朋友，也很高兴。"

阿馨说："大家都是朋友，以后有什么事互相帮忙。"

小彭说："是啊，我也很高兴，认识了汉汉这个小朋友。汉汉，你今天玩得开心吗？"

汉汉喊道："开心！"

小夏果噘着嘴说："小彭叔叔，你怎么不问我开不开心？"

大家都笑了，阿馨弯下身子问："小夏果，你开心吗？"

小夏果大声说："特别开心！"

吃完了饭，汉汉爸爸送阿莉母女回家，阿馨和小彭送雁雁回家。

从奶奶家出来，小彭很神秘地说："阿馨，你能帮我个忙吗？"

"做什么？"

"我有一条西裤的裤脚线脱了，你能帮我挑边吗？"

"好啊。"

他们并肩骑着自行车，一路去小彭的宿舍。到了门口，小彭递给阿馨一把钥匙，说："这是我宿舍的钥匙，你拿着。以后你找我时，如果我不在，你就进屋等我。"

阿馨接过钥匙收好，小彭打开门，两人一起进去。小彭进卧室拿出一条黑色西裤和针线，阿馨就坐在长沙发上帮他修补。小彭坐在她身边，一直在看她，看得她都不好意思了，叫他离远一点。

小彭说："阿馨，我看看你裤边挑成什么样了。"阿馨把挑了一半的裤子连着针线递给小彭，小彭突然把它们扔在地上，抱住阿馨说："阿馨，我爱你，答应做我的妻子吧！"说着就亲下去。阿馨拼命挣扎，他却抱得越来越紧，阿馨几乎动弹不得。

阿馨愤怒地说："你这个骗子，放开我，不然我会恨死你！"

小彭死也不放手，说："阿馨，你就答应了吧。我的爸爸妈妈一直让我带妻子出国，你现在就做我的妻子，跟我一起走吧！"他的几个狐朋狗友说过，女人被谁占有了身体，就会死心塌地地跟谁走。他想让阿馨跟他去国外，忘掉什么阿锟、小简，他想要阿馨只属于他一个人。想来想去，他把她抱得更紧了。

阿馨说："小彭，你是个有文化、有头脑的人，冷静下来好好想想。如果你只是想满足欲望，那随你的便，但你永远也得不到我的心，我会永远恨你，再也不见你的面！"

小彭最后只亲了阿馨的脸颊一下，就松开手。

阿馨起身，头也不回地走出门，小彭也跟了出来。他跟在阿馨后面骑着车，阿馨骑快，他也骑快，阿馨骑慢，他就骑慢。两人都不说一句话，只是一个在前、一个在后地猛蹬车。

小彭一直跟到阿馨家楼下，看着她上楼了，才默默地离开。

遗 憾

　　一夜之后，天空晴朗无云，微风吹拂，树叶轻摇。

　　阿馨已经不生气了，心想小彭昨天只是一时冲动，今天应该已经平静下来了。那条西裤的裤脚只挑了一半，趁着上午有空，去帮他弄完吧。唉，他一个男人，身边没有女人照顾，也是够难的，自己身为他的朋友，可不能让他邋里邋遢地出门。

　　已经快十一点了，街上人来人往，车辆川流不息。阿馨把车停在宿舍楼下，脚步轻捷地上了楼，心想：不知小彭起床了没，总不至于现在还在睡懒觉吧？要是这样，我就帮他煮一锅稀饭，等他醒来大吃一惊。

　　阿馨轻轻敲了敲门，没有回应，难道他真的还在睡觉？或者，他已经出门了？阿馨想，如果小彭不在宿舍，她就煮好稀饭等他回来。

　　阿馨从挎包里拿出昨天小彭给她的钥匙，打开了门，一边说："小彭，我来帮你挑裤脚了。"

　　客厅里没人，卧室的门紧闭着，里面似乎有些动静。是小彭刚睡醒在整理床铺吧？他可是个爱干净的男人，喜欢整洁的环境，这一点也令女孩心醉。

　　阿馨熟稔地推开卧室门，里面的窗帘还没有拉开，光线昏暗。她向床上看去，只见衣衫不整的小彭正压在一个赤裸的女人身上，两人发出奇奇怪怪的声音，阿馨不由得惊呆了，手里的钥匙叮的一声落在地上！

被惊动的小彭和女人抬起头，小彭一见是阿馨，立刻从女人身上翻了下来。阿馨猛然惊醒，退出卧室，把门重重地一关，砰的一声好像爆炸声，屋里的女人一阵浪笑。

小彭急忙穿好衣裤去追阿馨，心想这回真的大祸临头了，阿馨是多么纯洁的姑娘，怎么能接受这种乌七八糟的事！

阿馨几乎是狼狈地逃离了那栋宿舍楼，她拼命蹬着车，拼命想把刚才那一幕从脑海里抹掉。怎么会这样？她为什么要看到这种事？她认识那女人，正是狠角色高日漫。千不该万不该，她今天就不该来！她把车停在广场旁的斜坡上，站在一棵树下，对着广阔的天地大声喊："啊！啊！啊……"喊完了，她仍然觉得心里压抑，像是坠着一块大石头。她坐倒在草地上，双手蒙着脸失声痛哭。好在中午广场上没什么人，但即使有人她也不在乎，只是不停地哭，胸口闷得几乎窒息。

小彭远远看见阿馨上了斜坡，听到了她痛不可抑的呼声，声音是那么凄惨，刺疼了他的心，一直疼到骨髓里。他追上去，见阿馨坐在草地上痛哭，便自责地蹲在她面前，伸手想搭她的肩又缩回来，说："阿馨，你别哭，是我对不起你，我配不上你！你不要哭，不要自己伤心，狠狠地打我出气吧！"说着拿起阿馨的手打自己的脸，一边打一边说："对不起，阿馨，原谅我！"

阿馨抽回自己的手，渐渐平静下来，一双泪眼盯在小彭脸上。小彭试探着搭住她的肩，说："今天早上，我还在睡懒觉，就听见了敲门声，我以为是你原谅我了，愿意来找我，就很高兴地去开门，一看竟是高日漫。我不想理她，就假装说自己还要睡觉，让她赶紧走。谁知她跟我进了卧室，把衣服脱了往我身上贴。我刚刚睡醒，头脑还不是很清醒，一时把持不住，就……直到你开门进来，我才明白自己犯下了大错。阿馨，对不起，你原谅我吧！我们马上走，马上出国！"

阿馨冷静地说："小彭，你自己闯的祸，自己得收拾！我是不会跟你走的，这里还有我的爸爸妈妈、我的工作。"

"我们把你的爸爸妈妈一起接到国外！"

"这是不可能的。"

小彭颓然地问："阿馨，我怎么办？这高日漫可不是好惹的。"

"最后的办法就是娶了她。"

"那我这一辈子还有安宁之日吗？"

"一失足成千古恨，这是很多前人的教训。"

"你真的不能救我吗？"小彭把脸凑到阿馨脸前，希望她能同情他。

"对不起，我救不了你，你自己酿的苦酒，只能自己喝！"

小彭把她搂进怀里，轻轻地吻着她的额头，说："阿馨，如果时间能倒退，回到昨天我们在公园玩的那一刻，该有多好！"

阿馨伏在他的怀里不动，说："小彭，对不起，是我耽误了你的青春年华，害得你白白等了这么多年，现在两手空空，既没有爱情，也没有家庭。"

小彭喃喃地说："我不在乎，爱着你的这些年，是我人生最幸福的时光。"

两人对视着，昔日的一幕幕情景在他们交会的目光中浮现，那些高歌意气，那些低回缠绵……小彭忽然一笑，把阿馨从草地上拉起来，说："陪我去逛街吧！"

他们去了最繁华的街道，趁着过节出来购物的人流几乎把他们淹没了。小彭牵着阿馨的手，一连逛了好几家服装店，看到一条红色的长袖连衣裙很漂亮，上面镶嵌着珠片，闪闪发光。

小彭问阿馨："喜欢吗？"

阿馨摇头。小彭说："不喜欢也得喜欢。我没送过东西给你，这是我送你的结婚礼物，不管将来你跟谁结婚，都要穿这条红裙子。你一定要答应我！"

阿馨不出声，算是默许了。小彭继续牵着阿馨的手闲逛，心想自己马上要走了，以后隔山隔水，和阿馨只能在梦中相会，想拉她的手也拉不到了。他真想买一大堆衣服和鞋子送给她，让她从头到脚打上他的印记。

小彭记得上次阿馨看中一双红皮鞋，因为价格问题没有买。他把阿馨拉到皮鞋柜台，指着一双大红色的皮鞋问她漂不漂亮，阿馨说漂亮，他就让她试了合适的尺码，买下了。

小彭说："阿馨，我送你一条金项链吧！"

阿馨说："太贵重了，你买了我也不会要的！"

小彭只好罢手。他们又去书店买了几本书。

小彭说："阿馨，我什么都想买给你，可惜你不要。我要走了，不知什么时候才能回来，也许一辈子都不回来了，你会想我吗？"

阿馨说："当然，这么多年有你照顾和陪伴我，这份友情我永远忘不了。"

他们走进一家装修高档的餐馆，坐在二楼靠窗的位置。

小彭说："我根本不想出国。"

阿馨说："为什么？出国后你可以跟父母在一起，有父母在身边多好啊。"

"我跟你在一起的时间，比跟父母在一起还要多。我从小就上幼儿园，全托制，小学、中学、大学，都是寄宿的，连父母长的样子都模模糊糊！在遇到你之后，我才觉得生活是快乐的。如果不是这次犯下大错，我会一直留在你身边。国外的生活再好，我也不稀罕。阿馨，对不起，虽然我配不上你，但我永远爱你！将来我一定会回国，不管你结没结婚，我都陪你到老。"

"不用记挂我，出国后照顾好你的父母，别东想西想的，也别再犯错了！"

"那你原谅我了？"

"我从来没怪罪过你。从明天开始，好好挑个姑娘恋爱成家，承担起丈夫的责任和义务，享受夫妻之间忠诚的爱！"

"那明天你跟我去领证，我会爱你一辈子。"

"又来了！"

"我知道，现在我配不上你了，你有理由嫌弃我了，真令人悲哀啊！"

"我早已把你当成亲人了，亲人之间没有什么配不配、嫌弃不嫌弃的问题。把过去的恋与爱赶快忘掉吧，它很美，但只是一场梦，一场美梦，醒来后是一场空。你的婚姻应该是纯洁的，不能含有杂质。"

"你肯定是嫌我有杂质。放心吧，我会从头努力，脱胎换骨，用我的真诚打动你。"

"没用的，不要再自寻烦恼了。"

"小简这么久不回来，也是个不负责任的男人，你怎么就选他不选我，他给你灌了什么迷魂汤？"

"你不会明白。他是那么和善、那么温柔，我们的爱情不是电闪雷鸣式的，而是和风细雨式的，因为平静，所以长久。"

"说得嫉妒死我了。阿馨，如果没有小简这个人，你会爱上我，跟我结婚吗？"

"应该会吧。"

"那你现在就当小简从来没有出现过，跟我出国，忘记这里的一切，打造我们的崭新世界。"

"可他已经出现了。"

小彭赌气说："等他回来，你已经是老太婆了。"

阿馨笑着说："他不会嫌我老，他知道我的心永远年轻。"

小彭愤愤不平地叫道："阿馨你太偏心了，小简明明是第三者插足！"他的声音太大，周围的人都看向他们。

"你胡说什么！"

"你就是不公平，不按先来后到的原则恋爱。"

"那是你的原则，对我无效。"

"想当初我也是个风流倜傥的青年，如今我的眼里多了悲伤，笑容中流露出凄苦，都是因为一个不爱我的女人。"

"人生就是如此，你想要的不一定能得到，不如好好珍惜你已经到手的。"

"阿馨，要是能跟你共度一生，该是多么幸福啊！你善解人意，睿智明理，无论我向你倾吐什么烦恼，你都能宽慰我，指点给我生活的意义，让我重新振作起来。现在我的生活中飘浮着一层阴影，我迫切地需要你的温暖与关怀。"

"爱莫能助。我现在也满心烦恼，没有人能帮得了我。"

小彭长叹一声："我们是同病相怜啊！"

又是一个星期天，阿馨恍恍惚惚地起了床，觉得头昏胸闷，有窒息之感。她打开窗户，雨点伴着凉爽的空气扑面而来，她静静地趴在窗台上，看雨中的景致。

一个熟悉的身影映入眼帘，是打着一把黑伞的小彭。他身穿一件铜黄色猎装，缓缓走在楼下的人行道上。

敲门声响起，阿馨开门请小彭进屋。小彭看了一眼客厅，问："老场长和阿姨呢？"

阿馨说："一大早就出去了，你要找他们吗？"

小彭摇摇头，说："我是来告别的，明天我就要走了。"他从挎包里取出一盒东西放到桌上，说是给阿馨的临别礼物，但让她待会儿再看。

阿馨说："我明天去送你。"

小彭说："不用了，我和高日漫一起出国。阿馨，我再问你最后一次：你愿不愿意跟我走？"

"你不是带了高日漫吗？"

"如果你答应我，我就不带她。我不爱她，我爱的是你！"

"可我不爱你，我只是感谢你曾给予我的关心和帮助，我真诚地祝你幸福。"

"那你打算怎么谢我？"

　　小彭一眼不眨地看着阿馨，阿馨抬起手，想蒙住他的眼睛，不小心碰掉了小彭的眼镜。小彭把眼镜放在一边，拥抱着阿馨，双脸相贴，四唇相碰，阿馨想到明天他就要远行，再见无期，不由得心中一软，就没有推开他。

　　小彭刚想进一步行动，门突然被打开，阿馨的爸爸妈妈走进来。他立刻放开了阿馨，向两位老人问好。

　　阿馨爸听小彭说了来意，笑呵呵地说："出国好啊，出去后多学些知识，多增长见识。"

　　小彭说："刚才我求阿馨跟我一起出国，她说不愿意离开爸爸妈妈。"

　　阿馨妈说："这傻女儿，有福不会享。"

　　小彭说："我们可以把你们两位一起接出去。"

　　阿馨爸说："我们是不会去的，让阿馨跟你去就行了。"

　　阿馨说："小彭是去见他爸爸妈妈，我跟着凑什么热闹！"

　　阿馨妈说："阿馨，跟小彭走吧，不用担心我们，你有你的世界。"

　　阿馨咬着嘴唇说："我不出去！"

　　阿馨爸看出阿馨还想等小简，就对小彭说："出去后好好照顾你的爸爸妈妈，记住你的祖国，别忘了你是中国人。有机会就回来看看我们。"

　　小彭说："我一定会回来！你们就是我的亲人，比我的亲生父母还亲。"说着流下了泪水。

　　阿馨和阿馨妈也在擦眼泪。阿馨爸说："小彭回到爸爸妈妈身边，是件高兴的事，不要哭了。"

　　阿馨妈说："是啊，应该高兴才对。阿馨，今天你多陪陪小彭。"

　　小彭把阿馨拉进她的房间，说："你画一张黄金山给我留念吧，要跟小简的那幅一模一样。"

　　阿馨说："哪能画得一模一样，不过我尽力吧。"

　　阿馨找来笔墨，铺开宣纸，小彭就站在一旁看她画，心想如果每天都能这样多好，阿馨画画，他就边看书边陪她，可惜这只是个梦。

半个小时后，阿馨画完了，对小彭说："你不会也想拿着这幅画去挖黄金吧？"

小彭说："你就是我心中的黄金。我知道你画里有深刻的含意。"

"哦？说来听听。"

"不能白听，要拿东西来换。"

"什么东西？"

小彭忽然探过身子，飞快地亲了一下阿馨的脸颊，说："就是这个！"阿馨气得拿起满蘸着黑墨的毛笔，在他衣服上划了一道。

小彭说："这是爱的印记吗？"

阿馨看着小彭的狼狈相直笑，小彭也笑了。阿馨妈进来问他们吃不吃水果，一看小彭的铜黄色外套上沾着一大块墨迹，就问："是阿馨弄的吧？赶紧脱下来，阿姨帮你洗，久了就洗不掉了。"

小彭说："谢谢阿姨，不用洗，留着做个纪念吧！"

阿馨妈不好意思地说："阿馨，小彭明天就要走了，别作弄人家了，好好说会儿话。"

阿馨笑着答应，眼睛斜睨着小彭，脸上露出胜利的微笑。小彭拿调皮的阿馨毫无办法。

阿馨妈出去了，小彭接着说："这幅黄金山图里，古松是阿锟，大山是小简，草房是我，小姑娘是你，你希望我们将来还会聚在一起，对吗？"

阿馨赞叹说："你真聪明。"

小彭说："小简这么聪明，一定早就看明白了。阿馨，你太聪明可爱了，你就是我们要寻找的真正的黄金。这幅画只有送给有缘人、知音，才是无价之宝。"

阿馨说："是的，我不会再送给别人了。"

小彭拿起桌上的新书《迷离》，让阿馨在上面题写几个字。阿馨翻开扉页，写下：祝你幸福！然后签上名字。小彭如获至宝地把书和画妥善地放进挎包里，向阿馨一家人告辞了。

阿馨送他下楼，在楼梯上一蹦一跳，小彭说："别跑那么快，小心摔跤。"

阿馨说："呸呸，胡说，坏的不灵好的灵。"

走到楼梯最后一级时，地上有一摊水，阿馨脚下打滑，差点就摔倒了。小彭冲上前抱住她，久久不肯放手。阿馨也紧紧回拥他。两人默默对视，他在她的嘴唇上留下深深的印记，然后毅然转身，撑着伞走向灰蒙蒙的雨中……

他走了，一个人孤零零地走了。阿馨的眼泪流了出来：再见，小彭！他带着笑意来到她身边，带着她的柔情与不舍转身而去。在他的背后，世间万物一如既往的平静，然而她的心却饱受煎熬，动荡不休。

阿馨坐在自己房间的窗前，打开了小彭送来的盒子，里面是微型录音机和一盒录音带。她把录音带装进机器，按下按钮，小彭那熟悉的声音在屋中回荡，充满忧郁和渴求：

"最亲爱的阿馨，我爱你，用了半生的时光追求你，却没有得到你的回应。没关系，我爱你就够了，我的后半生也会全部用来爱你。我走了，别忘记我！

"我曾经爱过一个女孩，她是我大学的同学，也是我的初恋，可是在毕业分配前夕，我们分手了，因为我被分到了 B 县。从此我开始颓废，内心充满了苦涩和悲伤，然而无人理解我，我久久不能从痛苦中解脱。在工作中，我强烈的自尊心也常常使我碰壁。天高地阔，何处觅知音？

"眼看别人在尘世的温暖中欢笑，我却身处冰窟，恍如行尸走肉。青春的小舟触中了现实的暗礁，翻入无边的苦海中。就在这时，我见到了你。从第一次见到你，我就无法把你忘怀。阿馨，是你给我的人生带来了新的快乐，让我重获生机和活力。

"我的爸爸妈妈只有我这一个儿子，他们在国外等着我继承财产。情孝两难全，我只能先选择生我养我的老父老母。不过，我会在那遥远的地方永远想念你，默默地祝福你。亲爱的阿馨，我最最深爱的姑娘，去追求一份能守护在你身边的爱吧，祝你永远幸福！再见了，我最心爱的姑娘！"

阿馨听完录音，静静地望向窗外，天空依然下着雨，世界一片朦朦胧胧。

都走了，她生命中的三个男人！阿锟，她的初恋情人，去国外读书，读着读着就不见了人影；小简，她的良师益友、她的知音，在省外为了她的书馆奋斗，不知道他过得好不好；小彭，她的好朋友，陪伴她度过青春年华，跟她共享苦和乐，明天就要远赴异国他乡。一种失落感暗暗在阿馨胸中蔓延：他们把她的心带走了！

沟　通

阿馨只能认真地工作，不断探索、创新，总结经验，获得乐趣。她也坚持写作，不停地写，在写作中忘掉生活中的不愉快。

阿馨带的孩子毕业了一批又一批，美妙的青春年华就这样流逝了。这天下午六点半，阿馨搞完卫生准备下班，无意中看了一眼教室外，发现赞飙掣正带着他的女儿金金滑滑梯。等到她收拾好东西出门，赞飙掣就迎上来，说："阿馨，怎么这么晚才下班？一起走吧。"

阿馨不太想理他，但还是礼貌地说："我去拿自行车。"

赞飙掣急忙说："我在大门外等你。"

阿馨推着自行车从车棚里出来时，赞飙掣已经拉着四岁的金金站在门口了。他让女儿向阿馨问好，还说："金金可喜欢文阿姨了，说文阿姨又漂亮又能干，对吗，金金？"

金金说："对，我喜欢文阿姨。"

两辆自行车并排行驶，赞飙掣说："金金特别喜欢你写的那本幼儿故事，总让我读给她听，很多家长也喜欢这本书，你什么时候开始写下一册啊？"

阿馨说："等退休吧。"

"退休后不是该休息吗，还写书啊？"

"人不能一直休息呀，总要干些事的。赞飙掣，你不是骑摩托车吗，怎么改骑自行车了？"

"为了陪你一起走啊。"

"谁要你陪？你走你的路，我过我的桥。"

"你以为自己还有三个男友啊？那三剑客早就离你而去了，你还不结婚，想等什么啊？我都结过两次婚了，如果你愿意跟我，我就再结一次婚。"

"你无聊不无聊？再胡说八道，我就不跟你说话了。"

以前是小彭或小简接送阿馨，现在是赞飙掣经常陪她下班。他要接孩子，又和她同住一个大院，正好顺路，阿馨就没拒绝，可他说话总是不知轻重，她就不高兴了。阿馨的外表太柔弱，总会使男人产生错觉，实际上她是很坚强的，不需要依赖什么人。

赞飙掣说："你年龄也不小了，再不结婚就成老太婆了，到时真的没人要。"

阿馨说："有没有人要不用你操心。"

"我是可怜你！你这么美丽可爱，又有才学，却放着眼前那么多好男人不要，偏要等得不到的人。挨人家骗了，还帮人家数钱。"

"没有人骗我。"

"你知道小简从前是什么人吗？B县的才子、大学生，写得一手好文章，风流倜傥，家里的背景也好得吓人，多少女子打破头追求他，他缺女人吗？就算你得到了他，等你老了，他又可以去找比你年轻漂亮的姑娘，你等他干什么？还不如跟我结婚呢。"

"你活像个结婚狂，更吓人！"

"年轻的时候有人给我俩介绍，你为什么不愿意见面？"

"这是我的自由、我的权利，我不想跟你见面。"

"我这么帅你都不想见，难怪找不到别的男朋友。不过我真的比不上那三剑客，他们一个比一个帅，一个比一个有才华，一个比一个风流潇洒。"

"那你还敢来惹我，不怕他们回来收拾你吗？"

"你别做梦了，他们肯定不会回来了。外面的天地多大，有的是漂亮女人，何必在你这一棵树上吊死。"

阿馨冷冷地说："我相信他们会回来的。"

"等他们回来，大概都儿女成群了，到时候你算怎么回事呀？"

"只要回来就好，有孙子也没关系。"

"阿馨，你嘴上这么硬，心也硬点才好，别太相信男人。"

"你不是男人吗？难道你是第三种人？"

"我是男人，正好是那种不可相信的男人。你还记得我们是怎么认识的吗？"

"我永远忘不了！你这个坏人！"

"像我这么坏的男人，大街上到处都是，你可别上当。"

"你去当你的老大好了，成天缠着我干吗？我没那么多闲工夫理你。"

"我怕你一个人回家寂寞，陪你聊聊天，这都不可以吗？我就这么讨厌吗？"

一个中年男人骑着车追过来，喊道："赞飙掣，停一下！"

赞飙掣对阿馨说："稍等我一会儿。"

中年男人凑过来，一双猫头鹰似的眼睛色眯眯地上下打量阿馨，心想这女人太漂亮了，还有一种独特的韵味，好像在哪里见过。他对赞飙掣说："你去哪里搞来的？我从来没见过这么漂亮的女人。"

赞飙掣说："闭紧你的臭嘴，小心我打折你的手脚。"

中年男人说："跟兄弟分享一下嘛，发这么大火做什么？"

赞飙掣说："有事说事，没事赶紧走人。"

阿馨看那中年男人有点眼熟，过了好一会儿才想起来，他就是上次和赞飙掣一起诱骗她和阿莉的男人。见他流里流气地死盯着自己，阿馨骑上车就走了。赞飙掣在后面喊："阿馨，你等一下，我有事求你。"

阿馨停下车，问："什么事？"

赞飙掣追上来，说："帮我送金金回家，我有些急事要办，麻烦你了。"

见阿馨没拒绝，赞飙掣把金金抱到阿馨的自行车后座上，自己跟着那中年男人走了。远远地听到那中年男人大声说："赞飙掣，这个漂亮女人好眼熟啊，介绍给兄弟嘛。"

赞飙掣说："不许你打她的鬼主意。"

"她是你看上的女人吗？那兄弟就不碰了，否则我说什么也要把她搞到手。"

"你敢？她是我前女友。"

"她把你甩了？也难怪，这么漂亮的女人哪会看上你。"

阿馨觉得这些男人真无聊，一天到晚女人、女人的，就没第二件事好想。

金金说："文阿姨，爸爸为什么不送我回家？"

阿馨说："你爸爸去办事，文阿姨送你回家，你愿不愿意？"

"愿意，我喜欢文阿姨。"

"你喜欢爸爸吗？"

"他打妈妈时，我就不喜欢。"

"他为什么打妈妈？"

"妈妈说他在外面又有女人，爸爸就打她。"

"你害怕吗？"

"怕。妈妈也怕，她还哭。"

"爷爷和奶奶不管吗？"

"不管，他们说我是女孩。"

阿馨沉默了半晌，说："文阿姨讲自己新写的故事给你听。"

金金津津有味地听完了两个故事，说："文阿姨，你讲的故事真好听，我还没听过呢。"

"爸爸讲故事给你听吗？"

"他就讲文阿姨写的故事，说文阿姨写的书好看。"

"妈妈不讲故事吗？"

"妈妈看电视。"

"爷爷不讲故事吗？"

"爷爷打牌。"

"奶奶也不讲故事吗？"

"奶奶去打麻将。"

"那文阿姨以后写了新故事就第一个讲给你听，好不好？"

"太好了，我最喜欢听故事了。"

"很快你就该上识字课了，将来可以不用听别人讲，自己看书。"

"我认得'幼儿园''火车''好孩子'这些字。"

"你认得这么多字啊？"

"是爸爸教的，教了两遍我就记住了。"

"金金真聪明！"

阿馨跟金金聊着天，看见大招牌又教她认字。金金平时在班上很文静，不调皮，但跟熟悉的人会叽叽喳喳说很多话，比如阿馨，阿馨很喜欢这个可爱懂事的小女孩。

阿馨送金金回了家，她家在二楼，一个年轻女人出来开门，正是金金的妈妈。她惊奇地问："文阿姨，怎么是你送金金，她爸爸不是去接了吗？"

阿馨说："她爸爸半道有事走了，让我送金金回家。"

金金妈妈看看阿馨，这文阿姨真是太漂亮了，三十八岁的人像二十八岁，而且气质不凡，难怪赞飙掣愿意去接送金金，听说他们以前早就认识，赞飙掣还追过她。

阿馨正要告辞，金金妈妈突然说："文阿姨，可以进屋坐坐吗？我们聊几句。"

阿馨问："聊什么？"

金金妈妈说："聊聊孩子吧。"

阿馨进了客厅，金金妈妈请她坐在沙发上，又倒茶给她，沉吟了半天才说："你写的那本书，金金很喜欢。"

阿馨说："金金喜欢听故事，理解能力也强，你们以后要多给她讲故事，不一定非得是我写的。"

"金金喜欢你的书，赞飙犟更喜欢。他以前追过你吗？"

"没有的事，谁说的？"

"赞飙犟自己说的。"

"那时我可是有男朋友的，根本没跟他说过几句话。"

"唉，我生了女孩，他们一家都不高兴。我每天忙得团团转，他也不帮忙。他是不爱我的。"

"赞飙犟本性不坏，就是有点游手好闲，对他要耐心些。"

"刚结婚时他对我很好，自从生了金金，态度就一天天冷淡下来，有时还流露出怨恨的目光。现在他几乎不跟我谈心事，宁愿坐着发呆，我觉得，他的心灵之门已经向我关闭了。"

"生的是女儿也不能怪你呀，再说，没有女人，男人从哪里来？"

"我把自己的一切都交给了他，本以为他会关心爱护我，没想到现在却生活在忧愁中，整天闷闷不乐。我很怕他，即使他在外面有了女人我也不敢管。"

"如果赞飙犟有别的女人，是他先对婚姻不忠诚，你可以理直气壮地谴责他。"

"当初要不是他死追我，我是不会嫁他的。婚后才发现他三心二意，对感情一点都不认真。我们一吵架，他就说要离婚，不然就是动手打我，我好痛苦啊！"

"金金妈妈，你已经是个母亲了，为了金金着想，你要学会自立自强，不能把所有的希望都寄托在男人身上。"

"我不嫌弃他结过一次婚，他却嫌我在这个家里是多余的人。跟我在一起，总是显得很不耐烦。本来他是不喜欢接送孩子的，现在却每次抢着去，一去就在幼儿园待很长时间，文阿姨，你知道为什么吗？"

"为什么？"

"因为幼儿园里有他想见的人。他天天拿着你写的幼儿故事书看，讲里面的故事给女儿听，因为他喜欢写书的人。"

"赞飙掣想什么我管不着，但我是有男朋友的，等他回来我们就结婚。"

"他为什么还不回来？"

"他有他的事业、他的追求啊！我们虽然天各一方，但是心灵相通。别的夫妻天天见面、天天在一起又怎样？如果是天天吵架、打架，还不如分开。再说，我也有我的工作和事业，没有时间浪费在不相干的男人身上。"

"文阿姨，谢谢你能听我说这么多话，平时都没人愿意听我诉苦，我心里憋得难受。"

"你和赞飙掣要多沟通，精诚所至，金石为开，祝你们的家庭美满幸福。"

阿馨刚一出门，就遇到赞飙掣，他拿着一袋苹果，硬要塞给她。阿馨不要，赞飙掣就说："你对金金这么好，吃几个苹果有什么关系，你不拿的话，我就送到你家去了。"他把苹果放进阿馨的自行车篮，还嬉皮笑脸地问："我说的话你考虑过了吗？"

阿馨说："你别自作多情了，对你老婆好一点。结那么多次婚，对身体不好的。"说完就扬长而去。

回　归

上　阕

时间过得飞快，转眼间，阿馨已经退休了。

这天早上，阿馨的爸爸妈妈出去散步，留下她在家写作。退休后，她又出了一本幼儿保育方面的书。

笃笃笃，有人敲门。她开门一看，一个穿着黑色休闲装的男人站在门外，他身材高大、气质洒脱，正是多年未见的小彭。

小彭一见阿馨，就激动地抱住她，说："阿馨，我回来了！真是想念你啊！你结婚了没有？我还有希望吗？"

阿馨告诉他，她和小简已经约好，很快就结婚，只等小简按期归来。

小彭说："小简这小子真该揍，耽误了你多少青春年华，不过你们终于有个圆满的结果了。"

阿馨说："是啊，从黑发等到了白发，从青年等到了老年，总算如愿以偿。"

小彭拉着阿馨的手，说："我没看见你有一根白头发，反而更加美丽了，阿馨，你在我心里永远也不会老的！走，我带你去一个地方。"

"你要带我去哪里？"

"放心地跟我走吧，我爱你还来不及呢，哪舍得卖掉你！"

"老太婆一个，卖也没人要啊。"

"我要！我要！快跟我走吧。"

小彭拉着阿馨走到一辆黑色奔驰小轿车旁，打开车门让她坐进去，他来开车。小彭开车很猛，吓得阿馨叫了一声，他放慢速度，嘱咐她坐稳。

小彭在路上告诉阿馨，他和高日漫结婚两年后，实在过不下去，就离婚了。他们生了一个男孩，高日漫坚决要走了抚养权，小彭就分了一半财产给她。这些年小彭在国外读完硕士，又读博士，还出了一本关于种子研究的书，不过，他始终思念着阿馨，终于忍不住要回来看看她，为自己再努力争取一次。

小彭说："小简终于要和你结婚了，看到你有了归宿，我真是高兴。你结婚后，就是我的妹妹，我的亲妹妹，可别忘了我这个哥哥对你的好啊！"

小彭不停地说，像要把这些年积攒的话一股脑儿全说出来。说着说着，他们的车就驶进了一个小区，里面绿树成荫、鸟语花香，一栋栋三层的别墅整齐地排列着。

车停在其中一栋别墅的车库里，小彭给阿馨开车门，忍不住又想在她的脸颊上亲一口，阿馨推开他，说："老了还来这一套。"

小彭说："拥抱亲吻是一种礼节，在国外很普遍的。"

"这是中国，你去国外抱洋妞吧。"

"好，咱们就用中国礼节，走，跟我回家。"小彭拉着阿馨的手就走。

阿馨甩掉小彭的手，说："这又不是我的家。"

"你不是我的妹妹吗？我的家当然就是你的家，我的爸爸妈妈就是你的爸爸妈妈。你自己说要认我做哥哥的，可别反悔呀，我的爸爸妈妈等着看我的妹妹呢。"

阿馨随小彭走进装修得极其豪华的客厅，天花板上的一盏大吊灯非常漂亮，金碧辉煌的。小彭说，光这盏灯就花了一万块钱。客厅中央，两位老人坐在枣红色的皮沙发上，男的儒雅，女的和善。小彭兴冲冲地对他们说："爸、妈，这就是我妹妹阿馨！"

阿馨问候两位老人："彭伯伯好，伯母好。"

小彭说："叫爸爸、妈妈。"

阿馨低垂着眼，不好意思出口。

小彭妈说："小雄啊，看把你高兴的，像中了奖一样。"

小彭说："有阿馨在身边，可不就是中奖了？可惜，她不能长长久久地陪伴我，那才是我梦寐以求的幸福。"

小彭妈见儿子这么痴心，只好说："对，对。阿馨快坐下，别客气，就当自己家一样。"她仔细打量儿子苦苦追求的女人，衣着普通，但容貌确实令人惊艳，身材婀娜多姿，气质非同一般，怪不得能迷倒三个优秀的男人。

小彭妈听过阿馨的故事，知道她是一位才女，出过书，还爱看书，心愿是开一家书馆。今天看到阿馨，小彭妈很喜欢她，觉得认作女儿也未尝不可，至于开书馆的事，能帮就帮一把吧。

阿馨一头浓密的黑发盘在脑后，没有半根白发。小彭妈暗暗想，小彭说阿馨已经五十多岁了，怎么看上去只有三十多岁？她终于忍不住问："阿馨，你容貌这么年轻，是怎么保养的？"

阿馨说："没什么灵丹妙药，就是保持乐观的态度，笑对人生。"

小彭还拉着阿馨的手，说："阿馨的脾气可好了，打不还手，骂不还口。"

阿馨把手抽回来，打了小彭肩膀一拳。

小彭揉着肩说："刚表扬完，就翘尾巴了？"

小彭爸觉得阿馨不仅美丽，而且端庄大方，听说唱歌也不错，还写过两本幼儿专业的书，有这样一个挑不出毛病的女儿，全家脸上都有光彩。他说："阿馨，今后你就是我们的女儿了，要常来住，想要什么就说，不要不好意思张口。"

小彭说："阿馨，你看爸爸妈妈多喜欢你。趁小简还没回来，你再考虑一下，要不要嫁进这个家，和我们永远在一起？"

两位老人也把目光投向阿馨，等待着她的回答。

阿馨微笑着说："亲情不是和爱情同等重要吗？"

小彭爸说："是啊，小雄，阿馨做了你妹妹，也可以经常见面呀。"

小彭妈说："对，大家都能快快乐乐地在一起。"

小彭妈拿出三个精致的小盒子，里面是金戒指、金耳环和金项链，这是她特意从国外买回来送给阿馨的结婚礼物。

阿馨说："我不戴这些的，留着给小彭结婚用吧。"

小彭妈说："这辈子他除了你，不会再娶别的女人了。他在国外整天寝食不安，一心挂念你，担心没人照顾你、保护你，最后动员我们都回国。阿馨，这是我们的一片心意，你就收下吧。"

阿馨还是拒绝，说自己不喜欢这些东西，小彭妈就拿出一条雪白雪白的长毛围巾送给她。阿馨一看就知道价格昂贵，摇头不要，小彭拿过来围在她的脖子上，说："阿馨，你围上这条围巾，气质更高雅了。"阿馨把围巾拿下来，反手围在小彭的脖子上，说："你围上更漂亮。"两人嘻嘻哈哈地打闹着。

小彭说："快收起来吧。"

阿馨说："本地又不冷，我不围围巾的，你留着吧。"

小彭只好把围巾还给妈妈。小彭妈想，这女孩不贪财，真是不错，可惜儿子没福气。

小彭拉着阿馨上了三楼，说这一整层都是他的。他带阿馨去看书房，房间宽大明亮，墙上挂着阿馨画的《黄金山图》，装在金黄色的雕花画框里。

小彭又拉阿馨去看卧室，四壁全是壁柜，中间一张大床，床边有一盏很漂亮的落地灯。阿馨说："这床真大！"

小彭说："要不要上去睡一下？"又被阿馨打了一拳。

　　他们来到宽敞的露台，上面放了很多盆植物，空气特别清新。露台中央有一座一米多高的盆景：山脚有树，树旁是草房，溪流上架着小桥，桥上有个小姑娘。

　　小彭说："这是按你的那张画做的，看到它，我就想起和你在一起的日日夜夜。如果你嫁给我，就可以在这露台上写作，我在你身旁研究种子，我们一起看日出日落，这是多么美妙的生活图景啊！"

　　阿馨说："我就要和小简结婚了，别再说这种话。"她仔细欣赏着这做工精细的盆景。

　　小彭说："不是还没举行婚礼吗？我还有竞争的机会，给我一点希望好不好？"他把手搭在阿馨的肩上，阿馨不客气地拿下来。正在这时，楼下传来小彭妈的声音："小雄，带阿馨下来吃饭。"

　　他们去餐厅入座。高级红木的餐桌雕龙画凤，配着一圈十把椅子。桌上的菜中西合璧，非常丰盛。

　　小彭坐在阿馨身旁，说："这是妈妈亲手做的，为了欢迎你，她在厨房整整忙了一个上午。平常妈妈也是自己下厨，但菜色没这么多。这牛排是爸爸做的，他的西餐手艺称得上一流，你尝尝。"

　　小彭要帮阿馨切牛排，阿馨急忙说："不用，我自己来。"

　　小彭知道阿馨不爱吃西餐，就只给她切了一点，又夹了一块白切鸡放进她碗里。一顿饭下来，小彭猛夹菜给阿馨，看着她吃，自己却没吃多少，也不喝酒，因为等一下还要开车送阿馨回家。

　　小彭妈看着儿子的一举一动，心里有一种说不出来的滋味。自从小彭跟高日漫离婚后，就整天想着阿馨，还闹着要回国。现在他见到阿馨，眼里就再也看不到别人了，连爸爸妈妈都忽略了。幸好阿馨端庄守礼，不然她要天上的月亮，小彭都会架梯子去摘，那可就家无宁日了。想到这儿，小彭妈不由得叹了一口气。

　　阿馨过意不去，说："小彭，夹菜给爸爸妈妈啊，你自己也吃。"

　　小彭醒悟过来，赶紧给爸爸妈妈夹他们爱吃的菜，说："爸、妈，你们吃。"

小彭爸想，儿子有了媳妇忘了娘，好在阿馨不错，也不枉儿子这么爱她。想当初高日漫搅得全家不得安宁，他们老两口整天唉声叹气。这还是受过高等教育的女孩呢，比起阿馨可差远了。只可惜阿馨不愿意嫁给儿子，儿子再英俊潇洒，再家财万贯，都不能动摇她的心。听说阿馨的爸爸是个两袖清风的人，这种家庭出来的女儿，人品是信得过的。

吃完饭，阿馨帮忙收拾碗筷。小彭妈说："我来吧，你今天还算客人呢。"

小彭说："妈，我和阿馨收拾就行了，你做菜已经很辛苦了，去歇会儿吧。"小彭妈听了，心里美滋滋的：儿子终于知道心疼妈了，还是阿馨教得好啊。

阿馨要洗碗，小彭说还是他洗吧，免得她把衣服搞脏了。阿馨见洗碗水溅在他脸上，就拿纸巾帮他擦脸。

小彭的爸爸妈妈看见这一幕，又是一番叹息。儿子在国外可是很少做家务的，都是保姆做，那高日漫更是连一个碗都没洗过。阿馨就不一样了，手脚勤快又利索，连儿子都被带动了。小彭妈看着阿馨，心里只喊可惜！可惜！

小彭开车送阿馨回家，约她明天一起回 B 县和总场看看，再叫上阿莉。阿馨说现在不叫 B 县，叫 B 城了，变化很大，以前的农场已经不复存在，她也好多年没回去过了，这次正好陪小彭去。

阿馨说："小彭，你的爸爸妈妈太热情了，你也跟着他们一起招待我，弄得我好紧张。你今天怎么不喝酒了？喝趴下才好呢，我还能放松点。"

小彭说："我要是喝趴下了，谁送你回家呢，难道你想在我家过夜吗？我无限欢迎。"

阿馨瞪他："都这么大年纪了，还疯疯癫癫的，在国外不知有多浪荡！"

"天地良心，我在外面只想着你一人，心比海水还要苦。我要是说的假话，天打雷劈。"

"不要再执着了，赶快另寻目标吧。世界上只有一个我，我又没有分身术，就算能分身，也不是真正的阿馨。"

小彭说："我明白，阿馨是独一无二的，所以我才会痴恋这么多年。"

阿馨回到家，又拿出几天前收到的小简的信，重新读了一遍：

亲爱的阿馨：

　　我一生中最爱的人，祝贺你的新书出版。任何一部作品都有它的成功与不足，何况是无名小卒的作品。世上有了文学作品，就有评论文章和评论家，这两者是相辅相成、缺一不可的。评论家的作用是帮助作者迅速成长，引导其作品走向成熟。在这一点上，我就是你的评论家。希望你不要骄傲，继续努力，不断取得新的成绩。

　　我靠自己的意志和毅力，还有对你的思念，在社会上摸爬滚打，积累了一笔财富，现在已倾囊而出，为你买下一家五百平方米的书馆并装修好，连品种繁多的书籍也搬了进去。钥匙在我的朋友A那里，你自己去拿吧。

　　亲爱的阿馨，再等我三个月，那时简氏根雕的世界巡展就完成了。我回去那天，你一定要来机场接我，只能你一个人来，我不希望有人打扰我们的重逢。我要在第一时间看到你，看看我亲爱的阿馨变成什么样子了，是不是变成了一个臃肿的老太婆？哈哈，即使是这样，我也会亲吻你、爱你，你在我眼中永远是年轻美丽的模样。

　　奋斗了这么多年，等待了这么多年，我们终于实现了当初的梦想。我老了，你也老了，但我们的心没有老。亲爱的阿馨，你为我耗尽了青春年华，而我会用人生所有的剩余时光报答你。阿馨，你还记得我们在黄金山捡到的那块石头吗？有人喜欢上面的笑佛，出价几百万要买，我都不卖，因为它是我们爱情的见证，我还在空白处刻了七个字：海枯石烂不变心。

阿馨，这么多年了，你的阿锟哥还在你心里吗？如果他在我们结婚前突然归来，你会怎么选择？无论如何，我都尊重你的心意，并且永远爱你！

阿馨，三个月后，你将看到一个全新的小简、更加成熟的小简，你期待吗？我们可以携手享受退休生活，走遍天涯海角，直至生命的最后一刻依然相伴。亲爱的阿馨，等着我，我们再也不会分离了！

简艺根

笃笃笃，有人敲门，是来自 B 城的快递。阿馨打开封套，居然是一封手写的信。现在可是信息时代，谁会给她写信呢？她打开来读：

最心爱的阿馨：

我最爱的未婚妻，最爱的阿馨。为了实现梦想，我拼命地读书，读书，一直读到了国外。等我转头的时候，已是白发苍苍、骨瘦如柴，还耽误了我至爱的女人的青春。

我最心爱的阿馨，我回了国，但已经没有脸面见你了。我去过省城，站在人行道上仰望你房间的窗口，你的脸庞在窗后掠过，我不停地小声叫着你的名字，却没有勇气上去见你，见你的家人。我在你家大院的门口徘徊过，看到你孤独的身影，真想上前拥抱你，却只能远远地退缩，不让你见到我。不过，你没想到我这个无情的人会回来吧？我的头发已经花白了，即使你迎面见到我也认不出来。

我在省城停留了一个月，原本以为你会跟小彭结婚，后来才知道你选择了小简。我曾想，我不在的时候，你跟他们其中的任何一位结婚，我都高兴。但当我看到你还是孑然一身时，我后悔了！爱情是不能转让的，它需要勇气来维护，可惜我丧失了这份勇气。

阿馨，无论你最终跟谁结婚，我都祝福你，你永远是我心中最爱的女人，我生命唯一的依靠。我能够支撑到现在，就是因为身边还有你的《黄金山图》和《迷离》，想你的时候，我就看看它们，摸摸它们。

阿馨，美丽的阿馨，心爱的阿馨，我错了，我犯了天大的错，无法弥补的错，不可饶恕的错。我一味埋头读书，从没顾及你的感受。我是你的未婚夫，却没有让你享受过一次浪漫和惊喜，甚至很少陪你逛街，只顾自己死读书。在失去你以后，我才感到后悔。

后来我回到了B县，也就是现在的B城，回到了总场。阿馨，你还记得在黄金山遇见的老姜吗？他知道我要办书馆，就捐了一笔钱，帮我们实现了当年的梦想。亲爱的阿馨，有空时回总场来看看我吧，这里变化很大，我答应给你盖的大房子已经盖起来了，从前我养猪时住的单身宿舍已经不复存在。亲爱的阿馨，我童年时天真的小伙伴，我少年时忠诚的朋友，我青年时美丽的未婚妻，我年老时生命的依靠，我心中最爱的女人，来看看我吧！

阿馨，你是我唯一的女人，我没结过婚，也没沾染过别的女人。你的微笑，你的眼神，你的歌声，你的一切的一切，每时每刻在我眼前闪现，我根本看不到别的女人了。我在总场等你，一直等到此生终了。只要能在死之前看你一眼，我就心满意足，这辈子再也无憾了。亲爱的阿馨，回来看我一眼吧，来看看我吧！

阿锟

阿馨读完阿锟的信，不禁泪流满面，趴在桌上失声痛哭。她生命中最初的恋人，三十多年来杳无音信，如今终于回来了！

下　阕

第二天早上八点，小彭开着车去接阿馨和阿莉。阿莉也退休了，身材极速发胖。小夏果长大后，她没什么事做，整天在家打麻将，看到阿馨退休后还在写作，就笑话她是劳碌命。

阿莉听说小彭回国，还发了大财，恨不得把他吃了，一个劲地哀叹自己怎么不早知道他有对富豪父母，否则当初说什么都要缠死他。她坐在车里东问西问："小彭，你带了多少钱回国啊？你捡到黄金了吗？听阿馨说，你家住三层别墅，装修很豪华，可你的车只是奔驰，为什么不买一辆限量版的保时捷？你怎么有这么多钱？不如捐一点给我这个穷人吧。"

小彭说："这么多年了，你还没改掉这个贪财的习惯。"

阿莉说："你这个有钱人哪里懂得穷人的苦，在城里过日子，哪件事不要花钱？你捐一百万给我，我叫你爹都行。"说完哈哈大笑。

小彭说："无聊！我又没欠你的，一分钱也不会给！想要钱就自己挣去。"

阿莉垂头丧气地说："是啊，我又不是阿馨，如果是阿馨要二百万，你还嫌她要得少呢。"

小彭说："你怎么跟阿馨比啊？她有追求，有理想，不断进取，不断学习，你做得到吗？"

阿莉说："你明知道我一看书就头疼，还来取笑我，打你这个恶富豪！"说着伸手想打小彭。

坐在旁边的阿馨扯住阿莉，说："别闹了，小彭正开着车呢。你们都年过半百了，还一见面就吵，让孩子笑话。"

　　小彭说："是啊，我们的孩子都长大了，阿馨你却还没结婚。如果这次小简再不回来，你就不要等他了，嫁给我吧。"

　　阿馨想到阿锟和小简的信，心里翻滚着巨浪：要走就全都走，要回就全部回，命运啊，就是不肯放过我，兜兜转转，又回到原点。她心情复杂地回答小彭："他会回来的。"

　　小彭说："痴情自古空余恨！"

　　阿莉说："你不也是吗？我也是，对你这么痴情，你却不理我，害得我现在还是穷人一个。"

　　小彭说："你可以选汉汉爸爸的。"

　　阿馨说："是啊，汉汉爸爸挺好的。"

　　阿莉说："我看不上他呀。阿馨为什么选小简？因为他又帅又有男子汉气概，当然值得女人爱。"

　　小彭生气地说："你的意思是说我不像个男子汉了？"

　　阿莉说："你喝醉酒的时候，是谁伺候你的？是我阿莉啊！我心疼你，你却喊阿馨的名字，这种忘恩负义的男人，该打！"

　　阿馨摩挲着左手中指上的银戒指，那是阿锟送给她的避邪戒指。小彭从后视镜里看她一眼，他也认得这戒指，知道她又想起了阿锟。

　　小彭心想：难道阿馨到现在还没有下定决心？那是不是说，自己还有机会呢？这一次，他不会再犯年轻时的错误，一定要守候到最后一刻。想当初，如果他继续留在国内，也许阿馨现在已经是他的妻子了，他们会儿孙满堂，一家三代尽享天伦之乐。唉，如果时间倒转，他会寸步不离阿馨，直到她答应跟他结婚。

　　阿莉看到阿馨手上的银戒指，说："阿馨，别要这银戒指了，叫小彭给你买个大钻戒吧。小彭，你也够小气的，天天光会说爱阿馨，这么有钱也不送个大钻戒给她，追女人都不会追！"

　　阿馨说："我不喜欢钻戒。"

　　阿莉说："小彭追你，没诚意怎么行啊？钻戒就是诚意！男人不破财，女人就自己送上门，那是傻！"

小彭说："阿莉，你越来越狗嘴里吐不出象牙，别把阿馨教坏了。"

阿莉说："你说你们三个男人哪个好？一个去读书，一去不复返；一个娶了老婆，逃到国外去享福；一个去搞什么根雕展，到现在都不见人。我要是阿馨，随便嫁哪个男人都比你们好。"

小彭说："是啊，都是我们的错，现在我不是回来了吗？"

阿莉说："可阿馨的青春已经没有了，女人的青春多么宝贵啊，你赔得起吗？"

小彭不说话，阿馨说："阿莉，这怎么能怪小彭呢？我自己选的这条路，我不后悔！"

阿莉说："我帮你呢，你帮谁啊？"

阿馨说："我帮理。"

小彭说："阿馨就是明事理，当初我选择她是对的。阿莉，如果我选择了你，现在肯定已经离婚了。"

阿莉气愤地打了小彭一拳，小彭说："你别动手动脚的，万一搞出事来，你是不要紧，阿馨我可赔不起啊！"

阿莉更气了，还想再打，阿馨拦住她说："别闹了！为安全起见，你还是下了车再打他吧，到时打他十拳都没人拦你。"

阿莉悻悻地说："小彭你等着，下车再收拾你。阿馨，到时你不许帮他。"

小彭说："你真够狠的。早知道你这么狠，就不带你来了，我跟阿馨两个人就够了。"

阿莉说："你以为我想跟来啊？我是来保护阿馨的，免得有人不怀好意。"

阿馨说："阿莉，饶了小彭吧，你的嘴巴太厉害了，可以去当律师。"

小彭说："她当律师？不知道会有多少冤假错案呢。"

阿莉说："你们俩合起伙来欺负我啊？阿馨，以后小彭再欺负你，我可不管了。"

小彭说："我哪会欺负阿馨，爱还来不及呢。"

阿莉说："一大把年纪了，还一天到晚爱呀爱的，也不嫌丢人。"

小彭说："这有什么，老了就不能爱吗？老了更应该爱，更应该懂得爱，更应该理解爱！"

阿莉说："道理一套套的，好像我就不懂得爱似的。我追了你一辈子，却得不到你一丁点爱。"说着就流下了眼泪。

小彭不说话了，阿馨安慰阿莉，说："谁说小彭不爱你？我们去黄金山玩的时候，你的脚崴了，躺在担架上，他不是一直抬着你吗？这也是爱你呀，但这种爱叫友爱，是朋友之间的爱。"

车子进入了 B 城，阿馨他们四下张望，过去的小街已经变成了大道，马路两旁还有花草，整个城区整齐干净多了。

小彭说："变化真是大啊！还记得吗？以前我们经常来县城看电影，那家电影院不知道还在不在。"

阿莉说："记得，叫你一起看电影你还不去。"

阿馨说："我们在逛县城时遇见阿木……这些事好像就发生在昨天，可一转眼，我们已经是年过半百的老人了。"

小彭说："阿馨，有我在，你不会老的。"

阿莉说："有你在？你是神仙啊，你是龙王啊，能让阿馨长生不老？"

阿馨说："那不成老怪物了？"

小彭说："我决不让阿馨比我先死。"

阿莉说："乌鸦嘴，出门乱说话。"

阿馨说："我们都尽量不死。"

阿莉说："阿馨，我嫉妒死你了，小彭他们三个男人为什么都对你这么好？为什么不分一个给我？"

阿馨笑着说："我分不了，你有本事自己抢啊！"

小彭说："她能抢到手吗？阿锟爱阿馨爱得要死，小简护阿馨护得要命，我嘛，也不会输给他们两个。"

阿莉说："谁想抢你？阿锟聪明英俊，小简风流潇洒，都比你强。不过小简一走这么多年，不知道现在变成什么样子了。"

小彭说："肯定变成一个糟老头了，弯腰驼背，头发乱蓬蓬的，哪有我风度翩翩，是不是，阿馨？"

阿馨笑了笑，没有回答。

阿莉说："你们说，阿锟现在又会是什么样子，和小简站在一起，谁更出色些？"

小彭说："他们俩变成什么样都与你无关，你别胡思乱想了，还是留心为小夏果找个好婆家吧！"

阿莉说："不如我们对亲家，让你儿子娶我女儿。"

小彭说："我儿子比小夏果小啊！再说儿子跟他妈妈，我也管不了。"

阿莉说："你一心一意追阿馨，儿子的事也不在乎了。"

小彭说："儿孙自有儿孙福，管那么多做什么。"他见阿馨都不讲话，一副心事重重的样子，就问："阿馨，你不舒服吗？"

阿馨说："没有啊，大概是早上起得太早了，有点困。"她想，讲出来又有什么用？自己的这份迷惘和矛盾，别人能帮忙解决吗？还不是要靠自己熬过去。万事终会有个结果，看命运怎么安排吧。她的眼前一下浮现出小时候阿锟背着她在田埂奔跑的情景，一下又浮现出小简背她上下楼的画面。他们的影子交替出现，最后全都不见了。

阿馨突然叹了一口气，说："都走了。"

小彭说："谁走了？"

阿馨不答，闭上了眼睛，似乎要睡觉了。

小彭轻声说："阿馨，你太累了，睡一会儿吧，到了总场我再叫醒你。"

阿莉只安静了十几分钟，又忍不住说起话来："阿馨，你听说了吗？你们大院那个赞飙掣又结第三次婚了。他也够风流的，年龄比我们还大，却娶了个二十多岁的年轻姑娘。第一个老婆没生一儿半女就离了；第二个老婆给他生了个女儿，被他逼着离了；现在娶回个更年轻的，如果又给他生个女儿怎么办，难不成又离婚？也不嫌烦。那女孩也奇怪，干吗嫁给老头？"

阿馨说："人各有志吧，女孩自己愿意，别人有什么办法。"

阿莉说："当初你在幼儿园时，赞飙挲经常借口接女儿，等你一起下班，对不对？"

阿馨说："对啊，我们住一个大院，顺路嘛。"

阿莉说："他是不是想追你？"

小彭说："什么？癞蛤蟆想吃天鹅肉！"

阿馨说："胡说！他是我们班孩子的家长，碰到了就聊几句，什么追不追的。"

阿莉说："哪有天天聊的。"

小彭说："一直都是我去接阿馨下班，哪有他的份儿！阿馨，他有没有欺负你？快告诉我，我去揍他。"

阿馨说："没有，我们只是很平常地聊天。"

小彭说："这人一看就不是什么好东西。我要是再碰见他，有他好瞧的。"

阿馨说："把你的拳头收起来吧，你以为自己还是血气方刚的小青年啊？"

天灰蒙蒙的，有乌云在空中翻滚，街上的行人都加快了脚步。

阿馨突然看到一个熟悉的身影，似乎是阿木。她问阿莉和小彭："你们看，那边穿黑色休闲装的中年男人，像不像阿木？"

小彭说："有点像，这么多年过去，人的样子都变了。"

阿莉说："我看是，他来这里干什么？"

那人转眼就不见了，消失在来去匆匆的人群之中。阿馨怅然若失：也许他并不是阿木，只是人有相似而已。

阿莉说："阿木也变老了，阿馨，只有你还这么年轻。你看我的头发都花白了，你的头发还是找不到一根白发，像是染过的一样黑。"

小彭说："阿馨不会老的，她在我心里永远是个二十岁的漂亮姑娘。"

阿莉哼了一声，说："马屁精！"

阿馨说："人总会老的，谁都逃不开生老病死，我也不例外。"

一行三人终于来到他们曾经洒下热血和汗水的地方，却再也找不回原来的总场。高楼拔地而起，农场的工人都住进了整齐明亮的楼房。宽阔的道路两旁商店林立，餐馆和旅馆比比皆是。还有小公园、健身场、电影院。街上擦肩而过的面孔都是陌生的，已经没有人认识他们了。

美丽的金黄色稻田，碧绿的甘蔗林，阿馨读过的小学，她曾经的家，还有阿锟的家和阿莉的家，统统没有了。

小彭说："变化太大了，我们曾在这里度过最美妙的青春时光，如今却只能在记忆中故地重游，找不到一点实地的依据。"

阿莉说："是啊，我熟悉的地方全都不见了。"

阿馨说："可它还是我们的故乡，我们的第一故乡，只是有了别样的美丽。"她和阿锟曾在这里生活十多年，天天在一起学习、游戏，这里的每一寸土地都留下了他们的足迹。她想起他们曾在瓜棚中窃窃私语，在果树的绿荫下耳鬓厮磨，如今瓜棚和果树踪影全无，而阿锟……阿锟，你真的回来了吗？你在哪里？

小彭说："我住过的单身宿舍也没有了，那些老平房都被推倒，盖起了楼房。"

阿馨说："是啊，时代在前进，人们的生活水平不断地提高。这里的人看来生活得不错，你看他们的衣着打扮，还有街上的小轿车。"

小彭说："我听人说，这里有一座三层的书馆，是一位留学回国的博士开办的，里面只有一本书收费，其余的书全部免费借阅。"

阿莉说："这博士这么大方，是在国外捡到金子了吗？"

小彭说："一天到晚金子、金子的，你干脆掉到金缸里去算了！"

阿馨急切地打断他们的斗嘴，说："我们先去找书馆吧，不要讲这么多废话了！"

雨已经下起来了，路上到处是积水。小彭开着车转来转去，阿馨看到一家商店的屋檐下有几个人在躲雨，就让小彭停车，她下去问路。

阿馨今天身穿一件枣红色上衣，白色裤子，红色的中跟皮鞋。她打着一把深绿色雨伞，脚步轻盈地走向商店，雨水叮叮咚咚地敲打着伞面。小彭坐在车里，目不转睛地望着她美丽的身影。

阿馨走到商店屋檐下，问："请问你们这里是不是有家书馆？"

一个男青年说："你是说亓博士的书馆吧？你们是从外地来的吗？有事要他帮忙解决？"

阿馨说："是。"

男青年说："亓博士人可好了，不仅开书馆让人免费看书，还帮很多人解决实际困难。你们有什么难题，尽管请教他好了。他的书馆就在那条路的尽头向左转，第二个路口再向右转，是一栋绿色的三层楼房，叫'流星书馆'。"男青年把路指给阿馨看。

阿馨道过谢，回到车里，小彭递上一条干毛巾，说："擦擦脸上的雨水。"

阿莉说："阿馨，小彭多会关心人，你真幸福。"

阿馨说："要是你被雨淋了，小彭也会这样做的，对不对，小彭？"

小彭说："对。"心想：如果说"不对"，不是等着挨阿莉打吗？我又不傻。

阿馨指路，小彭开着车在雨中行驶。以前的总场成了一座城，楼房林立，加上天色灰蒙蒙的，他们找了半天也没找到那栋绿色的楼房。阿馨让小彭把车靠到路边，她降下半扇车窗，探头问一位路过的老人："老人家，'流星书馆'在哪里？"

老人说："再往前走五十米，能看到一栋绿色的楼房，那就是'流星书馆'了。你们是找亓博士解决农业上的问题，还是去看书的？"

阿馨说："都有。"

老人说："亓博士知识渊博，又乐于助人，你们找他是找对人了。"

小彭又开了一段路，终于隔着雨帘看到那栋绿色的三层楼房。小彭把车停在楼前的空地上，那里已经停了很多自行车、摩托车和小轿车。

三人都下了车，站在大门口往里看。一楼是大厅，摆了很多书柜，厅中有不少人或坐或站，手里都拿着一本书。屋外是无情的雨声，屋内却是一片宁静的阅读景象，令人心旷神怡。

阿莉说："想不到总场的人这么爱看书。"

小彭说："这里的民风淳朴，爱读书的人也不少。这博士真是好心啊，愿意让大家免费看书。"他突然想起，这博士姓"亓"，莫非是……

阿莉说："你们快看门顶上的字。"

阿馨和小彭同时朝大门顶上看去，四个鎏金大字特别显眼。

阿莉一个字一个字地读着："榴、馨、书、馆。"

三个人都呆在那里，面面相觑。

阿莉心直口快："阿馨，这不是你的名字吗？该不会……"她简直不敢相信自己的判断了。

小彭不敢相信："这两个字也不一定指阿馨的名字啊。"

他们心情各异地走进大厅，进口处有两个书柜，上面都贴着通告：只卖一本书！小彭凑近一看，里面成排成排地摆着同一本书，正是阿馨的《迷离》！两个书柜之间的墙壁空白处，挂着一幅装框的水墨画，阿莉一眼看到，不禁叫了起来："《黄金山图》！"

阿馨腿软得几乎站不住：这是在做梦，还是现实？小彭赶紧上前扶住她，拉过旁边一张椅子让她坐下。

阿莉说："阿馨，这幅画不是你画的吗？这本书不是你写的吗？书馆的名字，不就是你的名字吗？"

小彭喃喃地说："真的是他回来了吗？他是想吓我们一跳，给我们一个惊喜吗？"

阿莉说："太不可思议了，我要上楼去找书馆的主人，揭开谜底。"

　　小彭说："阿馨还没有回过魂来呢，让她休息一会儿，我们一起上楼。"

　　阿莉按捺住好奇心，在大厅里东张西望。她见到有个女人翻看着一本书，对身边的同伴说："这本讲幼儿园保育工作的书很专业，可以给家长和从事幼儿教育的人参考。"又有个年轻妈妈对自己的小孩说："这本幼儿故事书很好看，我读给你听。"

　　阿莉说："阿馨，那不都是你写的书吗？"

　　阿馨说："是啊！"

　　他们三个人上到二楼，这里摆的是农业、科技等方面的书籍，很多人在埋头查阅，还有人在记笔记，但没有他们想找的那个人。

　　小彭说："去三楼看看他在不在。"

　　三楼是间大实验室，有玻璃墙围着，他们只能站在墙外往里看，一位老者和一个年轻人正在实验室里忙碌，都穿着白大褂。那老者发现有人上楼，就走出来和他们打招呼，他的目光落在阿馨的身上，不禁愣住了，目光再向下滑，盯住了阿馨手指上戴着的银戒指。

　　小彭和阿莉愣住了，阿馨深深地注视着眼前的老者，他身材高高瘦瘦，有一头白苍苍的乱发，额上刻着岁月的伤痕，那双深邃的眼睛无论是从前还是现在，都让阿馨心荡神驰。

　　老者向阿馨走近一步，又站住了。他的嘴唇颤抖着，却发不出声音。

　　那年轻人也走了出来，激动地说："阿馨姨，你还记得我吗？我是名名啊。小叔日夜思念你，思念得头发都白了。"

　　一个穿黑色衣服的中年男人走上楼，看到实验室外站着这么多人，就过来询问，却在看到阿馨他们时愣住了。他是阿木——梁栋木，现在帮书馆管理杂事。

　　又有个穿灰色衣服的男人跑上楼，同样认出了阿馨。他是黑弟，现在是阿锟的司机。

　　阿馨那双美丽的眼睛里泪光莹莹，她张开嘴，终于喊出已经三十年没喊过的那个名字："阿锟……"

老者如梦初醒，大声叫："阿馨……"

两人紧紧拥抱，都是泪流满面。小彭、阿莉、名名、阿木和黑弟站在一旁，也落下泪来。

雨水冲刷着大地，像是要洗净这人世间所有的抑郁苦痛……